天魔神教 洛陽本部

천마신교 낙양본부

천마신교 낙양본부 14

정보석 新무협 판타지

초판 1쇄 찍은 날 § 2021년 7월 14일
초판 1쇄 펴낸 날 § 2021년 7월 21일

지은이 § 정보석
펴낸이 § 서경석

편집책임 § 김범석
디자인 § 노종아

펴낸곳 § 도서출판 청어람
등록번호 § 제387-1999-000006호
등록일자 § 1999. 5. 31
어람번호 § 제2-2878호

주소 § 경기도 부천시 부일로 483번길 40 서경B/D 3F (우) 14640
전화 § 032-656-4452 팩스 § 032-656-4453
http://www.chungeoram.com
E-mail § chungeorambook@daum.net

ISBN 979-11-04-92363-0 04810
ISBN 979-11-04-92204-6 (세트)

정보석 新무협 장편소설

FANTASTIC ORIENTAL HEROES

천마신교 낙양본부

14

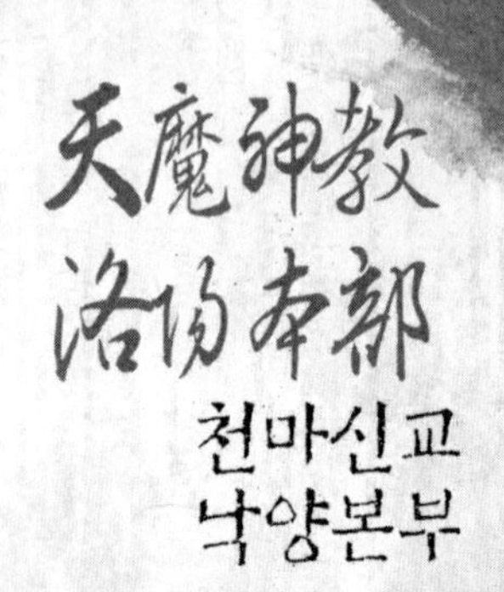
天魔神教
洛陽本部
천마신교
낙양본부

次例

第六十六章

머혼은 식당 상석에 앉아 자신의 목걸이를 만지작거렸다.

그는 상당히 초조한 기색이었다. 로튼은 머혼의 오른편에 앉아 있었는데, 그가 머혼에게 말했다.

"괜찮으십니까?"

머혼은 그 말을 듣지 못했는지, 바닥에 시선을 둔 채로 가만히 있었다. 이에 로튼이 다시 말했다.

"백작님."

"응?"

"괜찮으십니까?"

머혼은 고개를 끄덕였지만, 그의 신경은 다른 곳에 가 있는 듯했다. 그는 멍한 눈길로 식탁 위에 놓인 과일 하나를 뚫어지게 바라보면서 깊은 생각에 잠겨 있었다.

로튼의 시선이 문득 머혼의 목걸이에 갔다. 그는 나지막하게 말했다.

"행여나 다음에는 목걸이를 타인에게 건네지 마십시오. 너무 위험합니다."

머혼은 시선을 돌려 로튼을 보았다. 마치 로튼이 아니라 로튼 뒤의 무언가를 바라보는 듯했다. 그러다가 퍼뜩 정신을 차린 머혼이 손을 내저으며 말했다.

"괜찮아. 별거 아니야. 그리고 그렇게 막 보여 줘야 그쪽에서 더 모르지."

"별거 아니라니요. 그곳에는 영혼이……."

"누가 듣겠다. 식당에서 할 소리가 따로 있지."

"……."

"네 생각은 어떠냐? 운정 도사가 진짜 떠난 것 같으냐?"

"지금까지 백작님이 하신 일들이 물거품이 되었냐고 물으신다면… 글쎄요. 반반이라고 생각합니다."

머혼은 팔짱을 끼더니 말했다.

"갑자기 왜? 다 넘어오는가 싶더니, 갑자기 사라져 버리다니. 이렇게 허무할 수가 없어, 진짜. 도대체 이유가 뭐지?"

"옆에서 지켜본 바로 그는 호락호락한 사람이 아닙니다. 백작님께 호의를 가졌던 것도 어찌 보면 백작님의 진짜 의중을 파악하기 위함이 아니겠습니까?"

"설마, 내가 만든 무대가 얼마나 큰데? 응? 상황도 완벽하고 명분도 완벽해. 그런데 여기서 뭘 눈치챘다는 거야?"

"운정 도사는 겉으로 보기엔 어리숙하지만 속은 제가 아는 누구보다도 영리합니다. 의도를 너무 일찍 말한 것 아닙니까?"

"참 나, 그것보다 더 끌라고? 애초에 운정 도사가 먼저 물어봤잖아? 응? 거기에 내가 바로 즉답하지도 않고, 한 시간이나 고민하고 답을 준다고 하고 나서 말한 거야. 근데 그게 티가 난다고?"

"……."

머혼의 앞에 있는 잔에는 포도주가 반쯤 담겨 있었다. 그는 불만스러운 표정으로 그것을 들고 마셨다. 그리고 화제를 돌렸다.

"그나저나 도둑 길드의 얌생이 년은 왜 널 사로잡은 거래? 우리 다 끝난 이야기잖아."

"제가 봤을 땐 그냥 경고 같은 걸 겁니다. 독식하지 말라고."

"독식은 지가 먼저 하려 했지. 응? 좋은 기회가 알아서 굴러왔는데, 그걸 활용 못 한 자기 잘못이지. 이제 와서 나한테

지랄이야."

"……."

"하아, 잠을 이상하게 잤더니 머리 아파. 뭐, 오늘 안에 온다고 했으니 좀 더 기다려 보자. 어차피 낮잠 많이 자서 잠도 안 오는데. 오면 오는 거고 안 오면 안 오는 거지."

"안 오면 어떻게 하실 겁니까?"

머혼은 비릿한 미소를 지었다.

"어쩌긴 어째, 장사 접어야지. 무공이 없으면 델라이고 나발이고 다 끝이야. 나도 여기 더 남아 있을 이유가 없고. 애초에 내가 델라이로 왜 왔는데? 응? 이쪽에서 십여 년 전에 차원이동이 일어나서 온 거잖아? 그거 때문에 이 개고생을 했는데 말이야. 듣자 하니, NSMC가 아닌 곳에서도 이제 슬슬 차원이동이 가능해질 거야. 그럼 굳이 여기 있을 필요는 없지."

"그래도 델라이 부근이 가장 좋습니다. 다른 곳에서 시도했다가 끔찍하게 실패한 사례가 더러 있지 않습니까?"

"나도 알아. 나도 아니까 이 다 쓰러져 가는 거 붙들고 있는 거 아니냐? 응?"

로튼은 한숨을 쉬더니 말했다.

"백작님."

"왜?"

"더 세븐(The Seven) 중 둘이나 가지려는 건 너무 큰 욕심 아니십니까? 다른 세븐들의 견제가 심할 겁니다."

"크지. 아마 배가 터질걸."

로튼은 눈이 동그랗게 떴다.

"그럼, 정말로 왕이 되실 생각은 없는 것입니까?"

"없다니까 그러네. 다 페이크야 페이크. 왕이 돼도 바로 팔아 버릴 거야."

"……."

"얀마, 내 말 못 믿겠냐?"

"……."

"칫, 됐다. 내가 뭘 바라냐."

머혼은 빈 잔에 포도주를 담았다. 그리고 그것을 들더니 빙글빙글 돌리면서 그 색을 구경했다. 로튼은 그 모습을 보며 나지막하게 말했다.

"그럼 누구를 왕으로 세우실 생각입니까?"

머혼이 얼굴을 팍 찡그렸다.

"그만. 됐어, 이 얘기는 그만하자. 그나저나 시아스는 어때? 아까 잠깐 봤을 땐 건강해 보이던데."

로튼은 상체를 뒤로 기대며 말했다.

"성인 남성 세 명이 하루에 먹지 못할 양을 오늘 먹었습니다. 그리고 지금 방에서 주무시고 계십니다."

"뭔가 이상해진 건 아니지?"

"말 그대로 먹고 자고 먹고 자고 반복하시는 중이지요. 몸이 제대로 회복하려는 것 같긴 합니다."

"다행이네. 아시스가 아니라 시아스에게 무공이 돌아갈 줄은 몰랐지만… 뭐, 일단 연은 생겼으니 차차 다른 애들도 무공을 익히게 하면 될 거야."

"레이디 시아스께서 회복하시면 안 그래도 복잡한 집안일이 더 복잡해질 겁니다."

"흥, 그 얘기를 슬그머니 꺼내는 거 보니까, 넌 시아스를 도우려고 하는구나? 안 그래? 중립, 중립거리던 네가 드디어 편을 찾아 아주 신났어?"

"……."

머혼이 잔을 기울여 그 안에 든 포도주를 홀짝 마셨다. 그리고 상 앞에 내려찍듯 놓으며 몸을 앞으로 확 기울였다.

그는 날카로운 눈빛으로 로튼을 바라보며 말했다.

"하나만 물어보자. 넌 그 아이가 널 진심으로 사랑한다고 생각하냐?"

"……."

로튼은 아무런 대답도 하지 않고 머혼을 마주 보았다. 시선이 오가는 중에 머혼의 입꼬리가 서서히 올라갔다. 그는 나지막하게 말을 이었다.

"다른 걸 물어보지. 넌 그 아이를 진심으로 사랑하냐?"

로튼은 머혼의 눈을 피하지 않으며 말했다.

"글쎄요. 무슨 대답을 원하십니까?"

"진실."

"진실을 바라신다면야… 사랑하긴 합니다."

"아이쿠? 그래? 우리 노총각 로튼 경이 사랑에 빠졌다고? 마약에 찌든 내 딸아이하고?"

"……."

로튼은 더 말하지 않고 눈을 감아 버렸다. 머혼은 몸을 다시 편하게 하며 말했다.

"로튼, 뭔가 착각하는 거 같은데, 내가 널 탐탁지 않게 생각하는 거 아니야. 뭐 예를 들어 '감히 호위병 나부랭이 주제에 내 딸을 넘봐?' 뭐 이런 건 아니라고, 절대."

"그런 거 같은데요?"

"진짜 아니야. 만약 내가 그런 생각을 가진 사람이면, 시아스와 처음 잤던 그날 밤에 네 모가지를 뎅겅 했겠지. 안 그래? 나도 아시리스도 그냥 암묵적으로 봐준 일이라고. 넌 좋은 인간이니까 말이야."

"좋게 봐주셔서 감사합니다. 그럼 곧 장인어른이라 부르겠습니다."

"그래, 그래."

로튼은 믿을 수 없다는 듯 눈을 떴다. 농담 반 진담 반으로 말한 것인데, 머혼이 선뜻 허락한 것이다. 로튼은 고개를 갸웃하더니 물었다.

"진심이십니까?"

"응, 진심인데?"

"저랑 시아스 레이디의 결혼을 허락하신다고요?"

"응, 나는."

유독 '나는'이 크게 들린 로튼은 눈을 반쯤 감으며 말했다.

"마담께서 허락하지 않으시겠군요."

"아니, 아시리스도 허락할 거야. 아니, 솔직히 말하면 하든 말든 관심 없겠지. 그래서 허락할 거야."

"그럼, 누가 허락하지 않는다는 겁니까?"

"시아스 본인."

"……."

머혼은 방긋 웃더니 다시금 포도주를 빈 잔에 따르며 말했다.

"시아스 본인이 싫다고 할걸? 내 장담하는데, 아마 정상으로 돌아온 날부터 널 본체만체할 거야."

"……."

"그래서 지금 내가 이 말을 꺼낸 거야. 나중에 달라진 시아스에게 충격받고 저택을 떠나겠다, 뭐 이런 소리 지껄이지 말라고. 알았지? 넌 나한테 종속되어 있으니까."

"……."

"왜 말이 없어?"

로튼은 무거운 입을 열었다.

"만약 레이디 시아스께서 저와의 결혼을 승낙한다면, 백작님께서는 동의하시는 걸로 알아 둬도 되겠습니까?"

"응, 대신 시아스 그 아이가 널 거절해도 넌 내 곁을 떠날 수 없어. 네가 맹세한 대로 나와 너 둘 중 하나의 생명이 다할 때까지 내게 충성해야 한다, 알았지?"

"그 말씀 똑똑히 들었습니다. 나중에 딴소리하기 없기입니다."

머혼은 뭐가 그리 재밌는지, 피식피식 웃더니 포도주를 한 모금 했다. 그러곤 낮은 목소리로 말했다.

"큭큭큭, 넌 네가 시아스를 옭아맸다고 착각하겠지만, 실상은 그 반대란다. 시아스가 널 옭아맨 거야. 그 아이도 결국 머혼이라고… 응? 그 피 어디 안 간다?"

"……."

"참 나, 재미없는 녀석. 하아, 그나저나 운정 도사는 언제 오는……."

마침 그때 하녀 한 명이 식당으로 들어왔다. 그녀는 머혼과 로튼이 예상한 대로 운정에 대한 소식을 말했다.

"운정 도사께서 귀환하셨습니다."

"아하! 다행이로군. 어서 이쪽으로 불러 주거라."

"예, 백작님."

하녀는 사라졌고, 곧 운정과 함께 나타났다.

머혼과 로튼이 인사하자 운정은 머혼의 왼편, 그러니까 로튼의 맞은편에 앉았다.

운정이 말했다.

"말만 남기고 사라져서 죄송합니다. 약속을 어기려는 뜻은 없었습니다."

머혼은 마구 손을 뻗어 흔들며 말했다.

"아닙니다, 운정 도사님. 제 딸의 목숨을 살려 주신 것만으로도 운정 도사님께서 해야 할 일은 전부 하신 겁니다. 이에 다시금 감사드립니다."

"다행히 잘 있나 봅니다."

"예, 예, 하루 종일 먹고 자고 합니다. 회복되고 있는 것 아니겠습니까?"

"마음과 정신이 고쳐지니 확실히 몸도 회복하려는 의지를 보이는 것이겠지요. 다만, 그녀의 상태는 매우 불안정합니다. 신무당파의 무공을 익히지 않으면 아주 불편한 삶을 살게 될 것입니다."

그 말을 듣자 머혼은 떨떠름한 표정을 지었다.

"그럼 가르쳐 주시면 되지요, 하하하. 거기에 뭔 큰 문제가 있겠습니까?"

"본인이 배우려고 하지 않습니다."

"본인이요?"

"예. 어딘가에 구속되는 것이 싫다는 것이 이유였습니다. 신무당파는 클랜입니다. 일단 들어오게 되면 자신의 가족들보다 클랜을 우선순위에 두어야 합니다. 그 점이 그녀의 마음에 걸리는 듯합니다."

머혼은 로튼을 한 번 흘겨보며 말했다.

"뭐, 가족에 대한 애착이 있어서 그런 말을 한 건 아닐 겁니다. 흐음, 제가 한번 이야기를 따로 해 보지요. 아니, 그보다는 로튼,. 네가 한번 해 보는 건 어떠냐?"

로튼은 고개를 끄덕였다.

"예, 제가 말을 해 보도록 하겠습니다. 제 생각으로는 아마 오랜 병상 생활로 인해서 자유에 대한 갈망이 커졌기 때문에 그런 말을 한 것이 아닌가 합니다. 하지만 신무당파라는 클랜에 소속되는 것이 어찌 보면 더욱더 자유로운 인생을 살 수 있는 길일 겁니다. 그 점을 들어 설득하면 레이디는 현명하시니 알아들으실 겁니다."

그 말을 듣고 있던 머혼의 얼굴이 살짝 굳었다. 그는 버럭 소리를 질렀다.

"그럼? 응? 머혼으로 살면? 뭐 감옥에라도 갇혀 산다 이 말이냐?”

“그보다 심하지요. 백작님 본인만 봐도 그렇지 않습니까? 아까도 말씀드렸지만, 머혼가는 이미 충분히 복잡한 상황입니다. 레이디 본인을 위해서는 머혼가와 상관없는 삶을 사는 게 더 좋습니다.”

머혼은 주먹으로 상을 내리쳤다.

쿵

“야! 아니! 그렇다면 애초에 그 아이가 왜 무공을 배워… 하아, 후우, 후우, 일단은 손님이 계시니까 여기까지 하자. 너 여기 계속 앉아 있어. 알았지?”

“알겠습니다.”

로튼은 잘못한 것이 없다는 당당한 표정을 짓고 머혼을 바라보았고, 머혼은 그 얼굴을 보며 화를 겨우 참아 내고 있었다. 그는 씨익씨익거리며 분을 삭이더니, 곧 운정을 향해 고개를 돌리곤 말했다.

“잠시 추한 꼴을 보였습니다, 죄송합니다.”

“누구든 가족에 관한 일이면 인간적으로 될 수밖에 없지요. 이해합니다.”

머혼은 민망한 듯 콧잔등을 손으로 쓱 훔친 뒤에 말했다.

“일단은 돌아오셨으니 쉬십시오. 내일은 델라이 왕가의 장례식이 아침부터 저녁까지 거행될 겁니다. 그동안 여러 사람들을 만날 텐데, 옆에서 저를 보좌하시면서 배우실 것이 굉장히 많을 겁니다. 그 뒤에 계신 엘프분에게도 방을 내어 드리겠습니다."

그 말을 듣자 시르퀸이 말했다.

"전 괜찮아요. 숲에서 잘게요."

"숲이요? 밤에는 몬스터가 있지 않습니까?"

"괜찮으니, 제게 방을 내주실 필요는 없어요."

"정 그렇게 말씀하신다면야……."

운정은 자리에서 일어나며 포권을 취했다.

"그럼 들어가 보겠습니다."

머혼도 고개를 숙였다.

"예, 그러면 내일 뵙겠… 야, 넌 왜 일어나?"

로튼은 어깨를 한 번 들썩여 보이고는 자리에 다시 앉았다. 운정은 그 모습에 작은 미소를 지어 보이고는 시르퀸과 함께 자리를 나섰다.

조금 후 머혼은 팔짱을 끼더니 로튼과 실랑이를 벌였다. 시아스에 관련된 것 같았는데 문이 닫히자, 운정은 그 내용을 더 들을 수 없었다.

* * *

다음 날 아침, 대성당.

델라이 왕가의 장례식은 엄숙한 분위기에서 진행되었다. 델라이의 귀족들은 물론 파인랜드 대부분의 왕국에서는 왕 본인이 직접 참석했고, 다른 사왕국과 제국에선 왕과 황제의 형제나 자식이 왔다. 그뿐만 아니라, 델라이에 속하지 않은 타국의 귀족들도 찾아왔는데, 때문에 종부성사를 거행하는 델로스 대성당은 파인랜드의 모든 왕족과 귀족들로 문전성시를 이루었다. 다른 하위 귀족들은 고사하고 몇몇 백작들조차도 안에 들어가지 못하고 성당 문 밖에 있어야 했다.

종부성사는 프란시스 대주교에 의해서 직접 거행되었다. 당연하다는 듯이 맨 앞줄에 앉은 머혼은 종부성사가 진행되는 동안 단 한 번도 자리에서 일어나지 않았다. 성사에 있는 절차상 예배를 드리는 사람들이 몇 번씩 자리에 일어났다 앉았다 하길 반복하는데, 머혼은 프란시스의 따가운 눈초리에도 자리를 고수했으며, 심지어 옆에 있던 운정에게도 일어나지 않아도 괜찮다고 격려하기까지 했다.

그뿐이랴. 그는 수시로 운정의 귓가에 손을 대고 떠들었다.

"저 대머리 보이십니까? 저놈이 아주 도둑놈이지요. 옆에 있는 여자가 딸이 아니라 왕비예요. 본인의 나이는 40인데, 저 왕비가 올해 19살이랍니다. 약소국 중의 약소국의 왕이라도 왕은 왕인가 봅니다. 참 나, 기가 막혀서."

"……."

"그리고 저쪽, 복장을 보아하니 동쪽에서 온 것 같은데, 서쪽 끝에 위치한 델라이에 와서 뭐 하는지 모르겠습니다. 무슨 관계를 맺어도 연결될 리가 없는데 말입니다. 시간과 마나스톤만 낭비한 거죠, 뭐."

"……."

"아, 아, 저 여자는 라마시에스 왕국의 왕녀군요. 소문대로 미녀이긴 합니다만, 듣자 하니 평민들을 잡아다가 고문하는 걸 즐기는 아주 변태라는 소문이 있습니다. 한 번은 하녀가 식인하는 모습을 봤다고 사교계에 루머가 돌았었지요. 흐음, 하필 저 여인을 보낸 걸 보면 라마시에스 왕이 제 제안을 별로 달갑게 생각하지 않는 것 같군요."

운정은 머혼이 심심풀이로 떠드는 잡담을 들으며 한 가지 생각에 빠졌다.

이 자리에 앉아 있는 사람들은 모두 자신들의 나라를 가지고 있는 왕족이거나 큰 영지를 지닌 유명한 귀족들이다. 그런데 그런 그들이 모여 이 거대한 대성당을 모두 채울 정도라면, 파인랜드에는 적어도 백여 개가 넘어가는 국가가 존재하는 것이다.

그들은 중원으로 치면 한 도시, 혹은 한 성의 패권을 가진 문주거나 가주들이다. 이만큼 숫자가 많으려면 당연하지만 파인랜드 자체의 크기도 커야 한다. 운정은 지금까지 크게 생각해 보지 않은 의문이 들었다.

파인랜드의 규모는 얼마나 되는 것인가? 적어도, 아무리 적어도 중원만큼은 크다.

갑자기 피부로 그 크기가 와닿기 시작하자, 운정이 머혼에게 물었다.

"그러고 보니, 파인랜드의 크기에 대해서 묻지 않았습니다. 이토록 많은 왕족들과 귀족들이 모인 것을 보면 이 땅의 크기가 굉장히 크다고 생각됩니다. 어느 정도 됩니까?"

한창 신나게 다른 왕족과 귀족들의 뒷담화를 하던 머혼은 다소 뜬금없는 질문에 머릿속 깊숙이 숨어 있는 지식의 한 끝자락을 겨우 끌어낼 수 있었다.

"글쎄요. 어떻게 말해야 될지 모르겠습니다. 나라가 몇 개냐고 물으신다면, 뭐 나라의 정의에 따라서 다르겠지만 대략 80개 정도 되는 걸로 알고 있습니다. 물론 그중 하위 20개를 합쳐도 제국 하나 따라오지 못하지만, 뭐 명목상이라도 왕가가 선포되었고, 사랑교에서 인정했으며, 그것을 지금까지 유지됐다면 나라는 나라니까요."

"제 질문이 다소 추상적이었습니다. 델라이에 사람은 얼마나 삽니까?"

"1천만 명 정도 됩니다."

“……”

“충격을 받으신 것 같습니다?”

“사실 그렇게 많을 줄은 몰랐습니다. 그렇다면 파인랜드에는 얼마나 많은 사람이 살까요?”

“글쎄요. 적어도 1억은 되겠지요. 잘은 모르겠습니다. 중원은 어떻습니까?”

운정은 고개를 저었다.

“사람이 너무나 많아서 그 숫자를 완전히 파악할 수 없다고 합니다. 하지만 백작님의 말을 들으니, 사람이 많아서 파악할 수 없는 것이 아니라, 사람 숫자를 파악할 만한 기술과 지식이 없는 것 같습니다. 1천만이란 인구수는 대체 어떻게 세는 겁니까?”

“그 부분에선 제국이 크게 한몫했지요. 세금을 걷으려면 인구수를 정확히 알아야 하니까. 인구수를 가늠하는 건 천 년 전에 이미 가능했습니다. 아마 중원 황궁에서도 정확한 숫자는 모르지만 그래도 어느 정도 가늠은 할 겁니다. 들어오는 세금이 있으니.”

“흐음, 그렇군요.”

머혼은 운정에게 고개를 돌렸다. 그 와중에 프란시스의 날카로운 눈초리를 보았지만, 머혼은 전혀 신경 쓰지 않은 채 운정에게 말했다.

"사실 그보다 더 중요한 사실이 있습니다."

"예, 말씀하시지요."

"파인랜드에는 이제 더 이상 무주지가 없습니다. 서쪽으로는 망망대해가, 북쪽으로는 추위가, 남쪽으로는 몬스터가, 동쪽으로는 용의 사막이 있지요. 다시 말하면, 지도를 더 그릴 곳이 없다는 뜻입니다. 하지만 인간은 개척하는 동물이지요. 더 이상 정복할 땅이 없다는 사실을 도저히 견딜 수 없습니다."

"중원을 말씀하시는군요."

"예, 맞습니다. 그러니 수백 년 만에 나타난 새로운 땅, 중원의 존재가 얼마나 큰 의미를 가지는지 아시겠습니까? 파인랜드의 국가는 서로를 죽이다 못해 스스로를 멸망시킬 만한 무력을 보유했습니다. 다른 말로 하면 더 이상 나아갈 곳이 없어서 썩어 들어 가고 있는 겁니다. 그래서 중원과의 교류는 우리에게 있어 생존의 문제로 다가오지요."

"……."

"그 중심에 저와 운정 도사께서 서 있습니다. 미래에 양 차원 간의 관계가 어떻게 형성될지, 그 키를 저와 운정 도사께서 쥐고 있는 것이지요. 놀랍지 않습니까? 전 이 거대한 힘을 어떻게 휘둘러야 할지 감이 잡히지 않습니다. 운정 도사께서는 어떻습니까? 양 차원의 미래를 한 손에 쥐고 계신 기분이?"

운정은 단조로운 목소리로 대답했다.

"전 제 문파를 세울 뿐입니다. 그 이외에는 큰 의미를 두고 싶지 않습니다."

"그런 분이기에 더더욱 당신이 쥐고 있어야 합니다, 하하하."

마지막 웃음소리는 꽤나 컸기 때문에, 프란시스 대주교도 하던 말을 멈추고 노골적으로 머혼을 보았다. 머혼은 자신에게 쏟아지는 시선들에도 아랑곳하지 않으며 프란시스를 보고 양손을 내밀며 어서 진행하라는 손짓을 보였다.

프란시스는 고개를 도리도리 흔들더니 계속해서 성사를 진행했다.

꽤 오랜 시간이 지나고, 델라이 왕과 찰스 왕세자를 담은 관 두 개가 대성당에서 나왔다. 수없이 많은 기사들이 동원되어 델로스의 대로를 통해 왕궁 한쪽에 있는 왕가의 묘지까지 갔는데, 그동안 눈물을 흘리지 않은 델로스 시민은 한 명도 없었다.

그 광경을 바라보면 운정은 새삼스레 델라이 왕을 향한 민심이 매우 깊었다는 것을 느낄 수 있었다. 머혼의 관점에서만 그를 보다가, 백성들의 관점에서 그를 보니 완전히 다른 사람인 것이다.

그렇게 오랜 시간 동안 움직여 도착한 왕가의 묘지에선 더

더욱 엄숙한 분위기가 이어졌다. 타국에서 온 사람들은 들어오지도 못했고, 오로지 델라이의 왕족과 귀족들만이 델라이 왕과 찰스 왕세자의 끝을 지켜볼 수 있었다. 프란시스는 그곳에서도 절차를 진행했는데, 머혼은 그 와중에도 잡담을 그치지 않았다.

"오호? 그래서 거기서 아시스를 보게 되었군요? 어떻습니까? 실물로 보니 꽤 괜찮았지요, 소로우 백작?"

어쩌다가 머혼의 옆에 서서 봉변을 당하던 소로우는 대답을 할 수도, 안 할 수도 없는 난처한 상황에서 최대한 조용히 말했다.

"예, 매우 아름다우셨습니다. 그리고 전 자작입니다."

"에이, 이제 곧 백작이 되는 건 누구라도 다 아는 사실인데 그러십니까? 아니, 뭐 제가 백작이라고 부르는 게 기분이 나쁘십니까?"

"아, 아닙니다."

잡담치고는 꽤나 커서 사람들이 힐끗힐끗 머혼을 보았다. 그중에는 미망인인 애들레이드 왕비도 있었는데, 그녀는 표독스러운 두 눈길로 머혼을 노려보았다. 장례식을 전혀 존중하지 않는 그의 태도가 도를 넘어도 한참을 넘었기 때문이다.

하지만 그 누구도 머혼에게 뭐라 하지 못했다. 머혼은 이제 괴로운 표정까지 짓고 있는 소로우에게 말했다.

"흐음, 혹시 만나는 분이 없으시다면 저희 딸애는 어떻습니까? 아시스 그 애가 아주 상남자다워서 연애는 조금도 모릅니다. 왈가닥이 따로 없어요. 이렇게 점잖은 소로우 백작과 함께 한다면 그 아이도 예절을 좀 배울 수 있을 것 같은데, 제가 한번 나서서 소개시켜 드릴까요?"

정작 예절을 배워야 할 사람이 누군지는 모두들 머릿속으로만 생각했다. 그런데 그때, 한쪽에서 한 흑발의 미녀가 걸어왔다.

뚜벅, 뚜벅.

그 여인은 장례식을 진행하던 프란시스조차 할 말을 잃어버리게 만들 정도의 미인이었다. 그 누구도 그녀를 알아보지 못하고 멍하니 쳐다만 보는데, 그 여인은 머혼에 앞에 서더니 그의 팔을 잡았다.

"나가요, 아버지. 소로우 자작님 그만 괴롭히고."

"응? 나? 너, 너? 호, 혹시 시아스?"

"얼른, 창피해서 원. 그리고 운정 도사님도 오세요. 할 말 있으니."

시아스는 머혼의 손목을 붙잡고 나갔다. 머혼은 얼떨떨한 표정으로 그녀를 따라갔고 운정도 그들을 따라서 묘지를 떠났다. 프란시스를 포함한 모든 이들은 묘지에서 그녀를 더 이상 볼 수 없을 때까지 그녀의 뒷모습에서 시선을 떼지 못했다.

왕궁의 복도에 선 시아스가 머혼의 손목을 놔줬다.

“쪽팔리게 뭐 하는 짓이에요? 아니, 얼마나 창피하게 굴었으면 왕궁의 하녀들까지 쑥덕쑥덕거리게 만들고…….”

멍한 표정의 머혼은 아무 말도 듣지 못한 듯 서서히 양손을 들었다. 시아스가 눈을 팍 찌푸리며 그 양손을 번갈아 보는데, 머혼은 이에 아랑곳하지 않고, 그녀의 얼굴을 양손으로 잡았다.

“시아스 맞냐?”

그녀는 인상을 팍 쓰더니, 자신의 손으로 머혼의 손을 떼어내려 했다.

“아, 뭐예요? 놔요, 놔.”

“시, 시아스? 진짜 시아스로구나! 흐, 흐흑. 시, 시아스! 흐흑, 흐흐흑.”

시아스의 얼굴을 잡은 머혼의 손이 파르르 떨리기 시작했다. 그에 따라 시아스의 얼굴이 괴상하게 구겨졌는데, 정작 머혼 본인의 얼굴은 그보다 더 추한 꼴을 하고 있었다. 눈물을 흘리며 울상을 짓는 중년 남자의 얼굴은 사실 추할 수밖에 없었다.

시아스의 눈이 반쯤 감겼다. 곧 포기하는 표정을 짓더니 점점 자기에게 다가오는 아버지를 보며 한숨을 푹 내쉬었다.

덥석.

"크흑, 흐흐흑, 흑흑흑."

머혼이 시아스를 안아 들고 몸을 떨면서 서럽게 우는데, 시아스는 표정에서 짜증을 숨기지 못했다. 그러다가 뒤에 있던 운정과 눈이 마주쳤다.

시아스는 입모양으로만 말했다.

'잠시만요.'

운정은 포근한 미소를 지으며 고개를 끄덕였다.

시아스는 손을 들어서 머혼의 등을 토닥여 줬다. 머혼은 점차 진정하더니, 곧 시아스를 놔주고는 눈에서 눈물을 닦았다.

"딱 어릴 때 그 모습이야. 정말로."

"진짜, 아버지, 한 번만 더 울어 봐요. 다시 마약 할 거니까."

"야, 야, 아무리 그래도 그렇지 그런 말을……."

"아무튼, 울지 말라고요. 알았으면 장례식 들어가 보세요. 그리고 조용히 하시고."

"……."

"왜요?"

머혼은 반쯤 뾰로통한 표정을 짓더니 말했다.

"넌 머리카락 색만 빼놓고 네 어미를 쏙 빼닮았냐. 왜, 가서 머리카락도 염색하지?"

"그래도 전 흑발인 게 좋아요."

머혼의 표정이 금세 헤벌쭉거렸다.

"그, 그래?"

"얼른 가세요. 운정 도사랑 할 얘기 있으니까."

"아, 그, 그래. 일단은 가 보마. 그, 있다가 저택에서 보자? 응? 너 다른 데로 새지 말고?"

"알았어요, 아버지."

머혼은 기쁜 기색을 감추지 못하고 몇 번이고 시아스를 보다가, 곧 운정에게 말했다.

"잘 부탁드리겠습니다, 운정 도사님."

"물론입니다."

"그럼, 이만."

머혼은 조금 들뜬 걸음으로 왕가의 묘지로 향했다. 그런 그의 뒷모습을 보면서 운정이 말했다.

"머혼 백작님이 저렇게 좋아하시는 걸 보는 건 처음입니다. 아니, 좋아하시는 건 많이 봤지만, 저렇게 순수하게 좋아하는 건 처음이로군요."

시아스는 팔짱을 끼더니 말했다.

"그러게요. 저도 어릴 때 빼고는 처음 보네요."

운정은 시선을 시아스에게로 돌렸고, 시아스도 운정을 마주 보았다.

시아스는 정말로 딴사람이 되어 있었다. 마치 다 죽어 가던 병자가 하늘에서 선녀가 되어 돌아온 듯했다.

그녀는 운정을 바라보다가 말했다.

"이렇게 서 있기도 뭐하니 어디 앉아 있죠."

"중앙 정원이 어떻습니까?"

"중앙 정원이요?"

떨떠름한 목소리에 운정이 되물었다.

"마음에 내키지 않습니까?"

그녀는 치마를 한쪽으로 몰아 잡고는 자신의 신발을 내려다보며 말했다.

"흙길 위를 걷을 만한 신발이 아니라서. 더러워지면 곤란한 재질이기도 하고."

"……."

"뭐, 알겠어요. 일단 그쪽으로 가죠, 운정 도사. 운정 도사 맞죠? 운정 도사."

"예, 레이디 시아스."

"자, 앞장서세요. 전 왕궁 길을 모르니까."

운정은 먼저 걸음을 옮기기 시작했다. 시아스는 그의 뒤를 따라가면서도 한마디 말도 꺼내지 않았다. 중앙 정원으로 향하는 유리문을 열었을 때 조금 놀라는 감탄사를 짧게 내뱉은 것이 전부였다.

정원 중앙으로 가자, 조련사 한슨이 한쪽에서 동물들과 앉아 있었다. 그는 운정과 시아스를 발견하고는 자리에서 일어나더니 운정에게 말했다.

"운정 도사님, 혹시 그 친우분을 찾아오셨습니까? 친우분께서는 정원 서쪽 부근에 계십니다."

사람이 많은 장례식에 시르퀸을 데려갈 수 없어서, 운정은 그녀에게 중앙 정원에 가 있으라고 했었다.

운정은 포권을 취하며 말했다.

"아닙니다. 지금은 잠시 이 레이디와 대화하고자 하는데, 좋은 자리가 있겠습니까?"

"레, 레이디를 모실 만한 곳이 있긴 합니다만… 제가 하녀에게 말해 놓겠습니다. 아마 조금 닦아야 할 겁니다."

그때 시아스가 툭하니 말했다.

"좋아요. 안내하세요."

한슨은 고개를 끄덕이고는 그들을 한쪽으로 안내했다. 햇빛이 매우 잘 드는 곳이었는데, 중원으로 말하자면 작은 정자 같은 곳이었다. 다른 점이 있다면, 흰색 의자와 식탁으로 이뤄져 있다는 것이다. 꽤 오랫동안 사용하지 않았는지, 한슨 말대로 먼지가 가득했다.

한슨은 하녀를 부르겠다고 한쪽으로 사라졌다. 그러자 시아스는 볼멘 표정으로 팔짱을 낀 채 한쪽에 섰다. 그리고 한

손을 들고 눈을 가린 뒤, 하늘 유리창을 통해 스며드는 햇빛을 살짝 올려다보았다.

그러다 문득 운정이 자신을 바라보는 것을 느꼈다. 둘의 눈이 마주치자 시아스가 툭하니 말했다.

"리즈가 운정 도사에 대해서 말하는 걸 들은 적이 있어요. 자기가 본 사람 중에 가장 잘생긴 남자라고 하던데, 그 말이 확실히 맞네요."

운정이 되물었다.

"리즈?"

"아, 아시스 말이에요."

"레이디 아시스께서 그렇게 말씀하셨습니까?"

전혀 감흥 없는 그 목소리에 시아스의 눈꺼풀이 반쯤 내려왔다.

"도사님은 관심이 없으신가 보네요."

운정이 고개를 갸웃했다.

"무엇에요?"

"아시스한테 말이에요. 아시스가 잘생겼다고 했다는 사실에 별생각 없어 보여서."

"……."

운정이 아무런 말도 하지 않자, 시아스는 피식 웃더니 다시 하늘에서 쏟아지는 햇빛을 올려다보았다.

"이거 어떻게 하나. 전에 들어 보니, 도사님도 자기한테 관심 있는 줄 알고 있던데. 아니, 거의 확신하고 있었죠."

운정은 얼굴을 굳히며 말했다.

"제가 추파를 던진 적은 없습니다."

"네. 운정 도사는 확실히 그런 성품의 소유자는 아닌 것 같긴 해요. 다만 아시스가 남자에 관해선 어린애라서. 자기가 관심 있는 걸 자기한테 관심 있다고 착각하게 마련이지요. 내가 알기론 남자랑 제대로 만나 본 적도 없을걸요? 그러니 그렇게 순진해 빠졌지."

그녀는 입맛을 다셨다. 그리고 손을 가져가 뭔가 아쉬운 듯 자신의 입술을 매만졌는데, 운정의 날카로운 눈빛이 그런 그녀의 손길로 향했다.

"금단증상이 있으십니까?"

시아스가 눈동자만 움직여 운정을 보았다. 입술을 매만지던 그녀의 손길이 툭하니 아래로 내려왔다.

"딱히 없어요. 신기할 정도로. 욕구를 억누르는 마법의 효력도 다했을 텐데 말이에요. 햇볕이 이렇게 따스하게 느껴지는 건 참으로 오랜만인 것 같네요."

"내력을 통해 일어난 일시적인 현상이 아니라서 다행이로군요. 전에 제가 말씀드렸던 것처럼 자신의 양심에 어긋나는 일을 하지 않는 한, 중독의 영향이 찾아오지 않을 겁니다."

시아스는 살짝 고개를 끄덕였다.

"확실히 그렇더군요. 아까 좀 심심해서 로튼의 마음을 이리저리 들쑤셔 봤거든요. 그랬더니 바로 반응이 오던데요. 마약 생각이 치솟아 올라서 참아 내기가 좀 어려웠어요. 양심의 가책을 느끼면 중독 현상이 일어난다는 게, 그렇게 예민한 것일 줄은 몰랐죠. 아마 길바닥에다가 쓰레기만 버려도 마약을 찾을 거 같은데… 이대로는 도저히 못 살아요."

"그렇다면 무공을 익히셔야 합니다. 마선공을 정식으로 익히면 몸 안에서 역행하는 마기를 제대로 다스릴 수 있을 겁니다."

"왜죠? 원리가 어떻게 되는 거예요? 전에 설명했던 걸로는 이해가 잘 안 가요."

"간단히 말해서, 지금 당신은 내공 구결 없이 순수한 의지로만 마기를 다스리고 있는 겁니다. 본능적으로 제가 한 것을 따라 하고만 있는 것이지, 그 의미와 이유를 전혀 모르고 있습니다."

"더 이해가 안 되네요. 예를 들어 보세요."

운정은 주변을 돌아봤다. 중앙 정원의 식물들 멀리, 왕궁 복도를 둘러싸고 있는 유리창이 보였다. 그것을 보자 적절한 예시가 떠올랐다.

"마치 하루아침에 거대한 왕국의 왕이 된 섭정과 같습니다.

선왕이 수행하는 것을 옆에서 지켜보고 그대로 따라 하고는 있지만, 나라를 제대로 다스리기 위해선 제대로 교육이 되어야겠지요. 그렇지 않으면 평화 시기에는 큰 문제가 없겠지만, 전쟁이 다가오면 어떻게 대처해야 할지 모를 겁니다."

"음……."

"왕이 굳건해야 나라도 굳건하지요. 왕이 아무것도 모른다면, 그 나라는 전쟁의 작은 조짐에도 민감하게 반응할 수밖에 없습니다. 마찬가지로 당신의 몸은 아주 작은 양심의 가책을 느껴도 마기가 즉각 반응해서 어쩔 줄 몰라 하는 겁니다."

시아스는 시선을 아래로 내리더니 자신의 발밑을 바라보며 말했다.

"구속이 싫어서 무공을 배우지 않겠다고 했는데, 이제 보니 배우지 않는 게 더한 구속이겠어요."

운정이 말을 하려는데, 한쪽에서 한슨과 하녀들이 나타났다. 그들은 청소 도구와 다과를 가지고 와서는, 빠른 속도로 정자를 치우고 자리를 마련했다.

일련의 작업이 끝나자 시아스가 자연스럽게 한쪽에 앉았다. 차를 홀짝이더니, 앞에 놓인 과자를 하나 집어 먹었다.

하녀들이 한쪽으로 사라질 때, 옆에서 머뭇거리던 한슨이 용기를 내서 운정에게 말했다.

"죄송하지만 혹시 말씀 나누시고, 저와 얘기하실 수 있겠습니까?"

"안 그래도 그렇게 하려고 했습니다."

한슨은 다소 억지스러운 미소를 지어 보이곤 고개를 숙여 인사했다. 그가 가는 길을 묘한 눈길로 보던 시아스가 말했다.

"테이머와는 어떻게 아는 사이예요?"

운정이 대답했다.

"이런저런 일로 알게 되었습니다. 전에 제자가 되어 달라고 했습니다만, 아직 답을 듣지 못한 상황입니다. 그런데 보아하니, 마음의 결정을 내린 것 같습니다."

"제자요? 저 사람도 무공을 익히는 건가요? 무술과는 전혀 연이 없어 보이는데요. 나이도 많아 보이고."

"전에도 말씀드렸지만, 무공은 본래 무술과는 상관없는 것입니다. 그래서 당신에게도 제자가 되어 달라고 말한 것이고요. 무술이 먼저라면, 당신이 아니라 레이디 아시스에게 무공을 가르쳤을 겁니다."

과자를 집던 시아스의 손길이 살짝 멈췄다.

그녀는 곧 과자를 입에 넣고 천천히 씹어 음미했다. 그리고 차 한 모금으로 목까지 축인 후에 답했다.

"마법과 같군요."

"예?"

시아스는 엄지와 검지를 비벼 부스러기를 털어 내면서 말했다.

"무력을 근간으로 하지 않지만, 무력으로 사용되어진다는 점 말이에요. 무공이나 마법이나."

"그렇군요."

운정은 사색에 잠겼다.

시아스는 그런 운정을 보며 말을 이었다.

"인간은 어쩔 수 없나 보지요. 파인랜드에 살든, 중원에 살든, 인간은 인간인가 봐요."

운정은 어렴풋이 비슷한 생각을 했던 것을 떠올리며 나지막하게 동의했다.

"예, 그런가 봅니다."

그의 대답을 들으며 시아스는 운정과 눈을 마주쳤다. 운정도 그 시선을 피하지 않았다. 시아스는 그렇게 한동안 그의 두 눈을 바라보더니 말했다.

"내겐 선택권이 없어요. 사람이 평생 동안 양심의 가책을 느끼지 않고 살 수는 없지요. 난 무공을 익혀야지만 살아갈 수 있으니, 당신은 내게 선택권이 있다고 주장하실 수 없어요."

"모든 것은 선택입니다, 레이디 시아스. 마약에 손을 댄 것도, 그것에서 벗어나기 위해 무공을 익히려는 것도, 다 선택이지요."

"아니요. 사람은 환경과 상황에 따라 자신의 생각에 가장 바른 기준에 따라 판단할 뿐이에요. 거기에는 선택이고 뭐고 없어요. 자유의지는 해답이 아니라 질문이니까."

"해답이 아니라 질문?"

시아스는 운정을 보며 방긋 웃었다.

"전 마약에서 벗어나기 위해서 별 헛짓거리를 다 했었어요. 신께 매달리는 것도 그중 꽤 지분이 크죠. 혹시 신학 좋아하세요?"

"예?"

운정이 이해하지 못했다는 표정을 짓자 시아스가 재밌다는 듯 팔짱을 꼈다. 그녀는 앞에 있는 과자를 집더니, 삼분의 이 정도를 떼어 냈다.

"신학이요."

"도사라면 관심이 없어선 안 되는 학문이지요."

"그럼 수학은요?"

"마법의 원리를 익히며 얻은 지식이 조금 있습니다."

"그럼, 질문 하나 할게요. 이를 삼으로 나누면 뭘까요, 운정 도사님?"

그녀는 무언가 의도하는 것이 있는 듯 보였다. 운정은 나지막하게 대답했다.

"삼분의 이입니다."

시아스는 조각난 과자를 앞으로 내밀면서 말했다.

"맞아요. 자, 보세요. 삼분의 이. 그런데 이게 과연 숫자일까요?"

운정은 로스부룩에게 교육받은 파인랜드의 수학 체계를 떠올리며 말했다.

"숫자로 취급하는 것이지요."

시아스는 미소 지으며 고개를 여러 차례 끄덕였다.

"역시 알아들으실 줄 알았어요. 맞아요, 취급하는 거죠. 삼분의 이라는 숫자는 사실 '이를 삼으로 나누면 무엇이 될까?'라는 그 질문을 숫자로 쓴 것뿐이에요. 그래 놓고는 그걸 답이라고 우기는 거죠. 왜냐하면 원래 이는 삼으로 안 나눠지거든요. 그래서 질문을 다시 써서 그걸 답으로 만든 거죠. 애초에 '삼분의 이'라는 그 말에 질문이 들어 있잖아요? 삼, 분, 그리고 이, 이렇게."

"예. 그렇습니다."

"그러니 엄밀히 말하면, '삼분의 이'는 '이를 삼으로 나누면 무엇이 될까' 하는 그 질문의 답이 되지 않아요. 거기에 새로운 정보란 없어요. 분수(Fraction)는 나누기(Division)라는 질문을 답으로 다시 쓴 것뿐이지요. 나눠질 수 없는 것들에게."

"……."

"자유의지가 그런 거예요. 자유의지는 질문의 답이 아니라 그 질문 자체를 다시 쓴 것에 불과하죠."

"어떤 질문을 다시 쓴 것입니까?"

시아스는 손을 하늘로 향하며 말했다.

"'전지전능한 신의 지배 아래에서 사는 인간의 모든 선택은 과연 인간의 책임일까?'라는 질문이죠. 좀 더 정확히 말하면, '전지전능한 신의 지배 아래 있는 인간의 죄악이 왜 인간의 책임일까' 하는 질문입니다."

"그 질문을 답으로 바꿔 쓴 게 바로 자유의지라는 겁니까?"

"네. '인간은 자유의지를 가지고 있기 때문이다'가 바로 그 질문의 답변이에요. 하지만 그건 답이 되지 않아요. 그건 그저 그 신학적 질문을 자유의지라는 좋은 하나의 단어에 욱여넣은 것에 불과하지요. 마치……."

운정이 그 말을 잘랐다.

"'이를 삼으로 나누면 무엇이 될까' 하는 질문을 '삼분의 이'라는 단어 속에 욱여넣은 것처럼 말입니까?"

시아스는 만족한 미소를 지으며 삼분의 이로 조각난 과자를 입가에 가져갔다.

"맞아요."

"……."

그녀의 입속으로 쏙 들어간 과자는 곧 잘게 으깨어졌다. 그녀는 그것을 꿀떡 삼키더니 말을 이었다.

"그러니 전지전능한 신이 존재하는 한, 인간에게 자유의지란 없어요. 다른 말로는 책임이 따르는 자유란 없지요. 그저 해결되지 않는 질문을 자유라는 단어에 욱여넣은 것에 불과해요. 제가 한 모든 행동은 제 책임일 순 없어요. 그건 내가 선택한 게 아니니까. 신의 절대적인 지배 아래에선 내 선택이라는 것이 애초에 없으니까."

"……."

"그리고 전지전능한 신이 없다면, 절대적 기준도 없죠. 나의 모든 행동과 그 결과는 그저 상대적인 잣대에서 가늠할 수밖에 없어요. 그러니 책임이라는 단어조차 정의하기 나름이죠. 따라서 나는 책임이 없어요. 그렇게 선포하면 그만이니까."

"……."

"즉, 자유와 책임은 함께할 수 없는 개념이에요. 비논리적이고 상호 모순이지요. 그런데도 다들 자유에는 책임이 따른다는 우스운 주장을 해요. 그게 옳다는 건 다들 알죠. 하지만 왜인지는 아무도 설명하지 못해요. 그저 아는 척들 하는 거예요. 이것도 저것도 답이 아니라는 것만 아니까. 자유가 없거나 책임이 없다면 인간은 더불어 살 수 없다는 걸 경험적으로는 아니까. 그런데 그게 사실이라면 전지전능한 신은 있으면서 없어야 해요. 안 그래요?"

운정은 가만히 그녀를 바라보았다. 그녀는 무엇이 그리 재밌는지, 입꼬리가 수시로 오르락내리락했다.

그의 시선이 그녀 앞에 놓인 남아 있던 과자 조각에 머물렀다.

운정이 말했다.

"분명 분수는 만들어진 겁니다. '대답할 수 없는 나누기 질문'들을 답으로 다시 써서 답이다 선언한 것에 불과하지요."

"그래요."

"하지만, 그렇기에 그것이 아무런 의미가 없다면, 수학은 거기서 멈춰야 합니다. 그런데 수학이 거기서 멈췄습니까? 새로운 정보가 없는 분수가 만들어지고 나서?"

시아스의 얼굴이 살짝 굳었다.

"……."

운정은 아무 말 하지 않는 그녀를 보며 말을 이었다.

"멈추지 않았지요. 오히려 또 하나의 체계가 생겼습니다. 그저 답할 수 없는 질문을 다시 써서 그 질문의 답이라 선언했을 뿐인데… 분수라는 하나의 세계가 창조된 겁니다. 즉 그것이야말로 무에서 유를 창조한 것이지요. 레이디 시아스, 저는 잘 모르겠지만, 자유의지도 그렇지 않을까 합니다."

"그게 무슨 말이에요."

"답이 없는 그 신학적 질문을 다시 써서, 자유의지라는 단어로 답을 쓰는 순간, 새로운 세상이 창조된 것이라는 겁니다. 더 쉽게 말하면 창조는 모순으로부터 나온다는 말을 하는 겁니다. 그러니 세계가 모순을 품을 수밖에요."

"그거랑 자유의지랑 무슨 상관이죠?"

"제 말은 모순이 전혀 없는 세계는 그 자체가 모순이 아닐까 합니다. 수학의 세계가 어느 한 지점에서 멈춘다면, 더 이상 수학이 아닙니다. 즉 세계가 창조되어지는 것이 멈춰진다면 그것은 애초에 창조된 것이 아닙니다. 인간에게 자유와 책임이 동시에 있을 수 없다면, 그것이 동시에 있는 세계를 창조하고 된다고 선언하면 됩니다. 이를 삼으로 나누는 숫자가 존재하지 않아, 삼분의 이라는 숫자를 창조한 것처럼."

"……."

"그러니, 그 새로운 세상에선 당신에겐 자유와 책임이 동시에 있을 수 있습니다. 우리가 사는 곳이 그런 세상이며, 신으로부터 선언되었다면 말이지요."

운정은 의자에서 일어났다. 시아스가 그런 그를 보며 말했다.

"가, 갑자기 어딜 가세요?"

그는 갑자기 옆에 가부좌를 틀고 앉아 조용히 중얼거렸다.

"신께서 무에서 유를 어찌 창조했는지 그 원리를 어렴풋이 알 것 같군요. 잠시 깨달음을 얻기 위해서 명상해도 되겠습니까? 지금이 아니라면 붙잡지 못할 것 같습니다."

"그, 그러세요."

"그럼, 레이디 시아스."

운정은 살짝 고개를 끄덕이곤, 눈을 감고 운기하기 시작했다.

시아스는 그런 그를 내려다보며 움직이지 않는 입을 겨우 움직여 말했다.

"창조의 원리를… 알 것 같다고?"

*　　　　*　　　　*

얼마나 지났을까?

운정이 눈을 떴을 때, 그의 앞에는 시아스가 있었다. 거의 얼굴이 맞닿을 정도로 가까이에 쭈그려 앉아서, 그녀는 태연하게 고개를 살짝 옆으로 젖힌 후 손에 든 찻잔을 입으로 가져갔다.

하지만 검은 그 두 눈동자는 끝까지 운정을 향하고 있었다.

"깨달음을 얻으셨나요, 도사님?"

운정은 고개를 저었다.

"아니요. 선기가 고갈된 터라 사고에 현묘함이 덜해서 그런지, 깨달음은 얻지 못했습니다."

시아스의 입꼬리가 깊게 올라갔다.

"무슨 말인지 모르겠지만 어쨌든 절 실망시키지 않으시는군요. 얻은 척할 줄 알았는데."

"내가 당신 앞에서 허세를 부린다 한들 얻을 게 뭐가 있겠습니까?"

시아스는 자리에서 일어나며 냉소적으로 말했다.

"그러게 말이에요들."

"……."

시아스는 찻잔을 상 위에 내려놓고는 툭하니 던지듯 말했다.

"매일 저녁 8시부터 10시까지, 저택에서. 어때요?"

"뭘 말입니까?"

"무공 수업이요. 전 무언가 배우는 걸 하루에 두 시간 이상 못 해요. 그 이상 하면 집중력이 떨어져서 하나마나지요. 하지만 그 시간만큼은 누구보다 빠르고 정확하게 익힐 수 있어요. 남들이 하루 종일 배우는 것보다 더욱 많이 배울 거라 약속드리죠."

"……."

"클랜원이 되기로 결정했으니까. 혹시 다른 시간을 원하시면 말씀해 주세요. 그때로 맞춰 드릴게요."

운정은 자리에서 일어나 옷을 털면서 말했다.

"그 시간만큼 제가 자유 시간을 드리겠습니다."

"예?"

"클랜원이 되시려면 그 두 시간을 제외한 모든 시간 동안 저와 함께해야 할 겁니다."

"……."

"그것을 고려해서 클랜원이 될지 말지 더 생각해 보시면 될 겁니다. 제가 대답을 듣기까지 시간을 얼마나 드리면 되겠습니까?"

시아스는 자신의 입술을 살짝 깨물더니, 곧 말했다.

"삼 일은 주세요."

"만 하루 드리겠습니다."

운정은 포권을 취한 뒤에, 시아스에게서 멀어졌다. 시아스는 어이없다는 표정으로 그의 뒷모습을 바라보았다.

"하."

그녀는 기가 찬 듯 몸을 획 돌려 중앙 정원에서 나갔다.

운정은 한적한 곳에 앉아 있는 한손을 발견했다. 그는 여전히 동물들에게 둘러싸여 있었는데, 운정이 다가오는 모습을 보자, 자리에서 공손이 일어나 고개를 숙였다. 그의 얼굴빛은 어두웠는데, 은은한 죄책감이 감돌고 있었다. 운정은 그로부터 이미 그의 마음을 알았지만, 직접 말을 듣고 싶었다.

운정이 말했다.

"안녕하십니까, 절 보고 싶으셨다고요."

한슨은 손을 만지작만지작 거리며 어쩔 줄 몰라 하다가 곧 고개를 돌고 운정에게 말했다.

"저, 저희 아이들을 구해 주셔서 너무나 감사합니다. 서, 설마 유성을 부수는 그, 그런 신적인 일이 가능하신 지는 모, 몰랐습니다. 너, 너무나 놀라운 광경이었습니다."

"신무당파에 들어와 열심히 무공을 익히면 언젠가 한슨께서도 가능하실 겁니다."

한슨의 고개가 또 떨어졌다. 그는 운정과 눈을 마주치지 못한 채 말했다.

"제, 제가 한 말은 잘 압니다. 아이들을 구해 주실 수만 있다면, 제자가 아니라 노예라도 되겠다고 했었지요."

"예, 그렇게 말씀하셨지요."

"하, 하지만 전 다, 당신의 제자가 될 자질이 못 됩니다. 그, 그때 그렇게 말한 건 설마 당신이 이 아이들을 떨어지는 유성으로부터 구해 낼지 몰랐기 때문입니다. 우, 운정 도사께서 허황된 이야기를 한다고 생각해서……."

"하지만 약속은 약속입니다, 한슨. 당신은 노예라도 되겠다고 했지요. 그에 비하면 제자가 되어 달라는 건 어려운 일이 아닐 텐데요."

"그, 그렇지요. 그, 그게… 어, 어려울 것 같습니다."

그는 여전히 운정의 두 눈을 쳐다보지 못했다.

운정은 나긋한 목소리로 물었다.

"어떤 점에서 그렇습니까?"

한슨은 이제 손을 들어 자신의 머리를 벅벅 긁으며 말했다.

"그, 여, 여기서 제가 떠난다면 그, 그러니까. 이 아이들을 돌봐 줄 사람이 없습니다. 이, 이곳 중앙 정원은 매우 정교한 마법에 의해서 유지되기 때문에 그걸 다 알지 못하면 이 아이들이 전부 살아갈 수 있는 환경을 조성할 수 없습니다. 그러니까, 이 아이들은 제가 없으면 살 수 없으니까… 그래서 당신의 제자가 될 수는 없을 것 같습니다."

"한슨."

그것은 낮은 어조였다. 한슨은 고개를 확 들며 눈을 동그랗게 뜨고 운정을 보았다. 다행히 운정의 표정에는 노기가 보이지 않았다. 그것을 확인한 한슨의 눈이 조금은 편안하게 변했다.

그리고 운정은 그 모든 것을 보았다.

"마, 말씀하시지요."

한슨은 지어지지 않는 미소를 억지로 지었다. 운정은 부드럽게 말했다.

"한슨께서 영원히 이곳에 남을 수는 없습니다. 모든 이에게 찾아오는 죽음이 한슨께도 찾아오는 날이 있을 겁니다. 그날이 임박하면, 방금 제게 말씀하셨던 그 고민을 하실 겁니다. 언제가 될지는 모르나, 이 중앙 정원은 결국 당신을 떠나보내야 하는 날이 찾아오겠지요. 그때를 대비해서라도 어차피 후계자를 두어야 하지 않습니까?"

"……."

"그에 관해서는 생각하고 계십니까?"

한슨은 침을 몇 번이나 삼키더니 말했다.

"새, 생각은 가끔씩 합니다. 내가 이대로 죽어 버리면 어떻게 되, 될지 말입니다. 하, 하지만 제가 죽어도 그, 저, 저만큼 유능한 사람이 중앙 정원의 관리사로 이, 임명되지 않겠습니까? 전하께서는… 아, 아니, 이제 머혼 섭정께서는 분명히 더 좋은 사람으로 절 대신할 겁니다."

"그렇다면, 지금 한슨께서 제 제자가 되지 못하는 이유로, 중앙 정원을 버려둘 수 없다는 그 말이 성립되지 않습니다. 지금 제 제자가 돼서 떠난다 한들, 머혼 섭정께서 더 좋은 사람을 둘 것이기 때문입니다."

"……."

"그렇지 않습니까?"

한슨은 죄스러운 표정을 지으며 연신 손으로 얼굴을 쓸어내렸다. 그러고는 힘겹게 말을 꺼냈다.

"죄, 죄송합니다. 우, 운정 도사님. 도, 도저히 당신의 제자가 될 순 없을 것 같습니다. 저는 절 잘 압니다. 도저히 그, 그런 걸… 무공이란 걸 익힐 수 있을 만한 사람이 아닙니다."

"그럼 노예는 되실 수 있겠습니까?"

한손은 순간 잘못 들었다고 생각하며 눈을 크게 뜨고 운정을 보았다.

"예?"

"노예는 되실 수 있습니까? 제자가 될 자질은 없으시니."

한손은 입을 살짝 벌리고는 머리를 다시금 마구 긁적였다. 그러다가 그는 또다시 운정의 눈길을 회피했다.

"그, 그것도……."

"……."

한손은 불편한 듯 몸을 조금씩 배배 꼬다가, 곧 무슨 생각이 났는지 박수를 치며 쾌활하게 말했다.

"아, 아, 아, 제, 제가 드릴 것이 있습니다."

"드릴 것이요?"

"예, 예. 서, 선물입니다. 이 아이들을 모두 지켜 주신 것에 대한… 하하하."

한손은 어색하게 웃더니, 한쪽 주머니 속에 양손을 넣었다. 그리고 그 안에서 무언가 꺼내서 운정에게 내밀었다.

그의 손이 펼쳐졌고, 그곳에는 잠들어 있는 페어리(Fairy)가 있었다.

운정의 눈동자가 그것에 고정되었다.

그리고 그의 눈동자 안에 담긴 감정이 모조리 증발했다.

"페, 페어리입니다, 하하하. 그 엘프의 열매에서 나온 아이지요."

"……."

"그, 왜 전에 페어리에 관심이 많으시지 않았습니까? 어떻게 얻게 되었는지도 물어보셨었는데… 혹시 기억이 나지 않으십니까?"

"……."

"그, 그러니까 제가 그 선물로 받았, 받았었다고……."

"……."

"우, 운정 도사님? 괘, 괜찮으십니까?"

운정은 눈동자를 돌려 한슨을 보았다.

한슨의 얼굴은 불안하기 이를 데 없었다. 두 눈은 두려움이 가득했고, 입술은 파르르 떨리고 있었다. 그 와중에도 그의 얼굴은 겨우 웃음을 그리고 있었다.

운정은 시선을 돌려 페어리를 보았다.

"귀한 것인데, 제게 주셔도 되겠습니까?"

한슨은 고개를 연신 끄덕이며, 페어리를 더욱 앞으로 내밀었다.

"그, 그럼요. 사람을 전혀 따르지 않는 동물들조차 운정 도사님을 따르는데, 이 페어리 또한 매우 좋아하리라 생각합니다. 저, 저 같은 사람에게 남아 있는 것보다 훨씬 더 당신을 따를 겁니다."

"딸 같은 존재라고 하지 않으셨습니까?"

한슨의 눈길이 살짝 아래로 향했다가 다시 올라왔다.

"그, 그렇지요. 그러나 제, 제게 있는 것보다 운정 도사님과 함께하는 것이 이 아이에게도 유익할 것입니다. 부, 분명 그럴 겁니다. 우, 운정 도사님은 엘프들과도 친하신 분 아닙니까? 그, 그들을 잘 아시는 분이니 이 아이도 잘 대해 주시겠지요."

"……."

"자, 바, 받으세요. 잠에서 깨고 나면 절 찾아서 조금 어렵게 될 겁니다, 하하하."

"……."

"우, 운정 도사님?"

운정은 깊게 숨을 들이마셨다. 그러곤 눈을 살짝 감고 가슴에 올라오는 감정을 한 번에 모두 토해 냈다.

그가 눈을 떴을 땐, 그의 두 눈이 맑게 빛나고 있었다.

"이토록 귀한 것을 주시니 감사합니다."

운정이 포권을 취하며 한슨을 보았다.

그러자 한슨의 표정에 가득했던 두려움이 순식간에 실망감으로 변했다.

그는 떨떠름한 표정으로 말했다.

"그, 그, 그럼. 여, 여기 있습니다. 하하하, 주, 주머니가 어, 없으시니, 그 손에 쥐고 계셔야 하겠군요. 그, 그러면 이 아이가 불편해할 텐데 말입니다."

운정은 방긋 웃으며 양손을 내밀었다.

"그렇다면 제 머리 위에 두면 될 듯합니다. 무공을 익히는 과정에서 중심을 바로잡는 훈련을 했으니, 제 머리에서 떨어질 일은 없을 겁니다."

운정의 빈손을 멍하니 바라보던 한슨의 두 눈이 곧 웃음을 그렸다. 그는 운정의 양손에 페어리를 올려놓았다. 운정은 그것을 받아 들어 자신의 정수리 위에 올려놓았다. 한슨은 안타까운 눈빛으로 운정과 페어리를 연신 흘겨보았다. 그러나 그 와중에도 두 눈의 웃음기는 거두지 않았다.

운정이 물었다.

"그런데 이름은 어떻게 됩니까?"

"예?"

"이 아이의 이름이요."

한슨은 잠깐 놀란 표정을 짓다가 곧 말을 얼버무렸다.

"이, 이름은 따, 딱히 짓지 않……."

"……."

"그, 그게 저 말고는 이 아이를 부를 사람이 없어서. 어차피 이름이 필요 없지 않습니까?"

"……."

그때, 페어리가 잠에서 살짝 깼는지 하품을 하며 이리저리 몸을 뒤척였다. 이에 한슨의 표정이 조금 밝아졌다. 그런데 페어리는 자연스럽게 운정의 머리카락을 침대와 이불 삼아 자신의 몸을 덮고는 다시 잠에 빠져들었다. 한슨의 눈길이 조금 차갑게 변하는데, 페어리는 그것도 모르고 더욱 편안해진 표정을 지었다.

한슨은 겨우 시선을 떼고는 말했다.

"이름은 운정 도사께서 지어 주시지요. 그, 그럼 그 아이를 잘 키워 주십시오. 잘 부탁드리겠습니다."

운정은 한슨을 가만히 내려다보다가 나지막하게 말했다.

"도저히 아이들과 떨어질 수 없는 그 마음은 제가 충분히 이해합니다. 아무래도 제가 너무 어려운 것을 요구한 것이 아닌가 해서 미안한 마음뿐입니다."

한슨은 운정의 시선을 회피하며 말했다.

"아, 아닙니다. 제가 도사님의 제자가 될 만한 자질이 없는 게 문제입니다. 제가 이렇게 태어난 것이 잘못이지요. 그, 그럼 전 이만 아이들에게로 돌아가 보겠습니다."

운정은 포권을 취했다.

"예. 수고하십시오."

한손은 고개를 살짝 숙여 보이고는 발걸음을 뗐다. 몇 번 머뭇거렸지만, 그는 곧 운정의 앞에서 사라져 버렸다.

중앙 정원에 홀로 남은 운정의 눈길이 땅을 향했다. 그는 눈을 감고 나지막하게 중얼거렸다.

"어렵구나, 어려워. 하기야 내가 누구에게 뭐라 할 수 있는가? 나 또한 저와 다르지 않았던 것을……."

그는 한숨을 푹 쉬었다. 그런데 그때 그의 머리에서 부스럭거리는 느낌이 느껴졌다. 페어리가 잠에서 깨어나 기지개를 편 것이다.

"뿌우? 뿌우?"

날개를 펴고 날아오른 페어리는 운정의 머리 위에서 맴돌다가 곧 운정의 얼굴 앞으로 왔다. 그녀는 운정을 빤히 바라보더니 소리를 냈다.

"뿌우? 뿌우?"

운정은 조금 미안한 표정을 지었다.

"널 받을까 받지 말까 고민을 많이 했다. 답이 나오지 않았다. 그래서 그를 위해서도 나를 위해서도 생각하지 않기로 마음먹었다. 네가 선택해라. 이곳에 남는다면 네 아버지와 함께 있을 수 있을 것이고, 나와 함께한다면 엘프의 사회로 돌아갈 수 있겠지. 하지만 전자를 선택한다 해도 그리 오랜 시간을 함께할 순 없을 것이며, 후자를 선택한다 해도 확실히 돌아갈 수 있다는 보장은 없다."

페어리는 그 말을 알아들었는지 아니면 알아듣지 못했는지 운정을 보며 뚱한 표정을 지었다.

"뿌우! 뿌우!"

강한 어조로 말하며 페어리가 한 손가락을 세웠다. 운정은 그런 그녀에게 초점을 맞췄다.

페어리는 그 작은 눈초리를 겨우 모으더니, 운정의 코끝을 확 붙잡았다. 초점을 맞출 수 없을 만큼 가까운 거리에서, 페어리가 운정의 코를 탁탁 치며 말했다.

"뿌우. 뿌우."

페어리는 몸을 살짝 돌려 운정의 코끝을 양발로 찼다. 그리고 그 반동을 받아서 빙글 돌며 날아올랐다. 그녀는 그렇게 운정에게 멀어져, 한손이 사라진 곳으로 날아갔다.

운정은 그녀의 뒷모습을 보다가 포근한 미소를 짓고는 중얼거렸다.

"네 결정이 그렇다면야."

그는 미련 없이 몸을 돌렸다.

그리고 천천히 걸음을 옮겼다.

중앙 정원의 경치를 감상하던 그는 투명한 유리문을 통해 왕궁 복도로 나왔다.

막 복도를 걸으려고 하는데 한쪽에서 소리가 들렸다.

콩. 콩. 콩.

그곳에는 페어리가 막 닫힌 유리문을 두드리고 있었다.

운정은 그녀를 지켜보다가 문을 열어 주었다.

그러자 페어리는 순식간에 운정의 코앞으로 날아들더니, 손으로 그의 콧등을 툭 쳤다.

"뿌우! 뿌우. 뿌우!"

그녀는 곧 확 날아올라 운정의 머리카락에 안착했다. 그곳에 무릎을 꿇고 운정의 머리카락으로 자신의 몸을 이리저리 감싸 고정했다.

"뿌우!"

페어리는 한쪽을 향해서 나아가라는 듯 손짓했다. 자신의 머리 위에 있어 그것을 볼 수는 없었지만 운정은 피식 웃었다.

"인사한 것이로구나."

* * *

"운정? 그, 그건 뭐야? 페, 페어리?"

NSMC 한쪽 벽에 기대앉아 쉬고 있던 스페라가 운정을 발견하고 물었다. 운정은 천천히 그녀에게 걸어와서, 그녀 옆에 앉았다.

“네. 어쩌다 보니 함께하게 되었습니다.”

“뭐, 뭐라고?”

운정은 손가락을 들어 앞에 있는 거대한 마법진을 가리켰다.

“NSMC 복구는 어떻게 되어 가고 있습니까?”

스페라는 한숨을 푹 쉬며 말했다.

“물리적인 건 거의 복구했어. 문제는 첫 가동을 일으킬 때 필요한 방대한 마나야. 첫 가동만 시킬 수 있다면, 알아서 잘 돌아갈 텐데 말이지. 그런데 어쩌다 보니 함께하게 되었다는 게 무슨 말이야?”

운정은 희미한 미소를 지었다.

“선물로 받았습니다.”

“뭐? 누구한테?”

“테이머 한슨에게요. 중앙 정원을 관리하시기도 합니다.”

“아? 그가? 정말로? 선물로 줬다고?”

“네, 유성을 막아 아이들을 지켜 줘서 고맙다며 주었습니다.”

“…….”

“왜 그러십니까?”

스페라는 입맛을 살짝 다셨다. 그걸 본 페어리는 인상을 팍 쓰더니, 운정의 머리카락 속으로 파고들었다.

스페라의 시선이 페어리에 고정된 채, 그녀가 말했다.

"엄밀히 말해 보자. 응? 엄밀히 말하면 말이야, 그 유성을 운정 혼자 막은 건 아니잖아? 분명히 내 도움도 있었잖아? 그치? 그치?"

"맞습니다. 제가 유성을 갈랐다고 해도, 스페라 스승님이 그것을 안에서부터 폭파시키지 않았다면 두 조각 난 유성이 그대로 델로스에 떨어져 별반 차이가 없었겠지요."

"응. 응. 맞아. 그러니까, 한슨이 고마워해야 할 사람은 운정이 맞지만, 나도 거기 포함되지 않을까?"

운정이 스페라의 눈을 보니 그녀가 한 말은 반쯤 농담이었지만, 반쯤 진심이기도 한 듯 보였다. 그 안에 호기심과 욕망이 동시에 떠올라 있었기 때문이다.

운정은 살짝 웃으며 말했다.

"보아하니, 마법사에게도 페어리가 귀중한 존재인 듯싶습니다."

스페라는 숨김없이 말했다.

"물론이지. 마법으로는 전혀 해석할 수 없는 축복에 관한 실마리를 잡을 수 있으니까."

"축복이라면 엘프들의 마법 말이군요. 마나를 전혀 사용하지 않으면서 저절로 일어나는 마법들."

"애초에 마법이라 표현하는 것 자체가 이상하지. 마법과는 완전히 다른 방식으로 이루어지는 거야. 마법과는 달라. 엘프들 중에는 마법을 익히는 개체들이 따로 있지만, 축복은 너나 할 것 없이 모든 엘프들이 누리는 거잖아. 주문 없이, 소비 없이. 말 그대로 축복이라니까?"

"흐음, 그렇군요."

"다 제쳐 놓고 영생(Immortality)만 놓고 봐 봐. 마법으로는 육신을 팔고 영혼을 팔고 그것도 모자라 인간성까지 팔아서, 몸과 마음과 정신을 지지고 볶고 난리를 피워야지만 겨우 흉내라도 낼 수 있는 게 영생이야. 그런데 엘프들은 기본으로 가지고 있는 속성이잖아? 애초에 늙지도 않지. 별일 없다면 젊은 그대로 영원히 살아."

"흐음."

"그리고 차원이동도 뭐, 그 세계수의 씨앗인가 뭔가 하는 걸로 그냥 휘휘 해 버리고. 숲속에서 달리는 것 때문에 텔레포트도 거의 필요 없어. 아니, 그보다 빠르지. 텔레포트를 시전하기 위해선 그것을 준비하는 시간이 필요하니까."

"……."

"마법사들 사이에서 도는 루머 같은 게 있어. 마법은 애초에 엘프들의 축복을 흉내 내고 싶어서 만들어 낸 거라고. 그렇게 발전되어져 온 것이라고. 난 그 말이 맞다고 생각하는 게, 마법은 계속해서 발전되어 왔지만 엘프의 축복은 처음부터 완성된 그대로 이 땅에 그들과 함께 있었어. 그것만 봐도 알잖아? 축복이야말로 완벽한 마법인 거야."

"그렇군요. 그래서 축복을 연구하고 싶어 하시는군요."

"다 큰 엘프들에게 물어봐도 아무런 소용이 없어. 그들에겐 이미 축복이 임했고, 그들은 그 원리를 전혀 모른 채 그저 숨쉬듯 사용하니까. 그러니 축복에 대해서 분석하고 공부할 수 있는 유일한 수단은 아직 축복이 스며들지 않은 어린 엘프들뿐이지. 네가 가지고 있는 그 페어리처럼."

운정은 머리 위의 페어리가 꿈틀거리는 것을 느꼈다. 파르르 떠는 것이, 공포에 질린 듯했다. 그는 손을 들어서 페어리 위에 올려놓았다. 그러자 페어리는 그의 손을 확 붙잡고는 자기 머리에서 떠나지 못하게 했다.

운정이 말했다.

"귀한 선물이다 보니, 연구 대상으로 삼을 순 없을 것 같습니다. 이것은 한손께서 제게 주신 선물이니, 스페라께서 그 권리를 주장하실 수 없습니다. 한손 본인에게 가서 혹시 다른 페어리가 있는지 물어보심이 어떠십니까?"

그 말을 듣자 스페라는 혀를 한 번 차더니 고개를 돌렸다.

"칫, 됐어. 그냥 해 본 말이야."

"하하."

스페라는 NSMC 중심을 바라보며 나지막하게 중얼거렸다.

"하아, 그나저나 마나를 어디서 구하나? 이만한 마나는 중원에 가야 구할 수 있을 텐데. 가지를 못하니."

운정은 빙그레 웃으며 그녀에게 물었다.

"얼마나 들어갑니까?"

"퍼플 20kg."

그 뜻은 퍼플 마나스톤(Purple Manastone) 20kg를 뜻하는 말로, 막 보랏빛을 띠게 된, 그러니까 퍼플 마나스톤이라고 겨우 불러줄 만한 최하급으로 따졌을 때 20kg 분량의 마나스톤이 필요하다는 뜻이다.

"그 이후에는? 중원에서 조달하실 생각이십니까?"

스페라는 무릎을 하나 굽히며 말했다.

"NSMC는 자기가 필요한 마나를 자급자족해. 오히려 너무 넘쳐서 문제지. 제어하는 게 문제일 정도로."

운정은 고개를 갸웃했다.

"스스로 마나를 만들어 낸다는 겁니까?"

"절대 그럴 순 없어. 마나는 창조될 수도 파괴될 수도 없으니까. 하지만 변환될 수는 있어. 존재 그 자체를 마나로 변환시켜서."

"……."

"데빌(Devil) 알지?"

"한두 번 보기는 했었지요."

"그놈들을 따라다니는 수식어가 바로 마나생명체야. 마법의 도움 없이 그저 본능으로 존재와 마나 사이를 오가지. 엄청난 양의 마나를 먹어치우며 태어나고, 또 스스로 존재를 일부 포기함으로써 방대한 마나를 뿌릴 수도 있어. 우리처럼 각종 수식어를 통해 마나를 마법으로 쓸 줄은 모르지만."

"NSMC는 그 방법을 쓰는 겁니까?"

"일부 채용한 거야. 로스부룩이 데빌을 연구하다가 만들어 본 거지. 하여간 천재 녀석이라니까."

"……."

"대신 그 마나를 다른 곳에 쓸 수는 없어. 오로지 NSMC만의 유지를 위해 쓸 수 있는 거야. 그래서 애초에 가능한 방법이니까. NSMC를 가지고 다른 마법을 쓰려 한다면 당연히 마나가 필요해. 그런 거라고."

"아하, 그렇군요. 그래서 가능한 것이로군요."

"이게 있으면 네가 회복하기 어려워하는 그 선기인지 뭔지도 회복하기 쉬울 텐데 말이야. 그 왜, 중원에서 내가 한 번 그려 줬던 거 있잖아. 고밀도마나마법진(High Density Mana Magic Circle). 그걸 여기에 거대하게 만들고 마나스톤 몇 개 풀어 넣으면 네가 마음껏 힘을 회복할 텐데 말이지."

"……."

"운정? 무슨 생각 해?"

운정은 NSMC 이곳저곳에서 마법을 시전하거나 잡담을 나누며 포커스를 회복하는 마법사들을 보며 조용히 말했다.

"스페라 스승님, 저와 거래 하나 하지 않겠습니까?"

"무슨 거래?"

"스페라 스승님께서 원하시는 마나를 제가 드릴 수 있습니다. 대신 스페라 스승님께서 HDMMC를 하나 만들어 주십시오. 아니, 하나가 아니라 되는 대로 여러 개를 부탁드립니다."

"응? 마나를 줄 수 있다니? 무슨 뜻이야? 라스 오브 네이쳐에서 흡수한 마나는 다 썼잖아?"

"그것 말고도 더 있습니다. 아마 스페라 스승님께서 말씀하시는 분량은 충분이 될 겁니다."

"뭐라고? 지금……!"

그녀의 목소리가 조금 컸기에, NSMC에서 휴식을 취하던 마법사들이 모두 그들을 바라보았다.

운정은 자리에서 일어나며 말했다.

"잠깐 저와 함께 가실 수 있겠습니까? 지금 마나를 드리겠습니다."

스페라는 얼떨떨한 표정을 짓더니 말했다.

"자, 잠깐만. 주, 준비물 좀 챙겨갈게. 그, 그러니까 HDMMC를 그려 주면 되는 거야?"

"네, 그것만 해 주시면 됩니다."

"며, 몇 개나 그려줄까?"

"그려 주실 수 있는 만큼 부탁드리겠습니다."

"아, 알았어."

"중앙 정원에서 뵙지요. 서쪽 부근에 있겠습니다."

"으, 으응."

스페라는 의심스러운 표정을 지었지만, 고개를 연신 끄덕이더니, 잽싸게 자리에서 일어났다. 그리고 자신의 집무실로 향했다.

운정은 그녀와 멀어져 중앙 정원으로 향했는데, 전처럼 한슨이 있는 중심이 아니라 시르퀸이 있다고 한 서쪽 부근으로 갔다. 그곳에는 작은 호수가 있었고 그 옆으로 큰 나무들이 자라고 있었는데, 시르퀸은 그 나무들 중 조금 굵은 나뭇가지 위에서 낮잠을 자고 있었다.

운정이 볼 때만 해도 가만히 있던 그녀는 운정이 일정거리 이상 다가가자 마치 전혀 잠을 자고 있지 않았던 것처럼 고개를 돌려 그를 보았다.

"마스터, 오셨군요."

시르퀸은 몸을 튕기듯 일으키며 나뭇가지에서 내려왔다. 고양이처럼 땅에 착지한 그녀는 운정을 향해 미소를 짓다가 곧 그의 머리 위에 있는 페어리와 눈이 마주쳤다. 그러자 페어리는 갑자기 운정의 머리카락을 들어서 자신의 몸을 가렸다.

시르퀸이 말을 이었다.

"그 페어리는?"

"테이머가 선물로 주었다."

시르퀸은 그 페어리를 지그시 보다가 말했다.

"보아하니, 그 페어리가 마스터에게서 나는 냄새를 좋아하나 보네요."

"냄새?"

"산과 동굴의 하이엘프, 둘이나 냄새를 묻혔으니, 웬만한 하이엘프라면 마스터를 탐낼 거예요. 검증된 자니까."

운정은 피식 웃으며 말했다.

"그렇다면 이 페어리가 하이엘프가 될 예정이었나 보군."

"그것보다는, 모든 페어리가 그대로 성장하면 하이엘프가 돼요. 그러니 그 페어리도 하이엘프의 습성을 가지고 있겠지요."

"그것이 무슨 뜻이냐? 다른 엘프들은 페어리가 자라서 되는 것이 아니냐?"

"그 말이 아니에요. 어머니가 자신의 열매에 영양분을 조절하지 않고 그대로 키워 낸다면 하이엘프가 된다는 뜻이었어요. 특별한 목적을 가진 다른 엘프들은 모두 영양분을 조절해서 키워내는 것이니까요."

"그렇다면 그 뜻은… 엘프 본연의 모습이야말로 하이엘프라는 뜻이로구나."

"본연의 모습? 글쎄요. 그건 아닌… 흐음, 그러네요. 그렇게 볼 수도 있겠어요. 어찌 보면 생물이 생식하지 못하는 게 비정상적이지요. 여성 엘프는 하이엘프를 제외하고 번식하지 못하니까요. 남성이 씨앗을 가지긴 하지만, 그렇다고 아버지가 되는 건 아니니."

"……."

시르퀸은 손을 뻗었다.

"잠시 페어리를 봐도 될까요? 어떤 상태인지 보고 싶어요."

운정은 고개를 끄덕였다.

"그러려무나."

운정이 손을 머리로 올려서 페어리를 잡았다. 페어리는 왠지 싫은 듯, 인상을 쓰며 운정을 보았는데, 운정은 그 페어리에게 나지막하게 말했다.

"해를 끼치지 않을 거야."

페어리는 의심스러운 눈초리로 시르퀸을 몇 번 보다가 곧 운정의 손에서 미끄러지듯 날아올라 시르퀸의 손 위에 안착했다. 하지만 여전히 불안한 눈빛으로 운정을 올려다

보았다.

"뿌우……."

운정은 맑게 미소 지어 그녀를 안심시켰다.

시르퀸은 자신의 손 위에 올라온 페어리를 지그시 바라보았다. 그동안 그녀는 눈을 한 번도 깜박이지도 않는 것은 물론, 숨도 쉬지 않았다. 그녀의 몸은 마치 그 자리에서 굳어 죽어 버린 듯, 작은 미동조차 없었다.

슬슬 운정이 걱정이 될 때쯤, 시르퀸이 눈을 몇 차례 깜박였다. 입을 살짝 벌린 그녀는 운정에게로 시선을 옮겼다. 그녀의 눈동자가 불안하게 떨렸고 그녀의 표정은 기이하게 일그러져 있었다.

그녀는 마치 물속에 있는 듯 입을 뻥긋뻥긋할 뿐, 숨도 쉬지 못했고, 말도 하지 못했다. 심각성을 느낀 운정이 그녀에게로 다가가 그녀의 단전 부근에 손가락을 대고 내력을 불어넣었다.

나무.

그녀의 몸은 그저 나무와 같았다.

마치 나무의 한 부분에 손가락을 대고 내력을 불어넣는 것과 똑같은 기분이었다. 육신에 당연히 있어야 할 기혈이나 혈액의 움직임조차 없었고 오로지 식물에게서만 찾을 수 있는 독특한 생기만이 느껴졌다.

운정이 당황한 표정을 짓는데, 그때 누군가 옆에서 빠르게 뛰어왔다.

스페라였다.

"시르퀸!"

그녀가 큰 목소리로 부르자, 갑자기 시르퀸이 큰 숨을 토해 냈다.

第六十七章

"하아, 하아, 하아, 하아."

그녀가 급하고 짧은 호흡을 계속하자, 페어리가 놀라 휙 하고 날아올랐다. 페어리는 이상한 눈길로 시르퀸을 바라보며 운정의 머리에 착지했는데, 이번엔 절대로 떨어지고 싶지 않다는 듯 양손으로 머리카락을 움켜쥐었다.

운정은 순식간에 식물에서 동물로 변한 그녀의 몸을 이해할 수 없었다. 우선 몸에서 손을 떼고 그녀의 양어깨를 잡아주었다.

시르퀸이 하얗게 질린 얼굴로 나지막하게 말했다.

"자, 잠시. 하아, 하아, 괘, 괜찮습니다, 마스터."

"무슨 일이 일어난 것이지?"

"페어리에게 집중하다 보니… 그러다 보니까……."

그녀가 말을 흐리는 사이에 스페라가 도착했다. 그녀는 시르퀸의 얼굴을 확인하더니 안도의 한숨을 쉬었다.

"아이구, 다행이네."

운정은 스페라와 시르퀸을 번갈아 보며 물었다.

"무슨 일이 일어난 것입니까?"

시르퀸은 눈길을 아래로 하곤 나지막하게 말했다.

"눈을 깜박이는 것도 숨을 쉬는 것도… 잊었었어요. 어떻게 하면 그 아이를 성장시킬 수 있을까, 그 생각만… 그 생각만 나서……."

스페라가 그녀의 어깨를 툭툭 쳐 주면서 운정에게 말했다.

"방금 자기 존재를 잊어버리고 있었어. 그럴 땐 이름을 불러줘서 자각시켜 줘야 해. 현실에서 왜 그런 일이 일어났는지 모르겠지만, 아무튼 그럴 땐 이름을 부르는 게 가장 효과적이야. 시르퀸, 괜찮나요?"

시르퀸은 자신의 가슴을 쓸어내렸다. 그리고 눈을 감고는 마지막으로 깊은 숨을 쉬더니, 고개를 도리도리 흔들었다.

"네. 더 걱정하지 마세요. 괜찮습니다. 제 이름을 불러 주셔서 고맙습니다, 스페라. 그런데, 제 이름을 아시는군요?"

시르퀸의 질문에 스페라는 운정의 눈치를 보며 미묘한 표정을 지었다.

운정이 말했다.

"내가 경솔했던 것 같다. 미안하다."

시르퀸은 고개를 저었다.

"아닙니다. 인간 사회에선 서로의 이름을 잘 말해 준다는 것을 알고 또 저도 그 문화에 따르려고 합니다만, 아직은 어색한 감이 있네요. 마스터에게 추궁하려고 물은 것은 아니에요."

"앞으로 주의하마. 그런데 몸은 정말로 괜찮은 것이냐?"

"예, 예. 정말로."

시르퀸의 얼굴에 혈색이 돌기 시작하자 운정은 안도의 한숨을 쉬고는 스페라에게 포권을 취했다.

"감사합니다. 스페라가 아니었으면 큰일 날 뻔했군요."

스페라는 따뜻한 어조로 말했다.

"어프렌티스(Apprentice)를 데리고 아스트랄(Astral)로 여행을 가면 자주 있는 일이야. 그래서 알았던 거지. 그런데 그 현상을 현실에서 목격할 줄은 몰랐어. 정말 무슨 일인 거야?"

시르퀸은 영문을 모르겠다는 표정을 지었고, 운정은 그런 그녀를 흘겨보다가 말했다.

"정확히는 저도 모르겠지만, 페어리의 상태를 살피다가 그녀의 몸이 나무처럼 변해 버린 것 같습니다. 아마도, 방금 시르퀸이 엘프들이 말하는 그 어머니가 되려는 것이 아니었나 합니다."

시르퀸은 그 말을 듣고는 느릿하게 고개를 끄덕였다.

"흠, 화, 확실히 그랬던 것 같아요, 마스터……."

누구도 확답을 내릴 수 없는 그 기묘한 현상 때문에 세 명은 잠시 말이 없었다.

그 때, 스페라가 곧 박수를 짝 하고 치면서 말했다.

"자! 이제 더 위험한 거 아니잖아? 그리고 또 그런 일이 있으면 이름을 불러 주면 되는 거고. 아무튼 우리 이제 어디로 가는 거야? 마나스톤이 어디에 있는데?"

운정이 대답했다.

"그곳은 클랜을 새롭게 설립할 장소로 고려하고 있는 공간입니다. 그를 위해선 무공을 수련할 수 있는 수련장이 필요합니다. 그것이 가능하게 되면, 그곳을 클랜의 근거지로 확정할 겁니다."

"무슨 말이야, 그게?"

"같이 가 보시면 압니다. 시르퀸?"

그 말에 상념에서 벗어난 시르퀸은 운정과 스페라에게 양손을 내밀었다. 둘이 그 손을 잡자, 시르퀸은 축복을 일으켰다. 그러자 그들은 곧 선의 세상에서 걸음을 옮기기 시작했다.

사방을 둘러보며 스페라가 말했다.

"오? 이게 숲의 축복이로구나!"

운정이 물었다.

"처음이십니까?"

스페라는 고개를 끄덕였다.

"응, 숲의 축복은 처음이야. 문헌으로만 봤지."

"그렇군요."

"신기하네. 진짜 주변 환경이 선으로 변하다니. 읽으면서도 솔직히 과장인가 했는데 이건 차원압축이 맞아, 정말로."

"차원압축?"

"마법으로는 거의 불가능에 가까운 일이야. 역시 직접 경험해 보니 놀라울 따름이야."

"그건 어떻게……."

시르퀸은 살짝 손을 들어서 운정의 입을 막고는 슬쩍 웃어 보였다.

"설명은 나중에 해 줄게. 널 위해 HDMMC를 최대한 많이 그리려면 포커스를 조금도 낭비하고 싶지 않아. 알았지?"

"아, 알겠습니다."

그들은 그렇게 걸어 전에 운정과 시르퀸이 왔던 요트스프림의 입구인 동굴에 도착했다. 그 입구를 통해서 카이랄이 뿌리내린 버섯의 중심에 갈 때까지, 스페라는 쉴 틈 없이 감탄했다.

사실 요트스프림은 범인의 입장에서 충분히 당혹스러울 만하다. 그런데 마법을 깊게 공부한 스페라조차 계속 놀랄 지경이니, 요트스프림이 얼마나 이질적인지를 운정은 새삼스레 깨달을 수 있었다.

스페라는 특히 버섯 중심에 가득 찬 마나를 느꼈을 땐, 지금까지 놀란 것을 모두 합친 것보다 경악했다. 그녀는 버섯 안에서 중얼거렸다.

"이, 이 정도의 마나라면… 이, 이건. 이, 이건."

"중원과 같습니다."

스페라는 입을 벌리며 고개를 살짝 돌렸다. 그곳엔 운정이 있었는데, 버섯의 줄기에 의해서 그 모습이 반쯤 흐릿했다.

"아니, 중원보다 더 진해. 여기 중원이랑 연결된 거 맞지? 그게 아니면 설명이 안 돼."

"네."

"맙소사."

단답형이었지만, 스페라는 더 이상 놀랄 수 없을 만큼 놀랐다.

운정이 손을 들었다.

"저쪽 방향으로 걷다 보면 중원, 그것도 낙양 쪽으로 통하는 입구가 있습니다. 이건 마법이 아니라 축복의 영역이라고 들었습니다."

그녀는 목을 마구 흔들며 말했다.

"이, 있을 수 없어. 이, 이렇게 연결이 되어 있다니. 차원이동이, 아니, 이거 여기 다크엘프의 성지잖아. 버섯 안이라고. 아니, 근데… 하, 참 나, 정말 엘프들의 축복은 이해할 수 있는 게 전혀 없네, 진짜."

운정도 동의했다.

"저도 이해하는 건 별로 없습니다. 다만 차원이동은 저만 가능한 것 같습니다."

"너만 가능하다고? 중원이랑 이어져 있다며?"

"카이랄의 말로는 차원접촉이라고 합니다만."

스페라는 그 한마디만 듣고 무슨 뜻인 바로 알아들은 듯했다. 하지면 여전히 그녀는 놀란 눈빛을 하고 있었다.

"그렇구나. 근데 왜 너만 차원이동이 가능한 건데?"

"잘 모르겠습니다만, 제 친구가 이곳을 제게 유산으로 남겼기 때문인 것만 알고 있습니다."

"유산? 친구라면 혹시……."

"카이랄 말입니다."

"……."

"저희가 있는 이 버섯이 카이랄입니다, 스페라. 카이랄이 요트스프림을 대신하고 있습니다."

스페라는 가만히 운정을 보았다. 그러다가 손을 들어 버섯을 위아래로 가르고 운정에게 가까이 다가왔다.

그리고 양손을 벌려 운정을 안아 주었다. 그리고 그의 등 뒤를 쓰다듬으며 말했다.

"슬펐겠구나."

"이젠 괜찮습니다. 그의 마음을 보았으니까요. 그런데, 스페라 스승님께 꼭 해 드려야 할 이야기가 있습니다."

스페라는 안쓰러운 눈길로 운정을 보다가 곧 웃어 보였다.

"뭔데?"

"이곳에서 고바넨과 마주쳤습니다. 그 로스부룩을 살해한 엘프 네크로멘서 말입니다."

"……."

"중원 쪽에서 넘어온 것 같습니다. 제가 사로잡으려 했는데 도망쳤습니다."

"그래? 그랬구나. 아쉽게 되었네. 복수는 꼭 하고 싶은데 말이지."

운정은 그녀가 크게 반응할 줄 알았지만, 오히려 차분해 보였다.

그 말 이후, 잠시 조용하던 그녀는 곧 양팔을 허리에 대며 크게 말했다.

"흡하! 좋아. 일단은 공간을 좀 만들어 볼까?"

"예?"

"여기다가 건설할 거라며, 네 신무당파를. 그러니까 건물이라도 세우려면 공간이 필요하잖아? 내가 건물을 세워 줄 순 없지만, 건물이 들어설 수 있을 만큼의 큰 공간은 만들 수 있지."

스페라는 로스부룩과 고바넨에 관해서는 더 이야기하고 싶지 않은 듯 보였다.

운정이 되물었다.

"괜찮겠습니까?"

"응. 어차피 HDMMC를 만들려면 공간이 필요하기도 하고. 이왕 넓히는 김에 조금 크게 공간을 만들어 보자. 아마 카이랄도 괜찮다고 할 거야."

"……."

"대신 마나스톤에 마나를 꽉꽉 채워 갈 거야. 뭐 이 정도로 풍부하다면 티도 안 나겠지만. 알았지?"

"예, 스페라."

스페라는 방긋 웃는 표정으로 손을 앞으로 뻗었다. 그러자 그녀의 지팡이가 나타나 그녀의 손에 잡혔다.

그녀는 그 지팡이를 높이 들면서 주문을 외웠고, 곧 시동어를 크게 외쳤다.

[에어 존(Air Zone).]

그러자 그녀의 지팡이에서부터 엎어져 있는 보랏빛 반구 하나가 나오더니, 그 크기가 점차 커지면서 반경 30장까지 삼켰다. 그리고 일순간 그 안에 있던 모든 버섯이 사라지고 그 빈 자리를 공기가 대신했다.

휘이잉.

갑자기 생긴 빈 공간에 기류가 생성되며 바람이 불기 시작했다. 그 천장을 이루던 버섯들이 탄성에 의해서 쭉 올라갔다. 어찌나 높은 곳까지 당겨지는지, 도저히 그 끝을 알 수 없었다. 마치 하늘만큼이나 높은 듯했다.

스페라는 여전히 지팡이를 높이 들고 집중하고 있었다.

빈 공간 덕에 서로를 선명하게 볼 수 있었던 운정과 시르퀸의 눈이 마주쳤다.

크게 할 말이 없었던 운정은 아까 못다 한 이야기를 꺼냈다.

"한 가지 묻고 싶은 것이 있다. 이 페어리가 다시 엘프 사회로 돌아갈 수 있겠느냐?"

시르퀸은 고개를 살짝 끄덕여 보였다.

"예. 아까 보았을 때, 상태가 좋아 보였어요. 아마 좋은 어머니에게 접붙이기를 한다면 이대로 성장해서 엘프가 될 수도 있을 거 같아요."

"접붙이기? 접붙이기가 무엇이냐?"

"자신의 자식이 아닌 자를 자식으로 삼는 거예요. 인간식으로 말하면 양자를 들이는 것이지요. 너무 폐쇄적인 환경에 자리 잡은 어머니들이 가끔 일족의 다양성을 위해서 쓰는 방법인데, 극히 위험해서 사활이 걸린 문제가 아니면 거의 하지 않아요."

"그렇다면 그 접붙이기를 해서 이 아이가 엘프로 자라날 가능성은 적겠구나."

"잘 찾아보면 찾을 수도 있을 거예요. 성공적으로 어머니가 되어 한 일족을 일구는 하이엘프는 몇십 년에 한두 명에 불과하지만, 세상에 나와 있는 하이엘프 자체는 많으니까요."

"아하, 전에 인간에게 엘프라 하면 거의 하이엘프를 생각한다고 했었지."

"네, 여행을 다니는 엘프는 백이면 구십구, 하이엘프니까요. 앞으로 하이엘프를 더 만나게 되면 한번 물어보세요. 모은 씨앗은 적은데 어머니의 때가 일찍 이른 하이엘프라면 아마 그 아이를 받을 수 있을 테니까요. 물론 장담은 못 하지만."

"그렇다면… 흐음. 너라면 어떻겠느냐? 너라면 이 아이를 접붙이겠느냐?"

시르퀸은 단호하게 고개를 저었다.

"아니요. 전 그런 도박수를 감당해야 할 만큼 위험한 상황에 놓여 있지 않아요."

도박수.

페어리를 접붙이는 건 하이엘프에게 그런 느낌인 것이다.

운정이 실망한 듯 중얼거렸다.

"어렵다고 보는 게 맞겠구나."

"네, 마스터."

스페라는 여전히 지팡이를 들고 주문을 외우고 있었다. 바람이 점차 잦아드는 것을 보니, 그녀가 만든 빈 공간을 안정화시키는 듯 보였다.

운정이 그 모습을 물끄러미 보다가 문득 생각이 들어 그녀에게 물었다.

"그런데 엘프는 언제 이름이 지어지느냐?"

"이름이요?"

"다양성이 극도로 제한된 엘프들에게도 이름은 있지 않느냐? 그러니, 누군가가 이름을 지어 주지 않겠느냐? 시르퀸이란 네 이름은 누가 어떻게 지어 주었느냐?"

시르퀸은 눈을 위로 향하며 잠시 생각하더니 말했다.

"글쎄요. 제 기억으로는 제가 열매 안에 있을 때부터 그로우어(Grower)들이 절 시르퀸이라 불렀었어요. 열매에서 태어났을 땐 제 이름은 이미 시르퀸이었지요. 그러니 제 이름을 시르퀸이라 이름 붙인 것은 아마 어머니가 아닐까 해요. 제가 아직 페어리였을 때부터 말이지요."

"흐음……."

"그 페어리에게 이름을 붙여 주고 싶으신가요?"

운정은 고개를 끄덕이며 말했다.

"응. 그렇게 하고 싶구나. 하지만 혹시나 내가 이름을 붙이는 것이 이 아이가 엘프 사회로 돌아가는 데 무리가 생길까 하여 조금 망설이고 있다."

시르퀸은 페어리를 바라보며 말했다.

"무리는 없을 거예요. 본래 접붙이기는 이미 이름이 있는 엘프가 다른 일족의 어머니에게 하는 것이죠. 페어리가 이름이 있든 없든 큰 차이가 없을 거예요. 어차피 이름이란 임의적인 것이니까요."

"임의적이다… 임의적……."

"네, 임의적."

운정은 손을 들어 페어리를 잡았다. 페어리는 불만스러운 표정을 지었지만, 운정의 손에 잡혀 주었다.

운정은 그녀를 눈앞에 두었다. 그리고 그녀를 내려다보았다. 그녀는 무릎을 꿇고 앉아서, 운정을 올려다보았다.

운정의 눈이 따스하게 변했다.

"너는… 미처 다 자라지 못한 열매에서 떨어져 나온 아이다. 이렇게 너를 내려다보고 있으니, 마치… 마치… 나를 보는 것과 같구나. 사부님께서 떠나실 때, 이런 마음으로 보았겠구나. 이제는 좇을 수 없는 꿈인 우화등선… 그것을 네가 대신

이뤄줬으면 한다. 날개를 달고 공중을 나는 아이니… 난 이제부터 널 우화(羽化)라 부르겠다."

그 순간 페어리, 아니, 우화의 눈동자가 또렷해졌다.

우화가 말했다.

"是的, 父親."

운정과 시르퀸의 두 눈동자가 더 이상 커질 수 없을 만큼 커졌다.

*　　　*　　　*

요트스프림.

아니다. 이젠 카이랄이라 불러야 할 곳 그 중심에, 거대한 빈 공간이 생겼다. 그리고 그 빈 공간 동서남북 총 네 곳엔 고밀도 마나 마법진(High Density Mana Magic Circle)이 그려져 있었다.

또한 중앙에는 다른 네 개와 다른 공간마법진이 있었는데, 그것은 어디서든 그쪽으로 텔레포트할 수 있게끔 좌표가 마킹(Marking)이 된 마법진이었다. 매번 입구를 통해서 이 안으로 들어오는 것보다는 마법진을 통해서 오가는 편이 더 편하고, 또 안전하리라는 스페라의 조언을 듣고 운정이 그려 달라고 했다.

스페라는 지친 기색으로 공간마법진을 완성하고는 천천히 운정에게 걸어왔다. 그녀의 손에는 세 개의 마나스톤이 들려 있었는데, 모두 은은한 붉은색을 띠고 있었다.

시르퀸은 어디를 보아도 없었다.

스페라가 운정에게 말했다

"일단 임시로 좌표를 새겨 넣은 돌들이야. 공간이동을 할 줄 아는 마법사가 충분한 마나와 포커스만 있다면, 이 돌들을 보고 좌표를 설정해서 이곳으로 널 데려다줄 수 있을 거야."

"흐음, 열쇠라고 할 수 있겠군요."

"하나는 너 꺼, 하나는 시르퀸 꺼. 그리고 하나는… 내가 가져도 되겠지? 물론 막 함부로 와서 마나를 채굴하거나 하진 않을 테니까 걱정 말고."

운정이 포근하게 웃으며 말했다.

"걱정 마십시오. 스페라 스승님의 도움이 없이는 이 공간을 활용할 수 없었을 겁니다. 그 열쇠를 가지실 자격이 충분하십니다. 이왕 이렇게 된 것, 객원장로가 되시는 건 어떻습니까?"

"객원장로?"

"문파에 속하지는 않으나, 문파에 많은 도움을 주신 분에 한하여서, 문파의 장로와 동등한 위치를 드리는 것입니다. 모든 부분에서 같지만, 문파의 대소사를 논하는 안건에 대해서 투표권이 없을 뿐입니다."

"오호, 좋아. 나도 무당파에 속하기는 조금 그렇지만, 그래도 운정을 계속 보고는 싶으니까."

"그럼 마음에 두고 있다가, 자리를 잡게 되면 임명패를 드리겠습니다."

"이 열쇠로 만들면 되겠네, 임명패 말이야. 안 그래?"

"흐음. 그러네요. 아예, 이것으로 제자를 구분하는 것도 좋은 방법일 듯싶습니다."

스페라는 운정 옆에 털썩 주저앉았다. 그리고 어디서 가져왔는지 모를 물병을 왼손에 들고 벌컥벌컥 마시기 시작했다.

"캬하, 시원해."

운정은 네 개의 마법진을 찬찬히 바라보았다. 그곳으로 한 번 들어온 마나는 밖으로 나가지 못하고 그 안에서 거의 맴돌고 있었다. 때문에 시간이 지날수록 마나가 자연스레 쌓이고 있었다.

운정이 물었다.

"전에 보던 것과는 원리가 다른 것 같습니다."

스페라는 고개를 끄덕였다.

"마법을 시전해서 마나를 모으면 일시적으로밖에 불가능해. 전처럼 쿨타임이 생겨 버려서 계속 쓸 수가 없지. 하지만 저건 그렇게 마법을 통해 억지로 마나를 모으는 게 아니야.

공간을 임의로 나눠서 일종의 법칙을 만들어 준 거지."

"정확히 어떤 식입니까? 안으로 들어 올 때는 쉽게, 나갈 때는 어렵게 만든 겁니까?"

"그게 억지로라는 거야. 쉽게 또는 어렵게 만든다면 마법을 시전한 꼴이라 별반 다를 게 없어. 저 마법진은 그보다 훨씬 자연스러운 거라고."

"자연스럽다 하면?"

스페라는 손을 앞으로 뻗었다. 그러자 그녀의 손에 긴 지팡이가 잡혔다. 그녀는 지팡이로 직사각형을 그리고 그것을 반으로 나누었다. 그러곤 설명하기 시작했다.

"이 직사각형 안에 무수히 공들이 떠다닌다고 해 보자. 그럼 알아서 균등하게 분포되겠지? 그런데 이걸 반으로 쪼개서 한쪽에 몰아넣고 싶어. 내가 아니라 자연이 그렇게 하고 싶다고 쳐 봐. 그러면 자연은 어떤 방법을 선택하는지 아니?"

"그걸 자연적이라 말씀하시는 것이로군요. 잘 모르겠습니다. 공들 하나하나에 인격을 부여해서 넘어가지 말라고 할 수도 없고, 혹은 공들 하나하나에 호불호를 각인시켜 왼쪽을 오른쪽보다 더 좋아하게 할 순 없지 않습니까?"

"맞지. 그렇게 하는 게 바로 마법을 시전해서 억지로 하는 거야. 그거 말고 자연이 하는 방법은 더 간단해."

이쯤 되면 거의 알려 줄 생각이 없는 것처럼 보였다.

운정은 실소하며 말했다.

"더 놀리지 말고 알려 주십시오."

스페라는 피식 웃더니 말했다.

"간단해. 확률을 조정하는 거야."

"확률?"

"중간 벽에 공이 부딪쳤을 때, 튕겨져 나갈 확률과 다른 쪽으로 넘어갈 확률을 다르게 두는 거지. 예를 들면 왼쪽에서 오른쪽으로 부딪쳤을 땐 90프로 확률로 넘어가게 하지만, 오른쪽에서 왼쪽으로 부딪쳤을 땐 10프로의 확률로 넘어가게만 하는 거야."

"……"

"이러면 각 공에 인격을 부여할 필요도 없고, 호불호를 설정할 필요도 없어. 각 공에게 일일이 오른쪽으로 모이라고 명령할 필요도 없지. 상상해 봐. 그렇게 하면 얼마나 많은 마나와 포커스가 낭비되겠어?"

"그렇군요."

"200개의 공이 각각 100개씩 있었다고 해 봐. 그리고 중간 벽을 통과할 확률을 90:10로 불균형하게 설정해 봐. 그러면 충분히 오랜 시간이 지나면 100:100이었던 공들이 결국 흐음… 계산하자면, 20:180으로 되겠네. 짜잔, 난 공들에게 하나하나 명령을 내리지 않고도, 알아서 모이게 되는 거야. 벽의 확률만 설정해서."

운정은 고개를 끄덕이더니 말했다.

"대신 조건이 있군요, 충분히 오랜 시간이라는."

"응. 전처럼 한 번에 충전되지 않지만, 자연적으로 천천히 충전되지. 소프트한 만큼 반영구적이야. 이처럼 마나가 가득한 곳이라 가능한 방법이지."

"아하 그렇군요. 스페라의 지혜에 다시 한번 감탄합니다."

스페라의 입꼬리가 올라갔지만, 그녀는 곧 솔직하게 말했다.

"사실 방금 깨달은 거야."

"방금이요?"

"여기, 요트스프림? 아니, 이제 카이랄이지. 여기 카이랄에 존재하는 마나가 중원보다 더 진해서 말이지. 마나의 흐름을 자세히 관찰하면, 네가 말했던 그 중원으로 이어지는 통로 방향, 그 쪽에서부터 방대한 마나가 흘러들어오고 있어. 그리고 이곳에 고이고 있지. 그런 마법이 있는 것도 아니고, 마법진이 그려진 것도 아닌데 왜 그럴까 하는 생각을 잠깐 했어."

"그리고 얻으신 깨달음이로군요."

"마나가 고갈된 파인랜드에도 그런 지역들이 있거든. 마나스톤 말고, 하나의 자연적인 지역이 마나를 그대로 온존하는 경우가 있어. 마나 웰(Mana Well)이라 하는데 내가 직접 본 적은 없거든. 그런데 여기가 그런 모습을 취하고 있어서, 조금 깊게 생각해 봤지."

"그렇군요."

스페라는 나지막하게 중얼거렸다.

"역시 여행이 좋아. 얼마 만에 의미 있는 자극인지 몰라. 뇌가 아주 빠릿빠릿하게 돌아가잖아?"

운정의 시선은 스페라가 그린 직사각형에 가 있었다.

그가 턱을 괴고는 나지막하게 말했다.

"사람을 인도하는 것도 비슷한 것 같습니다."

"응? 뭐가?"

운정은 턱을 괴던 손으로 스페라가 그렸던 직사각형을 가리켰다.

"한 사람, 한 사람. 오른쪽으로 모이라고 억지로 이끌면 잘 되지 않죠. 오히려 사람의 경우 반발심이 들어서 더욱 어려워집니다. 결국 당근이든 채찍이든 여러 수단으로 강요해야 오른쪽으로 모일 겁니다."

"……."

"하지만 그 중간 벽의 확률. 그걸 조정하듯, 사람이 오른쪽으로 올 확률을 나갈 확률보다 높이면, 한 사람 한 사람에게 명령할 필요도 없이, 자연적으로 모일 것입니다."

"뭐, 그렇겠지? 아마도?"

"제자를 모으는 것도 그와 같다고 보여집니다. 한 사람, 한 사람 나서서 설득할 것이 아니라 우선 신무당파의 가르침과 기틀을 마련해서 뿌리를 깊게 내리면, 사람들은 알아서 들어오겠지요. 하지만……."

"하지만?"

운정의 얼굴빛이 조금 어두워졌다.

"제가 익힌 마선공은 그 조건이 극히 까다롭고 또한 익히는 그 과정도 매우 어렵습니다. 이는 무당파와 같은 대문파가 아니라 일인전승의 비밀문파에 더 어울리는 무공입니다. 그러니 한 사람, 한 사람 찾아나서는 것이 더 옳은 것 같기도 하고……."

운정이 말끝을 흐리자 스페라는 어깨를 들썩이며 말했다.

"둘 다 해, 둘 다."

"예?"

"둘 중 뭘 할지 모르겠으면, 둘 다 하는 게 최고야. 그게 가능한 경우라면 말이지."

"……."

"무당파같이 크게 간판 하나 세우고, 그 안에서 또 일인전승의 문파를 세우면 되는 거잖아? 마법사들은 맨날 하는 건데, 뭐. 다양한 마법사들을 양육하는 스쿨을 설립하지만 그 안에서 특별한 재능을 보이는 이에게 일대일로 비밀주문을 가르쳐 주곤 해. 너도 그렇게 하면 되잖아?"

"이를테면 비전이로군요."

"응. 내가 장담하는데 원래 무당파에도 그 비밀스러운 일인전승 무공 같은 게 있었을걸!"

"……."

"엘리트(Elite)는 사람이 사회를 이루는 이상 어쩔 수 없는 거야. 사회를 유지하기 위해선 법이 있어야 하는데, 누군가는 그 법을 만들고, 조정하고, 실행하고, 판단해야 한다고. 그걸 누가 할 건데? 누군가는 질서 밖에 있어야 한다니까?"

"이를테면 왕과 같군요."

"그렇지, 정확해. 왕과 같지. 그런 역할을 해 줄 사람이 네가 설립하는 신무당파에도 필요할 거야. 그들을 위한 일인전승의 무공을 따로 가르치면 되지. 일반 제자는 넓게 받되."

운정은 고개를 끄덕였다.

"맞습니다. 일단은 제자를 받아 무당파의 규율과 무공을 가르치고, 그 이후에 그 안에서 마선공을 익힐 수 있는 제자를 찾는 게 맞는 듯합니다."

"그래, 잘 생각했어. 나도 제자 많이 길러 봐서 아는데, 막 처음부터 엄청 신경 쓰고 해 봤자 별 쓸데 없다고. 그냥 적당히 가르쳐 주고 그중 특출한 놈들을 뽑아서 제대로 가르쳐 주는 게 베스트야."

다소 무책임한 말에 운정은 작게 미소 지었다.

"그것과는 조금 다르지만, 어찌 됐든 앞으로 신무당파를 어떻게 운용할지 그 부분에 관해서 생각이 많이 정리되었습니다. 감사합니다."

운정은 포권을 취했고 스페라는 손을 휘휘 내저었다.

그녀는 자리에서 일어나서 기지개를 켜며 말했다.

"다 됐으면 돌아가자. 그나저나 여기다 건물은 어떻게 세울 생각이야? 중앙에 텔레포트장을 만들어 놓은 걸 보면, 딱 봐도 비밀공간으로 쓰려는 것 같은데."

"건축물을 세우기 위해서 많은 기술자와 물자를 조달하기에는 아무래도 큰 무리가 있지요. 그래서 스페라 스승님이 마법진을 만드는 동안 시르퀸과 상의해 봤는데, 엘프들의 방법을 동원하면 어떨까 합니다."

"아. 그래서 시르퀸이 없는 거야?"

"네, 잠시 어머니와 이야기를 하러 간다고 했습니다. 그래서 바르쿠으르로 향했습니다."

스페라는 놀란 표정으로 물었다.

"설마, 라스 오브 네이처를 시전한 그 일족?"

"예."

스페라는 이해할 수 없다는 듯 말했다.

"그쪽하고는 거의 철천지원수가 된 거 아니야?"

"아닙니다. 라스 오브 네이처는 어머니가 결정하는 것이 아니라, 디사이더가 결정하는 것입니다. 어머니의 입장에서는 자신의 소중한 아이들이 죽게 되니 절대 라스 오브 네이처를 허락하지 않죠. 디사이더의 단독행동이었습니다."

"그런 사정이……."

"어머니께서는 제게 바르쿠으르의 디사이더를 죽여 달라고까지 했습니다. 물론 제가 죽이진 않았습니다만, 결국 그 어머니의 요구대로 디사이더는 죽게 되었으니, 아마 일단은 제 말을 들어 보려고 할 겁니다. 게다가……."

"게다가?"

"새롭게 자식을 키워 내고 또 세력을 확장시키려면 그 어머니도 많은 도움이 필요하겠지요. 서로 도울 수 있으리라 생각합니다."

"흐음, 그렇구나. 엘프의 방식으로 건물을 짓는다? 그래도 조금 어려울 수 있을 것 같은데, 내가 유명한 건축가 한 명 알아봐 줄까? 엘프와 같이 지으면 더욱 좋을 거야."

"건축가를요?"

"응. 건축가들도 기본적으론 마법사니까. 한 다리 건너서 아는 사람이 있어. 엘프 쪽의 건설자와 인간 건축가의 합작인 거지!"

"흐음……."

운정이 고민하는 표정을 짓자, 스페라는 그가 무엇을 염려하는지 알 듯했다.

"보안이 신경 쓰인다면 망각주문을 쓰면 돼. 물론 그쪽에서 동의해야겠지만."

"망각주문을 쓰더라도 다시 기억이 돌아오지 않겠습니까? 마법의 효력은 한시적이니."

"머리에 이미 있는 기억을 지운다면 그렇지. 하지만 이곳에 들어오기 전부터 주문을 걸어서 애초에 기억이 뇌에 쌓이지 않게 한다면 어떠한 방법으로도 되찾을 수 없어. 애초에 없는 거니까. 물론 대상의 자의적인 동의가 있어야만 가능한 방법이지만."

"그런 식이라면 괜찮을 것 같습니다."

"그래, 그럼 말은 해 볼게. 전체적인 디자인은 네가 생각해 봐. 네 생각을 그 사람에게 전달하는 것도 가능하니까."

그때 운정의 정수리가 들썩거리더니, 우화가 머리를 쏙 내밀었다.

스페라는 그것을 보고 자기도 모르게 미소 지었다.

"그나저나 너무 귀엽다."

우화도 말했다.

"너도!"

"……."

우화의 머리가 쏙 안으로 들어가자, 스페라는 멍한 표정으로 운정을 보았다.

"저거… 방금 말한 거야?"

운정은 빙그레 웃으며 말했다.

"그럼 한번 저 HDMMC를 시험해 봐도 되겠습니까? 사실 계속 선기가 부족하여 몸의 기혈이 불안정한 상태였습니다."

"응. 응. 얼른 해 봐. 혹시 또 모르잖아. 여기선 안 될지도."

운정은 다시금 포권을 취한 뒤에, 네 개의 HDMMC 중 하나에 들어섰다. 그러자 전처럼 모든 자연의 기운을 한곳에 집중시켜 놓은 것 같은 기분을 느꼈다. 순수함을 떠나서 밀도에서부터 차이가 있으니, 마치 무당산의 산봉우리 중에서도 가장 기운이 진한 곳에 온 듯싶었다.

운정은 즉시 가부좌를 틀고 앉아서 무궁건곤선공(無窮乾坤仙功)을 운용했다. 그러자 HDMMC에 가득한 기운 중 건기와 곤기가 무서운 속도로 운정의 호흡에 빨려 들어갔다.

스페라는 그 모습을 보면서 입을 살짝 벌렸다.

"언제 봐도 신기해. 마나스톤도 없이, 인간의 몸에 혈류를 모방해서 마나의 길을 뚫어 놓고, 심장을 모방해서 단전에 마나를 모아 두다니. 마나의 종류를 체계적으로 정리한 점도 마법보다 훨씬 우수하지. 수식 없는 현학적 철학뿐인데도, 거기에 의지를 담으니 저런 것이 가능하구나. 저 방법을 마법에 응용할 수 있다면, 분명 마법사들도 마나스톤에 의지하지 않고 내부에서부터 마나를 끌어다 쓸 수 있을 텐데 말이지. 흐음, 그렇게 하기 위해선 우선적으로 내공을 익혀야 해. 그것도 가장 최상의 것으로."

스페라의 두 눈은 열망으로 불타오르고 있었다. 그러다가 문득 뭔가 생각이 났는지, 그녀가 턱을 매만지며 또 중얼거렸다.

"흐음, 일단 건축가를 데려와야겠어. 그러면 일단 마스터 데란에게 물어보는 것이 좋겠지? 땅의 엘리멘탈리스트니까, 그 방면으로 연줄이 있을 거야, 아마."

그녀는 잠깐 고민한 후에, 주문을 외워 순간이동 마법을 시전했다.

[텔레포트(Teleport).]

그녀의 모습이 사라지고, 빈 공간에는 HDMMC를 통해 무섭게 선기를 쌓고 있는 운정밖에 남지 않았다. 공간 전체에서 대자연의 기운이 서서히 줄어들 지경이었다. 물론 그것은 중원으로 이어진 통로를 통해서 금세 복구가 되긴 했다.

얼마나 지났을까? 운정은 눈을 팟 하고 떴다. 그의 두 눈에는 현묘한 기운이 가득하여, 세상의 모든 것을 통달한 신선의 그것과도 같았다.

그는 HDMMC에서 걸어 나왔다. 그리고 찬찬히 빈 공간을 살펴보았다. 전보다 기운이 조금 옅어졌지만, 사실 거의 변화가 없다고 봐도 무방할 지경이다.

"흐음, 그런데 왜 감기와 리기도 같이 사라졌지?"

운정은 분명 선기만을 흡수했다. 다시 말하면 건곤감리 중 건기와 곤기만을 흡수한 것이다. 때문에 내심 공간 내 대자연의 기운이 조화스럽지 못할까 걱정을 했었다. 그런데 그런 점이 전혀 보이지 않았다.

답은 의외로 쉽게 찾을 수 있었다.

"뿌우."

운정의 머릿속에서 튀어나온 우화가 운정의 얼굴 앞에 날아왔다. 그녀는 운정의 얼굴에 확 하고 안겨 들었는데, 그녀의 팔다리가 운정의 얼굴을 감쌀 정도였다.

"커, 커졌구나?"

"응. 응."

우화는 기쁜 표정으로 운정을 내려다보았다. 그러고는 운정이 짓는 표정을 따라해 보였다.

운정은 그녀의 허리를 부드럽게 잡아서 아래로 내렸다. 그러자 우화는 약간 떼를 쓰더니 운정의 양손 위에 앉았다.

운정이 그녀를 보면서 말했다.

"여분의 감기와 리기를 네가 흡수했구나."

우화는 고개를 끄덕였다.

"응. 응. 내가 흡수했어요. 맛있는 양분이니까."

"그럼 내가 기운을 나누어 주면, 넌 이대로 성장할 수 있는 것이냐?"

"당연하죠, 아버지!"

"……."

"그게 아버지의 책임인걸요."

우화는 휘리릭 날아올랐다. 그러고는 마치 공중에 고정된 듯 섰는데, 그녀의 날개는 보이지 않을 정도로 빠르게 움직이고 있었다.

그녀는 그대로 자세를 잡았다. 그리고 휙휙거리며 권법을 펼쳤는데, 그것은 무당파의 기본권공인 태극권법이었다.

운정은 그것을 경이로운 시선으로 바라보며 물었다.

"어, 어떻게 아는 것이냐?"

우화는 운정의 질문에도 태극권법을 멈추지 않았다. 쉬지 않고 태극권법을 펼쳐 낸 그녀는 포권까지 취해 보이며 완벽히 끝을 내고서야 운정을 돌아보며 말했다.

"아버지로부터 알게 된 것이죠."

"……."

"응. 응. 전 그냥 알고 있어요."

그녀는 그렇게 말한 뒤에, 또다시 휘리릭 날아올랐다. 그렇게 운정의 머리에 안착했는데, 크기가 좀 커서 머리카락으로 자신의 몸을 덮는 데 꽤 긴 시간이 흘렀다. 다행히 운정은 대부분의 중원 남자들처럼 긴 머리를 가지고 있어서, 그녀는 결국 자신의 몸을 완전히 덮을 수 있었다.

운정이 말했다.

"혹시 모든 무공을 알고 있니?"

우화는 엎드려 누운 채로 양팔로 자신의 턱을 괴고는 말했다.

"네, 물론이죠! 기운만 있다면 전부 펼쳐 보일 수 있는걸요!"

운정은 순간 번뜩이는 생각에 그녀에게 말했다.

"잠깐만 내려오거라. 네 몸을 살펴보고 싶다."

우화는 심드렁한 표정을 짓더니 결국 귀찮다는 듯 다시 운정의 손으로 내려왔다.

운정은 손가락을 우화의 단전 부근에 가져갔다. 그리고 눈을 감고 내력을 불어넣어, 그녀의 내부를 보았는데, 미약하긴 하지만 기혈이 형성되어 있는 것을 알 수 있었다.

그뿐만이 아니었다. 그녀의 기혈은 역방향으로 되어 있었고, 혈류도 역방향으로 흐르고 있었다.

"역혈지체(逆血之體)?"

그 말을 듣자 우화가 고개를 끄덕였다.

"난 역혈지체예요."

운정은 손가락을 떼고는 눈을 뜨며 말했다.

"네가 흡수한 감기와 리기가 네 몸에 작용하여 역혈지체를 만들었구나. 하기야, 네 몸은 인간으로 치면 태아와 같지. 아직 완전히 형성된 것이 아니니, 무슨 기운이 들어가느냐에 따라서 몸의 형태가 바뀌는구나."

"영양분! 영양분!"

우화가 따지듯 큰소리쳤다.

그러자 운정은 고개를 느리게 끄덕였다.

그런데 그때였다.

살기.

살결을 얼어붙게 만들고, 등골을 오싹하게 만드는 강렬한 살기가 위쪽에서 느껴졌다. 운정은 즉시 전투태세에 돌입하며 살기가 느껴지는 곳을 바라보았다.

그곳에는 시르퀸이 있었다.

운정이 눈초리를 모았다.

"시르퀸?"

시르퀸이 손가락으로 뒤쪽을 가리켰다.

"마스터, 이곳에 누군가 침입한 것 같아요."

운정이 자세히 보니, 시르퀸은 중원으로 향하는 통로가 있는 위쪽 땅에 걸터앉아 있는 듯했다.

운정이 물었다.

"중원에서부터 누가 온 모양이구나?"

"아마도. 그쪽에서 큰 소리가 들렸어요."

"흐음, 그럼 같이 가 보자."

운정은 경공을 펼쳐서 시르퀸이 있는 곳에 안착했다. 막상 올라와 보니, 아까 느꼈던 살기가 전혀 느껴지지 않았다.

잠시 의문을 느낀 운정은 꺼림칙한 기분을 떨쳐 버리곤 왼손으로 시르퀸을 살짝 안아 들었다. 그리고 무당파 최고 경공인 제운종을 펼쳐 앞으로 쏘아지듯 날아갔다. 문제는 버섯 줄기가 막고 있어, 쉽사리 속도를 낼 수 없었다는 점인데, 운정은 오른손에 미스릴 검을 쥐고 앞으로 뻗어서, 최대한 방해가 없도록 했다.

"어머니가 뭐라시더냐?"

"……."

"시르퀸?"

운정이 고개를 돌려 보니, 시르퀸은 운정의 머리카락을 보고 있었다. 특히 전보다 조금 솟아올라 있는 정수리 부분을.

"페어리가 자랐나 보군요?"

운정은 우선 그녀의 궁금증을 풀어 주었다.

"그런 것 같다. 기운을 불어넣으면 성장하는 듯하다. 네가 전에 영양분이라고 말했었지? 아마 내가 기운이라고 하는 것과 엘프가 영양분이라고 하는 것, 이 둘은 결국 같은 것이 아닌가 한다."

"……"

시르퀸은 말이 없었다. 그녀는 감정 없는 눈빛으로 운정의 머리에서부터 시선을 떼, 고개를 돌렸다.

운정이 물었다.

"시르퀸, 갔던 일은 어떻게 되었느냐?"

시르퀸이 대답했다.

"어머니께서 말씀하시기를, 아키텍트(Architect)를 보내 줄 수는 있다고 해요. 다만 일족에 아키텍트가 한 명밖에 남지 않아서 고민되시는 것 같았어요. 만약 마스터께서 아키텍트를 더 생성할 수 있는 충분한 양의 에어(Aer)를 어머니께 공급해 줄 수 있다면 거래하겠다고 하셨고요."

"에어라면 건기겠지. 그게 정확히 얼마나 필요한 것이냐? 마나스톤으로 따지자면?"

"글쎄요. 그건 그저 느낌으로 아는 것이라. 저도 잘 모르겠어요."

운정은 고민했다.

"흐음, 그 라스 오브 네이쳐로 인해 희생된 바르쿠으르의 엘프가 이백만이라 했으니, 요트스프림까지 생각하면 총 사백만이고, 그중 에어에 동원된 것은 백만이라 생각한다면, 라스 오브 네이쳐가 일어나게 되었던 그 건기에서 백만분의 일이라 생각하면 되겠구나."

시르퀸이 살짝 고개를 끄덕였다.

"대략적으로 생각한다면 말이죠."

"선공을 이용하면 빈 마나스톤을 건기로만 채우는 것도 가능할 것이다. 그건 내가 준비할 테니, 어머니께 가져다 드리고 아키텍트를 데려오거라."

"네, 마스터."

"일단은 중원에서 들어온 불청객을 만나 보자꾸나."

운정이 계속 그렇게 제운종을 펼쳐 앞으로 가다가, 시르퀸이 건너가지 못하던 투명한 벽이 나올 때쯤부터 속도를 줄여서 걷기 시작했다.

이후 시르퀸이 손을 앞으로 뻗은 채 걸었는데 그러다가 결국 그 투명한 벽에 가로막혔다.

탁.

시르퀸은 그 자리에 멈춰서더니 운정에게 말했다.

"여기서부터 전 갈 수 없겠군요."

"알겠다. 일단 여기서 기다리다가 침입자가 보이면 나를 부르거라."

운정은 그렇게 말한 뒤에 안으로 들어갔다. 시르퀸은 투명한 벽을 통과하는 운정의 뒷모습을 물끄러미 바라보았는데, 그녀의 시선이 묘하게 운정의 정수리를 향했다.

"우화는 갈 수 있나요?"

벽을 통과한 운정이 마지막으로 시르퀸을 돌아봤는데, 그녀의 입술이 움직이는 게 보였다.

"……."

"마스터의 페어리요. 페어리는 통과할 수 있는 것 같네요?"

"……."

운정이 다시 시르퀸 쪽으로 걸어와 투명한 벽에 고개만 내밀었다.

"소리가 통하지 않아 무슨 말인지 듣지 못했다. 뭐라고 했느냐?"

시르퀸이 다시금 말했다.

"페어리는 통과하는 것 같아서요."

운정은 손을 들어서 자신의 머리에 올려놓았다. 그러자 그의 머리카락 안에 누워 있던 우화가 조금씩 꿈틀대는 게 느껴졌다.

"그런 것 같구나."

"……."

"그럼 일단 다녀오마. 괜히 위험을 무릅쓰지 말고 이곳에서 기다리고 있거라, 알았지?"

"예, 마스터."

운정이 막 고개를 돌렸다.

그런데 그때 운정의 뒤쪽으로 또다시 강렬한 살기가 느껴졌다.

운정이 다시 고개를 돌려 시르퀸을 보며 말했다.

"시르퀸! 살기다! 위험해."

시르퀸은 그 말을 듣자 고개를 푹 숙였다.

그리고 그 즉시 그녀의 머리 위로 검강이 휙 지나갔다.

파파팟—!

운정은 강기충검한 미스릴 검으로 검강을 막았다.

캉—!

강렬한 울림과 함께, 운정이 살짝 뒤로 밀렸다. 하지만 곧 뒤에 있는 버섯에 의해서 막혔다.

파르르릇.

검강에 의해 잘려 나간 버섯 줄기들은 탄성에 의해서 하늘 위로 쭉 튕겨지듯 올라갔다. 때문에 허리 높이에서, 반경 10m 정도의 부채꼴을 그려 놓고, 그 바닥을 하늘 위로 쭉 올린 듯한 빈 공간이 생겨 버렸다.

운정은 그 위로 올라가면서 시르퀸에게 말했다.

"버섯 안으로 들어가거라. 동굴의 축복으로 최대한 숨고."

"네, 마스터."

시르퀸이 몸을 낮게 숙이자, 버섯 줄기 사이로 그녀의 몸이 보이지 않게 되었다.

휘이잉.

갑작스레 생긴 빈 공간에 기류가 일어나 바람이 일기 시작했다. 운정은 그 중앙 쪽으로 천천히 걸어가면서 사방을 탐색했는데, 어느 곳에도 이상한 점을 감지할 수 없었다.

운정이 한어로 말했다.

"검강을 이 정도의 넓이로 발경하신 걸 보면 고명한 실력을 지니신 것 같은데, 모습을 드러내시고, 제게 한 수 가르쳐 주시지요."

그의 말에도 적은 자신을 드러낼 생각이 없는 듯했다. 그때 부채꼴의 중심 쪽에서 큰 시전어가 들렸다.

[파워 워드 할트(Power—word Halt).]

그 순간 운정의 의복이 황금처럼 빛나며 운정에게 떨어진 절대명령을 무효화시켰다.

운정은 즉시 제운종을 펼쳐 그쪽으로 튕기듯 날아갔다. 그리고 그대로 미스릴 검을 횡으로 휘둘렀다.

완전한 형태의 유풍검강이 그의 검에서부터 생성되어, 그의 앞에 있는 버섯 줄기를 반월 형태로 갈라 버렸다. 어찌나 속도가 빠른지, 마치 그의 검이 길어져서 버섯 줄기를 베어 버린 것 같았다.

서— 걱!

뭉텅 잘리는 소리가 났다. 이후, 거대한 공간을 가득 채우던 버섯 줄기들이 탄성으로 인해서 하늘로 호로록 사라졌다. 그리고 갑작스레 생긴 진공은 주변에서 공기를 빨아 와, 그 빈 공간을 채웠다.

운정은 바람 속에서 시야가 탁 트인 앞을 보았다.

그가 유풍검강으로 그린 반월은 오른쪽에서부터 20m의 반지름을 가지고 있었다. 하지만 그것이 중간 지점을 지나는 순간 반으로 뚝 끊겨서, 10m의 반지름으로 이어졌다가, 다시 왼쪽으로 가면서 20m의 반지름을 회복하는 형태였다. 마치 한쪽이 뾰족하게 뜯겨 나간 반월 같았다.

그 이유는 간단했다. 그 중간 지점에서 한 남자가, 검을 들고 운정의 검강을 막았기 때문이다. 그는 휘휘 검을 가볍게 놀리더니, 다시 자세를 잡고는 운정을 향해 길게 검을 뻗었다.

운정은 모르는 얼굴이었지만 전신에서 뿜어지는 기운은 최소 초절정이었다. 다만 그 눈빛이 너무나 흐리멍덩한 것이, 고강한 백도의 검공을 익힌 무림인의 그것이라 믿을 수 없었다.

운정은 그 무림인에게서 익숙한 느낌을 받았다.

시체에서 나는 고약한 냄새.

운정은 그 무림인에게서 시선을 옮겨 주변을 바라보며 말했다.

"강시만 앞에 두시지 마시고, 직접 나와 저와 말씀을 나누시지요. 다짜고짜 제 제자를 공격한 일에 대해서 시시비비를 가리고자 합니다."

그의 말이 빈 공간에 이리저리 울려 나갔다.

얼마나 지났을까, 검강이 막혀서 잘려지지 않은 버섯 줄기 틈에서 한 엘프가 걸어 나왔다. 그는 남성으로, 손에 지팡이를 들고 있는 것이 마법사로 보였다.

그는 파인랜드 공용어로 말했다.

"내 이름은 멕튜어스. 네크로멘시 학파의 서브마스터(Submaster)다. 이야기할 것이 있다."

그가 말하자, 그의 강시가 검을 내렸다. 운정도 마찬가지로 검을 내리면서 그에게 공용어로 질문했다.

"우선 왜 제 제자를 공격한 것입니까? 그리고 왜 이곳에 나타났으며, 제게 무슨 용무가 있습니까?"

멕튜어스는 단조로운 어조로 되물었다.

"제자라고 한다면, 그 엘프를 뜻하는 것인가?"

"그렇습니다."

"나는 그 엘프가 네 제자인지 몰랐다. 다만, 이 요트스프림에 남은 엘프라고 생각했지."

"그렇다 한들 공격할 이유가 되진 않습니다. 애초부터 악의를 가지고 이곳에 찾아온 것은 아닙니까?"

"엘프 중 와쳐라고 하는 개체는 대부분 자신의 보금자리에 침입한 자를 대화 한 번 하지 않고 죽인다. 다크엘프는 말할 것도 없지. 나는 그 엘프가 와쳐라고 생각했기에, 공격당하기 전에 공격한 것뿐이다."

운정은 멕튜어스 앞에 있는 무림인에게 턱짓하며 물었다.

"그만큼 강력한 강시를 부리면서 말입니까?"

"다른 와쳐들을 불러 모을 수 있으니, 신속하게 처리하려고 했던 것뿐이다."

"이곳은 이미 멸망한 곳입니다."

"나도 그렇게 들었다. 하지만 그 엘프를 보고 마스터 고바넨께서 잘못 생각한 것이 아닌가 싶었지. 네 제자인 것을 알았다면 절대 공격하지 않았을 것이다."

"……."

"내가 이곳에 온 목적은 너와 대화하기 위함이다, 운정 도사. 한데 왜 네게 해악을 끼치겠나?"

운정의 눈빛이 날카로워졌다.

"용무가 무엇입니까?"

멕튜어스는 기대감이 담긴 목소리로 말했다.

"넌 요트스프림을 통해서 차원이동이 가능한가? 단순한 차원접촉을 넘어서."

"이미 아시는 것 같습니다."

"이 동굴 입구가 발견되고 나서부터, 네크로멘시 학파가 매순간 감시하고 있다. 마스터 고바넨께서 다녀가신 이후에는 내가 직접 감시했는데, 네가 동굴 밖에 잠시 나왔다가 들어가는 것을 보았다. 마스터 고바넨께서는 이 사실을 아직 모른다."

운정의 눈빛에 의문이 담겼다.

"왜 그녀에게 말하지 않았습니까?"

"다시 말하지만, 너와 대화하고 싶다."

"고바넨은 당신이 이곳에 들어온 것도 모르겠군요."

"잠시, 내 이야기를 들어 줄 수 있나? 너무 오래 자리를 비우면 안 되니까. 잠깐이면 된다."

운정은 고개를 끄덕였다.

"알겠습니다, 말씀하시지요."

멕튜어스는 깊은 한숨을 내쉬고는 조금 편안해진 표정으로 말했다.

"우리 네크로멘시 학파는 멸망의 기로에 서 있다. 그나마 중원으로 넘어온 마법사들도 상당수 죽었지."

운정은 속에 있는 무언가가 꿈틀대는 걸 느꼈다.

그가 차갑게 대꾸했다.

"그 책임은 욘에게 있습니다."

"안다. 그것을 네게 따지려고 하는 것이 아니다. 다만 내가 하고 싶은 말은 네크로멘시 학파가 멸망하기 전에, 그중 일부를 파인랜드로 돌아갈 수 있게 해 줄 수 있느냐는 것이다."

"……."

"무슨 원리인지 모르겠지만, 네게는 가능할 것 같아서 그 부탁을 하고 싶다. 공식적인 루트로는 마스터 고바넨의 눈을 피할 수 없다."

운정은 뭐가 어떻게 돌아가는지 쉽게 짐작할 수 없었다. 하지만 한 가지 확실한 것은 멕튜어스가 고바넨과 다른 생각을 품고 있다는 것이다.

운정이 말했다.

"당신은 마스터 고바넨을 따르지 않습니까?"

"당연히 따른다. 마스터를 따르지 않을 순 없지."

"말이 앞뒤가 맞지 않는 군요."

"마스터 고바넨을 따르지만, 그보다는 네크로멘시 학파를 더욱 따른다고 보는 것이 맞겠지. 내가 스스로에게 건 부활마법에 각인된 삶의 목적은 누구 하나를 섬기겠다는 것이 아니라 네크로멘시 학파 전체의 존속 그 자체니까."

운정은 카이랄의 경우를 통해서, 엘프가 언데드가 되는 부활마법은 삶의 목적을 가공하여 부여한다는 사실을 익히 잘 알고 있었다. 카이랄의 경우는 요트스프림을 향한 복수였는데, 그것과 비슷한 맥락으로 멕튜어스의 경우는 네크로멘시 학파의 존속인 듯싶었다.

운정이 말했다.

"당신은 그 목적에서 벗어날 수 없군요."

멕튜어스는 몇 번이고 뜸을 들이다가 이내 무거운 입을 열었다.

"마스터 욘을 보면 잘 알지. 문핑거즈(Moon Fingers)를 가진 사람이 어떻게 되는지. 그처럼 지혜로운 현자도 결국 힘만을 탐하다가 목숨을 잃고 말았어. 아니, 그 놀라운 지혜로 인해서 더욱 추악한 끝을 맞이하게 되었지."

"……."

"그는 한때 뛰어난 지도자였다. 우리 네크로멘시 학파가 핍박을 받아 멸망할 위기에 처했을 때 강력한 리더십으로 우리를 이끌었다. 다른 차원으로 넘어간 그랜드마스터 미내로께서 차원의 벽을 흔들어 우리로 하여금 누구보다도 먼저 마법사의 천국인 이 중원에 당도하게 할 때까지만 해도, 그는 그 누구도 대신할 수 없는 위대한 자였어."

"……."

"하지만 더 세븐(The Seven)을 남용하기 시작하면서부터 그의 인격이 달라지기 시작했다. 중원에는 마나가 풍부하다 보니, 어프렌티스들도 한껏 어깨가 올라가게 마련이다. 하물며 어프렌티스도 그런데, 더 세븐을 지닌 그랜드위저드는 말할 것도 없지. 그는 서서히 힘을 탐내기 시작했고, 결국 불사의 영역까지 넘보려고 했다."

"……."

"마지막에 가서는 그냥 미쳤다고 해도 과언이 아니다. 그는 파인랜드와 중원이 교류하기 시작하면, 중원에 가득 퍼져 있는 대자연의 기운 또한 메마르리라 생각했어. 그래서 그 기운을 먼저 독점해야 한다고 주장했지. 그 결과, 그는 중원에서 데빌을 소환하여 그 육신을 빼앗는 미친 계획을 세웠다. 당시 네크로멘시 학파 내에서 그의 영향력은 절대적이었기에 그 누구도 그를 막지 못했다. 나도 내심 그라면 해낼 수 있으리라 믿었을 정도니까."

운정은 그가 무당산의 정기가 사라지게 된 그 사건을 말하는 것임을 알 수 있었다.

처음 그가 무림에 출도하게 된 계기가 된 사건. 그 일로 인해서 그는 무당파를 버려야만 했다. 무당산의 정기가 없이는 무당파도 생존할 수 없기에.

운정은 두 주먹을 불끈 쥐며 말했다.

"당신들이 한 일로 인해서 제 문파가 멸문했습니다. 단순히 제자들이 죽은 것이 아니라, 그 뿌리가 죽게 되었단 말입니다."

멕튜어스는 고개를 끄덕였다.

"그에 관해선 아무리 사과한들 부족하다는 사실을 잘 안다. 우리는 우리의 생존을 도모하면서 타 학파, 아니, 문파의 존망을 생각하지 않았지. 그것이 결국 카르마가 되어 우리 또한 멸망의 길을 걷게 되지 않았나 싶다. 말렸어야 했어. 데빌의 육신을 얻겠다니… 그 미친 생각을 우리가 다 같이 동조했다는 게 아직도 나는 믿겨지지 않는다."

"……."

"사과한다. 네 문파를 멸망시킨 것으로 내 목숨을 요구한다면 얼마든지 주겠다. 다만 내가 방금 말한 그 요구를 들어 주어라. 너는 도사고 나는 엘프니 네 진심 어린 한마디면 충분하다."

마음속 가장 깊은 곳에 묻어두었던 사문에 대한 마음. 사실 그것은 그가 사랑했던 사부님을 향한 마음이었다.

사부님의 유언을 배신하기로 한 그 결심으로 인해 그의 마음에는 이로 말할 수 없는 마가 쌓였고, 그것이 곧 태극음양마공을 위한 마기가 되었다. 그 근본적인 부분이 자극을 받으니 심장이 미칠 듯이 뛰기 시작했다.

두근.

두근.

운정은 눈을 살짝 감았다. 그리고 집중하여 요동치는 기혈을 서서히 잠재웠다. 단전으로부터 건기과 곤기를 끌어올려 모든 기혈을 감싸고는 머리로는 끊임없이 무궁건곤선공의 구결을 읊으면서 마성을 잠재웠다. 그는 심호흡을 하면서 몸 안에 일어나는 마기를 선기로 감싸며 그가 완성한 삼합사령마신공을 운용했다.

그의 어깨가 느리게 올라갔다, 빠르게 떨어지기를 반복했다. 멕튜어스는 그 고요한 모습을 바라보며 숨도 쉬지 못했다.

운정이 눈을 떴을 때, 그 안엔 청량한 기운만이 가득했다. 멕튜어스는 안도한 표정을 지었다.

운정이 물었다.

"무엇을 계기로 확신하시게 된 것입니까?"

"확신?"

"앞으로 네크로멘시 학파가 멸망할 거라는, 그런 확신이 없다면 제게 이런 제안을 하실 수는 없을 겁니다. 당신이 마스터로 섬기는 고바넨도 모르게 말입니다."

멕튜어스는 담담하게 말했다.

"왜냐하면 네크로멘시 학파가 이토록 몰락하게 된 일이 지금도 똑같이 벌어지고 있기 때문이지."

운정은 설마 하는 생각에 반문했다.

"설마 고바넨이 욘과 같은 행동을 하려고 합니까? 중원의 기운을 모아서 데빌을 만들어 몸을 빼앗으려고?"

멕튜어스는 실소를 머금더니 말했다.

"아니다. 그런 것이 아니야. 내가 말한 똑같은 일이란, 행동을 말하는 것이 아니다."

"그러면?"

"똑같은 심정의 변화이지."

"심정의 변화라. 구체적으로 어떻게 됩니까?"

멕튜어스는 나지막한 목소리로 설명했다.

"욘의 그런 미친 행동에는 더 세븐인 문핑거즈가 문제였다. 그가 그렇게 타락한 이유도 다 문핑거즈로 인해서, 힘을 향한 끝없는 갈망을 느꼈기 때문이다. 그것은 곧 그를 파멸로 몰아넣었지."

"그렇다면 문핑거즈에 걸려 있는, 힘을 갈망하게 만드는 저주를 풀면 되는 것 아닙니까?"

그의 말에 멕튜어스는 이를 보이며 웃으면서도 고개를 느릿하게 저었다. 그 웃음은 왠지 모르게 허무했다.

"그런 것이 아니다. 그런 저주가 따로 걸려 있는 것이 아니야. 더 세븐과 같이 강력한 힘은 그저 그 자체만으로 그런 갈망을 주는 것이다. 힘, 그 자체에 힘을 갈망하게 하는 힘이 있는 것이다."

"……."

"나는 많이 보았다. 내 학파의 마법사들이 중원에 오고 나서부터 변해 가는 모습들을. 나는 부활마법으로 인해 언데드가 된 엘프이기에, 부활마법을 갱신하지 않으면 심정에 변화가 없다. 하지만 내 학파의 마법사들 중에는 살아 있는 마법사들도 많았고, 부활마법을 계속 갱신하는 자도 많았다. 그들은 인격이 변해 갔고 모두 힘에 취해서 전에는 상상할 수 없었던 사람들이 되었지."

"……."

"중원은 마법사의 천국이 맞다. 하지만 동시에 지옥이기도 하다. 무한한 마나 앞에선 자기가 신이라도 된 것처럼 굴 수 있으니까. 실제로 중원에 도착한 우리는 우리가 곧 중원에서 신처럼 군림할 줄 알았다. 청룡궁과 함께했지만, 결국 그들도 우리의 발아래 굴복시킬 수 있으리라 생각했다. 하지만 그들에겐 마법이 통하지 않았고, 또 그들은 그런 자신들의 특색을 확장하는 기술을 개발했다. 그 다음부턴? 이용만 당하고 팽당하는 신세로 전락했지. 이제는 무림맹에 어찌어찌 기생하고 있는 처지지만, 그럼에도 우리의 콧대는 하늘 높은 줄 모르고 올라가고 있어. 결국 최근 들어 또다시 선을 넘기 시작했다. 무림인의 시체를 넘어서 생사람을 잡아다가 실험하기 시작했지."

운정은 차가운 얼굴로 말했다.

"그건 무림인을 강시로 만든 당신도 마찬가지 아닙니까? 백도의 인물로 보이는데, 이것을 무림맹에서 가만히 보고만 있으리라 생각하십니까?"

멕튜어스는 희미한, 그리고 동시에 힘없는 미소를 지었다.

"맞다. 나 또한 마찬가지야. 파인랜드에 있을 때는 이처럼 강력한 데스나이트를 얻을 수 있으리라곤 꿈에도 몰랐지. 막상 나에게도 기회가 찾아오니 앞뒤를 생각하지 않고 이렇게 중원인으로 강시를 만들었어. 그리고 그 사실에 멍청하게도 뿌듯해하고 있지. 네 말이 맞다. 나도 이미 힘에 중독되었지."

"당신의 목적은 네크로멘시 학파의 존속이 아니었습니까? 그런데 그것에 해가 가는 행동을 하신 겁니까?"

"내가 강해진다면, 네크로멘시 학파도 더욱 오래 존속하리라 생각하는 마음이… 없지 않아 있다. 목적은 하나라도 수단은 여럿이 될 수 있으니까."

"방금은 아닌 것처럼 말했지만, 당신도 부활마법을 갱신하면서 심신에 영향이 있으셨군요."

그는 자조적인 냉소를 입에 머금었다.

"최소한으로 줄이고 있어. 하지만 너무 오랫동안 갱신하지 않으면, 육신과 정신이 붕괴되고, 기억이 유리 파편처럼 이리저리 흩어져 버린다. 안 하고 버틸 수는 없지. 그러다 보니, 나도 자기합리화가 강해지고 있어."

스스로의 인격이 달라지는 것을 자각해서 미래의 자신이 현재의 자신을 어떻게 판단할지 유추한다? 운정은 부활마법이 결국 죽은 자의 흐트러진 의식 한 조각, 한 조각을 얇은 끈으로 이어 붙이는 것에 불과하다고 다시금 생각했다.

운정이 말했다.

"그래서, 일단 제게 하고 싶은 말은 네크로멘서 중 일부를 차원이동시켜 달라는 것뿐입니까?"

그 질문에 멕튜어스는 퍼뜩 정신을 차리고 말했다.

"그렇다. 지금 네크로멘시 학파는 너무 아슬아슬한 길을 걷고 있어. 이대로는 분명히 전과 같은 일이 일어날 것이다. 하지만 네크로멘시 학파는 멈추지 않을 것이다. 아마 나부터 멈추지 않을 것이다. 나 또한 더 강력한 데스나이트를 만들 수 있는 기회가 주어진다면, 절대 포기하지 않겠지. 그것이 학파에 얼마나 큰 위협이 되는지도 상관하지 않고. 이미 그렇게 했고."

"……."

"그래서 부탁한다. 학파 내에는 나와 같은 경계심을 가진 자들이 아직 있다. 살아 있는 자들 중에는 다시 파인랜드로 갈 의향이 있는 자들도 있어. 난 혹시라도 네크로멘시 학파가 중원에서 멸망할 경우를 대비하고 싶다. 그런 경우를 위해서 조금이라도 파인랜드에 씨앗을 남겨 두고 싶어."

"만약 그런 것이라면, 고바넨에게 직접 상의하시지 그러셨습니까?"

"마스터 고바넨께서는 조금의 전력 유출도 절대 허락하실 리 없다. 또한 마스터 고바넨과 너의 관계를 생각했을 때, 마스터 고바넨을 통해 네게 부탁하는 것은 오히려 좋지 못한 결과를 낳게 되겠지. 천마신교를 통해서도 마찬가지다."

운정은 눈을 날카롭게 떴다.

"네크로멘시 학파는 이미 무당파와 척을 졌습니다. 무당산의 선기를 고갈시켜 놓고는 이제 와서 네크로멘시 학파의 존속을 위해서 부탁을 들어 달라? 제가 무슨 이유로 네크로멘시 학파를 도와야 합니까?"

멕튜어스가 재빠르게 말했다.

"만약 그 데빌의 존재를 되돌려서 무당산의 정기를 되찾을 수 있다면? 그렇다면 어떻겠나?"

운정은 누군가 자신의 머리를 내려친 것 같은 기분을 느꼈다.

"무, 무슨 소리입니까, 그게?"

멕튜어스는 양손을 앞으로 뻗고는 느리게, 또 또박또박 말했다.

"우리가 거대마법진으로 만든 그 데빌. 그 데빌을 다시 마나로 되돌린다면, 그것은 고스란히 무당산의 정기가 될 것이다. 백 퍼센트는 당연히 불가능하겠지. 하지만 적어도 무당산에서 무당파의 제자들을 길러 낼 정도의 기운은 분명히 되돌릴 수 있을 것이다."

"……."

"네가 무당파의 마지막 제자라는 정보를 들었다. 내가 네크로멘시 학파의 존속을 원하는 것처럼 너 또한 무당파의 존속을 원하지 않는가? 나는 분명 그러리라 생각한다. 백도인들은 자신의 문파를 마치 가족과도 같이 여기는 걸 봐 왔다. 그러니 너 또한 이제는 세상에 잊혀 가는 무당파를 다시금 재건하고 싶으리라 생각한다."

"……."

"표정을 보아하니 맞는 것 같군. 그럼 거래가 성립될 수 있겠어."

운정은 눈을 질끈 감고는 고개를 흔들었다.

"절대로 가능한 일이 아니라고 했습니다. 어떻게 그런 일이 가능하겠습니까?"

"확답은 못 한다. 하지만 나는 그 일이 충분히 가능하다고 생각한다."

"확답은 못 하시는군요."

운정의 목소리에 은은한 노기가 섞이자, 멕튜어스가 다급하게 말했다.

"중원의 문파에 백도와 흑도가 있듯, 파인랜드 마법사 스쿨에도 빛의 학파와 어둠의 학파가 있다. 네크로멘시 학파는 어느 어둠의 스쿨보다도 더욱 어둠과 친밀하지. 닿지 못하는 음지가 없다. 그러다 보니, 마법사들조차 평생 조우하지 못하는 미지의 생물과도 자주 접촉하며, 당연하지만 그에 관한 정보도 상당히 많은 편이다. 내가 자신하는데, 데빌에 관해서 네크로멘시 학파의 지식보다 더한 지식을 가진 학파는 없을 것이다."

"……"

"빛에 속한 마법사들 중에는 데빌이 그저 상상 속에서만 존재하는 것이라 믿는 자들도 있다. 환각마법이나 정신질환쯤으로 여기는 거야. 그 정도로 데빌은 미지의 생물이야. 하지만 우리는 그것을 직접 소환해 보였고, 심지어 그 데빌의 몸을 빼앗은 마법술식까지 완성시킬 정도로 깊은 지식이 있다. 그러니 데빌의 몸에서 다시 무당산의 정기를 찾을 수 없다는 말은 사실 데빌에 대해서 잘 모르는 자들의 헛소리에 불과하다."

"……"

"너라면 내가 지금 진실을 이야기하고 있다는 것을 알 것이다. 단언컨대 데빌에 대해서 가장 잘 아는 네크로멘시 학파에서 연구하지 않았으니, 그 누구도 데빌을 마나로 되돌리는 것이 불가능하다고 말할 수 없다."

운정은 굳은 표정을 하고 있었지만, 그의 두 눈은 조금씩 흔들리기 시작했다. 왜냐하면 멕튜어스의 말 그대로, 그가 진실을 이야기하고 있다는 것을 운정이 느낄 수 있었기 때문이다.

운정이 말했다.

"오랜 역사를 지닌 요트스프림에서 알려 준 것입니다. 어떠한 방법으로도 데빌을 소환할 때 소모한 마나를 다시 회복할 수 없다고 했습니다."

멕튜어스는 점잖은 목소리로 냉소했다.

"넌 이곳의 축복을 받고 있으니, 엘프들의 생활 방식을 잘 아리라 생각한다. 그들은 극도로 폐쇄적인 삶을 산다. 인간에 대해서도 제대로 모르는 것이 태반이다. 그런 엘프에게 데빌은 거의 신화 같은 존재지. 과연 그들이 얼마나 정확히 알까? 과연 그들의 판단을 믿을 수 있겠는가, 운정 도사?"

"그들의 말이 틀릴지라도, 제가 당신의 판단을 믿는 것과는 별개의 문제입니다."

"그것은 네가 내 제안을 받는 것과도 또한 별개의 문제이다."

"무슨 말입니까?"

"데빌이 다시 마나로 되돌아갈 수 있는지를 내가 증명해 내는 것은 우선 네가 내 제안에 승낙했을 때이다. 그것을 사실이라 가정하고 내 제안에 승낙하고 말고는 네가 지금 결정할 수 있다는 뜻이다."

"……."

"다시 묻겠다. 내가 데빌로부터 마나를 되돌려 무당산의 정기를 다시금 채워 준다면, 너는 네크로멘시 학파와의 원한을 잊고 마법사 몇몇을 다시 파인랜드로 차원이동시켜 줄 수 있겠나, 운정 도사? 그것의 가능 여부를 떠나서 네 의지를 알고 싶다. 승낙한다면, 그 말을 믿고 바로 연구에 착수하겠다."

"……."

"차원이동은 내가 증거를 보여 주고 나서 결정해도 늦지 않는다."

운정은 바로 대답하지 않았다.

하지만 서서히 끄덕여지는 자신의 고개를 느꼈다. 막고 싶은 마음이 굴뚝같았지만, 그의 고개는 그의 말을 전혀 듣지 않았다. 그리고 그의 말을 듣지 않은 건 그의 고개뿐이 아니었다.

그가 말했다.

"알겠습니다. 그렇게 하지요. 저 또한 마법사들을 파인랜드로 차원이동시키는 방도를 마련해 보겠습니다. 총 인원은 얼마나 되겠습니까?"

멕튜어스의 표정이 한결 편안해졌다. 그는 고개를 연신 끄덕이며 말했다.

"최대 다섯이다. 운정 도사, 학파를 대신해서 깊이 감사한다."

그는 공손한 자세로 포권을 취해 보였다. 그와 동시에 그의 옆에 있었던 강시도 같이 포권을 취해 보였다.

그 모습을 보는 운정의 눈길이 강시에게로 향했다.

무당파의 엄격한 규율에는 웬만한 악인도 적당한 거리를 두고 죽여야지만 과율이 쌓이지 않는다. 그런데 강시를 만들고 부리는 사악한 자들은 코앞에서 처단해도 과율이 쌓이지 않는다. 그것과 같은 취급을 받는 대상은 사람 고문하기를 즐기며 열 명 이상을 살해한 연쇄살인마 정도다.

다시 말하면 무당파는 강시를 부리는 사람을 연쇄살인마처럼 생각한다는 것이다.

사부님이 옆에 있었다면, 저 더러운 자의 말은 듣지도 말고 마음에 담지도 말고 당장 목을 베어 버리라고 호통을 쳤을 것이다.

운정은 시선을 아래로 내리며 나지막하게 중얼거렸다.

"사부님이 옆에 있었다면이라……."

그런 식으로 생각한 것이 도대체 얼마 만일까?

옳고 그름을 따지는 데 사부님을 떠올린 것이 얼마 만일까?

운정은 정확히 기억할 수 없었다.

그는 곧 고개를 흔들어 상념을 털어 버렸다.

멕튜어스는 포권을 내리고 통로 쪽으로 발걸음을 움직였다.

"곧 연락하지."

운정은 그의 뒤를 물끄러미 바라보았다. 미스릴 검을 쥔 그의 손에 힘이 몇 차례 들어갔지만, 결국 그는 미스릴 검을 검집에 넣었다.

第六十八章

공간마법진이 빛나고 스페라가 그곳에 나타났다.

그녀가 보니, 운정은 한쪽에 서 있었고 시르퀸은 HDMMC 하나에 가부좌를 틀고 앉은 채로 내공을 익히는 듯했다.

밝은 표정과 함께 운정에게 다가가던 스페라는 그의 표정을 보곤 뭔가 심상치 않다는 것을 눈치챘다.

"운정?"

운정은 고개를 돌려 그녀를 보았다.

"아, 오셨군요."

얼마나 깊은 상념에 빠져 있었으면, 그녀가 온 줄도 모르는 것 같았다.

스페라가 말했다.

"무슨 일이야?"

운정은 고개를 저었다.

"아닙니다, 아직 확실한 일이 아니라서 나중에 기회가 되면 말씀드리겠습니다."

스페라는 떨떠름한 표정을 지었다. 평소 운정이라면 상의를 하고 조언을 구할 텐데, 갑자기 낯설게 벽을 세우는 느낌이 들었기 때문이다.

그녀는 슬며시 웃어 보이며 말했다.

"왜? 무슨 일인데? 시르퀸이 안 된대?"

운정은 옅은 웃음으로 보답했다.

"시르퀸의 일은 괜찮다고 합니다. 그, 갔던 일은 어떻게 되었습니까? 좋은 건축가가 있을까요?"

누가 봐도 말을 돌리는 것이 분명했지만, 스페라는 차마 더 추궁하지 못했다. 그녀는 운정의 시선을 피하면서 고개를 먼저 끄덕이더니, 뒤늦게 말했다.

"응, 괜찮대. 왜, 그 마스터 데란이라고 알지?"

"아, 그 테라의 엘리멘탈리스트 아닙니까?"

"지올로지(Geology)에 대해서 박식해서. 파인랜드에 건설되는 거대 건축물은 그들의 주된 수입원이기도 하니까."

"그가 제 부탁을 들어준다고 했습니까?"

"엘프와 건물을 한번 지어 보지 않겠느냐고 물어보니까, 단박에 승낙하던데. 하지만 기억을 지우는 건 끝내 동의를 얻지 못했어. 어디까지나 배움을 목적으로 승낙한 거니까."

운정은 턱을 괬다.

"흐음, 이곳이 드러나는 건 원치 않습니다."

"그래서 말인데, 좌표만 모르게 하는 건 어때?"

"좌표만?"

스페라는 손을 펼쳐 빈공간을 가리켰다.

"이 공간 전체에 좌표에 대한 은닉마법을 걸어 놓는 거야. 그럼 이곳에 온 마법사들이 함부로 마킹할 수 없도록 말이지."

"흐음."

"어차피 이곳에 신무당파가 건설되고 건물이 올라가면 손님들도 많이 찾아오게 될 텐데, 그들에게 모두 망각마법을 거는 건 실질적으로도 무리가 있지. 앞으로 개방적으로 제자를 받는다는 것이 네 뜻 아니었어? 그러니 공간이동으로는 그 열쇠를 통해서만 올 수 있게 만들고 기억을 지우는 건 굳이 할 필요는 없을 것 같아."

하긴 다수의 제자를 받기 시작하면, 그렇게 될 수밖에 없을 것이다.

"하지만 이토록 풍부한 마나가 있다는 것을 알게 되면 욕심이 들 수밖에 없을 겁니다.”

스페라는 어깨를 들썩였다.

“그것도 포함해서 숨기면 되겠네. 몇 번 해 보면 가능하겠지.”

그녀는 꽤나 쉽게 말했지만, 운정은 그것이 만만치 않은 작업임을 어렴풋이 알 수 있었다.

운정은 마음 깊은 곳에서부터 우러나오는 감사를 표했다.

“그런 일까지 가능하다면 더할 나위 없겠습니다.”

“그럼 내가 공간의 좌표를 찾을 수 없게 하는 은닉마법과 마나의 농도를 숨기는 은닉마법을 전 공간에 걸쳐서 걸어 줄게. 그것도 최상급으로 말이지. 최근에 왕가의 서재에서 찾은 히든북(Hidden book)이 있는데 한층 더 간단하면서 위력은 강한 은닉마법이 있었어. 제대로 펼치려면 꽤 오래 연습해야겠지만, 이처럼 마나가 무한하게 많은 곳에선 얼마든지 연습할 수 있으니까.”

운정은 포권을 취했다.

“정말 이것저것 많이 신경 써 주셔서 감사합니다, 스페라 스승님.”

스페라가 어깨를 들썩였다.

“나도 뭐, 나 좋자고 하는 거야. 무한한 마나를 빌려 마법을 연습해 두면 나도 좋으니까. 그리고 객원장로라고 임명까지

해 줬으니 더 열심히 도와주고 싶기도 해."

운정은 그 말을 듣고는 입술을 조금 오므렸다.

스페라가 그를 지그시 바라보자, 운정은 결국 무겁게 닫힌 입을 열었다.

"사실 방금 네크로멘시 학파에서 연락이 왔습니다."

그 말을 듣자 스페라의 얼굴이 일순간 냉랭해졌다. 눈은 반쯤 감겼고, 목소리는 한층 내려갔다.

"연락이라니? 어쩌다 조우한 게 아니라?"

운정이 대답했다.

"조우로 시작하긴 했습니다. 서브마스터 멕튜어스라는 자가 중원으로 뚫린 통로를 통해서 들어와 만나게 되었으니까요. 당연히 싸우려 할 줄 알았는데, 그는 대화를 원했습니다."

"그리고 넌 거기에 응했고?"

"한 번의 공방을 교환한 후, 절 확인한 그는 더 이상 공격하지 않겠다는 의사를 내비쳤습니다."

스페라의 눈빛이 더욱 차가워졌다.

"그 의사란 걸 말하기 전에 목을 베었어야지. 단 한마디도 내뱉지 못하게."

"스페라 스승님."

"응."

"제가 어떤 의도를 가지고 그런 행동을 한 것은 아닙니다.

제 버릇쯤으로 생각해 주시면 안 되겠습니까?"

"버릇? 뭐? 원수라도 일단 말을 들어 보는 거? 그게 네 버릇이니?"

"검을 쓰기 전에 감정에 지배되려 하지 않고 이성적으로 생각하는 버릇 말입니다."

스페라의 입술 끝이 순간 일그러졌다.

그녀는 땅으로 시선을 옮기더니 비웃음을 섞으며 말했다.

"하아, 그래 넌 당사자는 아니니까. 딱히 이성을 잃을 만하진 않겠지."

그 말을 듣자 운정의 얼굴도 조금 굳어졌다.

"그들은 제 문파를 멸문시켰습니다. 그뿐만 아니라, 무당산의 정기를 없애 제 사부님을 죽음에 이르게 만든 것도 그들이 한 짓입니다. 제가 당사자가 아니라서 이성을 잃지 않은 게 아닙니다."

운정의 목소리에는 은은한 노기가 있었다.

스페라는 말없이 고개를 들어 운정을 마주 보았다. 운정이 단 한 번도 이렇게 맞선 적이 없다 보니, 더욱 중하게 느껴졌다.

그리고 실제로 그의 말은 중한 말이긴 했다. 사부님을 잃었다는 것. 그것은 제자를 잃은 것만큼이나 아픈 일일 것이다. 그런데 그런 그에게 넌 당사자가 아니라서 이성을 유지한 거라고 했다.

스페라는 입술을 달싹거렸을 뿐, 아무 말도 할 수 없었다.

"……."

운정이 딱딱한 어조로 물었다.

"그 이후 이야기를 더 해도 되겠습니까?"

스페라는 입술을 한 번 매만지더니 대답했다.

"응."

운정이 설명했다.

"그가 대화를 원한 건, 한 가지를 제안하려고 한 것입니다. 그의 설명에 따르면, 현재 네크로멘시 학파는 아슬아슬한 길을 걷고 있나 봅니다. 때문에 혹시 모를 위험에 대비해서 다섯 안팎의 마법사를 파인랜드로 차원이동시켜 줄 수 있겠느냐고 물었습니다. 중원에서 네크로멘시 학파가 멸망한다 할지라도, 그 명맥을 유지하기 위해서 말입니다."

"그걸 네게 부탁했다고? 그걸 왜 네가 들어 주리라 생각했을까?"

"그 대가가 제가 거부할 수 없는 것임을 알았던 것이지요."

"무슨 대가인데?"

"소환한 데빌을 돌려보내서 다시 무당산의 정기를 되찾을 수 있다고 말했습니다."

"……."

"데빌에 관해선 네크로멘시 학파가 가장 잘 알고 있으니, 그 마법이 가능한지 아닌지도 그들이 잘 안다고 주장했습니다. 제가 제안을 받아 준다면 연구에 바로 착수하겠다고."

스페라는 팔짱을 꼈다.

"그래서. 그 말을 믿고 그를 돌려보냈어?"

운정은 머뭇거렸지만 결국 사실을 말했다.

"네, 그렇게 했습니다."

"세상에."

스페라는 아예 몸을 돌려 버렸다. 그러곤 오른손을 자신의 이마에 가져가고는, 고개를 느릿하게 흔들었다.

운정은 그녀의 뒷모습을 보며 나지막하게 말했다.

"무당산의 정기를 되찾을 수 있다면, 지금 제가 여기서 하는 모든 일은 의미가 없습니다. 애초에 스승님을 배신할 이유도 없습니다. 지금까지 제가 걸어온 길은 무당산의 정기를 되찾을 수 없다는 전제하에 걸어온 것입니다. 만약 정기를 되찾을 수 있었다면, 전 무당파의 명맥을 그대로 유지하려 했을 겁니다. 그리고 그건 지금도 마찬가지입니다."

스페라는 천천히 손을 내리며 중얼거리듯 말했다.

"의미가 없다? 의미가 없다라… 그렇구나. 의미가 없는 일이구나."

"스페라."

운정이 천천히 걸어와 그녀의 어깨에 손을 올렸다. 스페라는 바로 그 손을 쳐 내더니 운정을 노려보았다.

날카롭게 뜬 그녀의 두 눈 끝에는 눈물이 글썽거리고 있었다.

"그럼 신무당파는 애초에 왜 건설하려고 했던 거야? 무당파의 명맥을 유지할 수 없으니 비슷하게나마 하나 만들겠다, 뭐 그런 거였어? 그럼 마법은? 나한테 마법은 왜 배운 건데? 무엇을 위해서 그런 거야? 대답해 봐."

"……."

운정이 아무런 말을 하지 않자, 분노가 가득 찼던 그녀의 두 눈은 곧 조롱을 담기 시작했다.

"그래. 모르겠지, 너도? 응? 너도 네가 왜 이런 일을 꾸미는지, 왜 이렇게 하려 하는지 모르잖아? 맞지? 항상 다 아는 것처럼 굴지만, 넌 아무것도 모르는 애야, 애. 응? 누군가 이리 가라 저리 가라 하면 좋아요 하고 가고, 싫어요 하고 안 가는… 그런 애새끼라고 딱."

"……."

스페라는 시선을 옆으로 두며 손을 들어 눈물을 닦았다. 그러곤 표독스러운 눈빛으로 운정을 다시 보더니 말했다.

"뭐라고 말 좀 해 봐. 그렇게 멍청하게 서 있지 말고."

운정이 입을 열었다.

"스페라 스승님께서 하신 말씀이 전부 옳으니 제가 무슨 말을 할 수 있겠습니까?"

스페라의 표정이 확 일그러졌다. 그녀는 손가락을 들어서 운정의 가슴을 콕콕 찔렀다.

"여기, 여기, 여기 안에 든 걸 말해. 그러면 되는 거야. 그걸 입 밖으로 꺼내면 되는 거라고. 그 쉬운 걸 왜 못 하는데? 그냥 말해. 네 가슴 안에 뭐가 들었는지 말이야."

운정은 스페라의 눈을 마주 보았다.

스페라도 운정을 보았다.

운정은 곧 눈길을 땅으로 두었다.

그러고는 눈을 감으며 말했다.

"전 무언가 선택할 때 항상 사부님의 말을 따랐습니다. 사부님이 하라는 대로 하였습니다. 그러다가 사부님을 잃고 세상에 나왔습니다. 그리고 깨달았지요. 사부님의 말이 전부가 아니라는 것을. 절대적인 기준이란 없다는 것을. 그 이후부터는 제가 스스로 생각하고 판단해야 했습니다."

"……."

"영원토록 굳건할 줄 알았던 무당파의 정기가 사라지니, 무당의 근본이 흔들렸고, 그것은 곧 무당의 사상조차 위협을 받게 만들어 더 이상 의지할 수 없게 되었습니다. 무엇이 선한 것이고 무엇이 악인지, 알 수 없게 되었습니다. 무엇을 해야 하고 무엇을 하지 말아야 할지도, 알 수 없게 되었습니다. 양심이라 하여 선이 되지 않고 욕구라 하여 악이 되지 않는다는 걸 깨달았습니다."

"……."

"그러니 결국 모든 것은 상대적으로 되었습니다. 기준도 선도 그저 제가 임의로 그릴 뿐입니다. 그렇다면 그것에 어떻게 의지할 수 있겠습니까? 어떻게 믿고 나아갈 수 있겠습니까? 무엇에 근거하여 제 생각과 행동을 결정할 수 있겠습니까? 그것을 모르겠습니다, 스페라."

지금껏 조용히 듣던 스페라가 말했다.

"그러니 결국 둘 중 하나야. 자기를 믿든, 남을 믿든. 전자도 후자도 완벽한 건 없어. 어차피 그런 거, 난 전자를 추천해. 내가 그렇게 살아왔는데, 썩 나쁘지는 않았어."

"그저 내 마음이 이끌리는 대로 사는 삶 말입니까?"

"그렇게 말하고 싶다면, 좋아. 맞아. 그런 삶이야. 내 마음이 시키는 대로, 내 생각이 뜻하는 대로, 그대로 행동하고 움직이는 거야. 왜냐하면 내 삶의 주인은 나니까."

"……."

"그 말에 동의하지 못하는구나."

운정은 눈을 들어서 다시 스페라를 보았다.

"내 삶의 주인이 나이기에 나의 마음대로, 나의 뜻대로 모든 걸 한다면, 도덕이 무너지지 않습니까?"

"난 남들이 날 어떻게 판단하든 신경 쓰지 않아."

"아니요, 스페라. 당신도 신경 씁니다."

"내가 타인의 시선에 신경을 쓴다고?"

"적어도 제 시선은 신경 쓰십니다. 아니면, 내가 당신을 어떻게 생각하는지 신경 쓰이지 않으십니까?"

"……."

스페라가 아무 말 하지 않자, 운정이 말을 이었다.

"신경 쓰지 않으신다면, 이렇게 절 도와주시지 않았을 겁니다."

"난 그냥 도와주고 싶어서 도와주는 거야. 네가 날 좋게 생각하라고 도와주는 게 아니고."

"그게 그겁니다, 스페라 스승님."

"……."

잠깐의 침묵이 흘렀다.

운정은 맑게 웃더니 말했다.

"그래도 대답은 얻은 것 같습니다."

"대답?"

"네. 좀 더 생각해 보고 말씀드리지요. 그리고 네크로멘시 학파에 대한 것은 스페라 스승님의 뜻을 따르도록 하겠습니다."

뜬금없는 말에 스페라가 놀란 표정을 지었다.

"뭐? 진짜? 왜? 그, 그 무당산의 정기, 중요하잖아?"

운정은 더 깊게 웃어 보였다.

"제 마음을 확실히 알았습니다. 제겐 무당산의 정기보다 스페라 스승님의 호의가 더 중요합니다."

"……."

"그럼 건축에 관한 부분에 대해서 더 힘써 주시길 바랍니다."

스페라는 머뭇거리다가 곧 고개를 숙이며 말했다.

"으응."

그렇게 말한 그녀는 몸을 돌려 운정을 곁눈질로 살폈다. 운정이 맑은 미소를 유지하며 쳐다보자, 그녀는 자기도 모르게 몸을 배배 꼬았다. 그러다가 곧 생각이 났는지 갑작스레 말했다.

"아 참, 아까 나간 김에 잠깐 왕궁에 들렀는데, 머혼 백작이 널 찾더라고. 여기서 더 할 일 없으면 일단 왕궁에 가자."

"아, 그러고 보니, 그에게 말하지 않았군요. 네, 알겠습니다."

운정은 고개를 끄덕이고는 시르퀸을 보았다.

그녀는 여전히 가부좌를 튼 채로 내공을 익히고 있었는데, 운정은 그 집중을 깨고 싶지 않았다.

그는 그녀가 있는 HDMMC 앞에, 곧 돌아올 테니 수련에 전념하라는 글을 적어 놓았다. 그걸 본 스페라가 말했다.

"네크로멘시 학파에서 들어오면 위험할 수도 있어. 차라리 내가 입구를 막을까?"

"아닙니다. 그러면 제가 그의 제안을 수락하지 않는 걸로 알 겁니다. 그 제안을 역이용하는 것이 더 좋습니다."

스페라는 그 말을 듣고는 작은 미소를 지었다.

"그래, 복수의 대상은 엄연히 고바넨이니까."

운정은 작게 고개를 끄덕이고는 곧 스페라와 함께 왕궁으로 향했다.

*　　　*　　　*

운정과 스페라가 공간이동을 통해 델라이 왕궁 NSMC에 도착했다.

운정은 그 한쪽에 서 있는 많은 사람들과 눈이 마주쳤다. 대략 십여 명 정도가 되었는데, 그들 중에는 오두막집에서 보았던 외무관의 실세, 바리스타 후작과 귀빈실에서 보았던 라마시에스의 사절, 장 바티스트 브리타니 백작, 다른 사왕국의 사절들이 있었고, 슬롯을 포함한 몇몇 흑기사들도 있었으며, 무엇보다 그 중앙에 깔끔한 옷차림을 한 머혼이 있었다.

머혼은 뚱한 표정을 짓고 있다가 운정과 눈이 마주치자 금세 얼굴에 미소를 그렸다.

"운정 도사님, 말도 없이 사라지셔서 걱정이 되었습니다."

운정은 포권을 취했다.

"죄송합니다. 지금부터라도 함께하겠습니다. 왕가의 장례식은 잘 끝났습니까?"

머혼은 고개를 저었다.

"아직도 진행 중이지요. 아마 오늘 자정까지도 이어질 겁니다. 저야 답답해서 더 있을 수가 없었습니다. 그리고 섭정으로서 나라를 돌보아야 할 의무도 있기 때문에, 전하의 옆자리를 지키지 못한 것이 아쉽지요. 하지만 전하께서는 제가 옆에서 울고 있기보다는 한시라도 빨리 나라의 정세를 안정시키기를 바라실 거라 믿습니다."

"그렇군요."

머혼은 양팔을 벌려 옆에 선 사람들을 가리키며 말했다.

"사왕국의 사절들과 함께 황제를 뵙기로 했습니다. 최대한 빨리 뵙기를 청하니, 언제든 가능하다고 하셔서 바로 보기로 했지요."

그의 말이 끝나기 무섭게 그의 오른편에 있던 바리스타가 한마디 거들었다.

"이게 다 황제 폐하의 의형제이신 머혼 백작께서 폐하와 얼마나 긴밀한 관계인지 보여 주는 것 아니겠습니까? 하하하."

그와 동시에 왼편에 있던 브리타니 또한 덧붙였다.

"일평생 한 번 알현하는 것도 가문의 영광인데, 만남을 청하자마자 바로 알현할 수 있다니. 지금까지 단 한 번도 전례가 없었던 예외적인 일입니다."

머혼은 방긋 웃으며 말했다.

"어렸을 적 같이 자라다 보니, 허울 없게 되었을 뿐입니다. 그로 인해서 사왕국과 제국 사이의 좋은 연결목이 될 수 있으니 저야 감사한 일이지요. 그럼 운정 도사, 저와 함께 제국 황궁에 가도록 하실까요?"

운정은 고개를 끄덕였다.

"알겠습니다."

머혼이 운정이 서 있는 곳으로 들어가자, 다른 인물들도 그 안으로 들어섰다. 이후 흑기사들까지 안에 서자, 스페라는 마법사들을 통솔하고 있는 수석마법사 알비온에게 눈치를 주었다. NSMC가 풀가동되고 있는 수준이 아니라면, 흑기사들이 착용하고 있는 멜라시움을 절대로 공간이동시킬 수 없었기 때문이다.

그러자 알비온이 메시지 마법(Message)으로 스페라에게 말했다.

[타국의 귀족들에게 NSMC가 정상적으로 작동하는 것을 보여 줘야 합니다. 때문에 마법진에서 빛이 나는 마법을 따로 시전해서 눈을 속일 것입니다. 대강 맞춰서 공간이동을 시전해 주시면 됩니다. 흑기사들의 갑옷은 멜라시움이 아니라 미스릴을 검은색으로 도색한 것이니, 걱정하지 마십시오. 그럼 공간

이동을 시전해 주시면 좌표를 건네 드리겠습니다.]

스페라는 눈을 치켜떴다.

멜라시움은 제쳐 두고서라도, 이 많은 인원을 델라이와 제국의 거리처럼 극도로 먼 거리를 공간이동시킨다? 얼마나 많은 포커스와 마나가 들어갈지 상상조차 하기 싫다. 근데 그걸 NSMC의 도움도 없이 그저 홀로 감당하라? 시전하자마자 초죽음 상태가 될 것이다.

그녀는 사람들을 보내고 나서 알비온을 반 죽여 놔야겠다 생각하면서 이를 부득 갈았다.

"스페라 백작?"

머혼이 슬쩍 고개를 돌려 스페라를 보자, 스페라는 말을 한 뒤, 입모양으로 다른 말을 덧붙였다.

"바로 공간이동을 시전할게요, 준비하세요."

[죽고 싶어요?]

그러자 머혼이 그대로 그녀가 한 행동을 따라했다.

"알겠습니다."

[아니오.]

스페라는 다시금 이를 부득 갈았지만, 더 말하지 못했다. 주변에서 심상치 않은 분위기를 읽고 다들 그녀만을 바라보고 있었기 때문이다. 그녀는 하는 수 없이 그 마법진 밖으로 걸어 나와서 공간이동마법을 시전해야 했다.

그녀는 나가는 길에 운정에게 살짝 속삭였다.

"검, 옷에 최대한 가까이."

운정의 옷에는 나리툼이 섞여 있기 때문에, 조금이라도 내 마성을 억누르기 위해서 미스릴 검을 가까이 가져가라는 것이다.

운정은 고개를 끄덕이곤 허리에 찬 미스릴 검을 뒤쪽으로 살짝 틀었다.

그녀가 지팡이를 높이 들고 주문을 외우자, 주변 마법사들도 지팡이를 높이 들고는 마법을 외우기 시작했으며, 이에 따라 마법진의 모양이 이리저리 어지럽게 움직이면서 화려한 문양을 만들기 시작했다. 겉으로 보기에는 NSMC가 가동되는 것과 다르지 않았다.

스페라는 알비온의 도움을 통해 좌표를 받아서 공간이동을 시전했다.

[텔레포트(Teleport).]

세상이 일그러지고, 곧 그들은 제국의 수도 롬(Rome)에 도착했다.

"으……."

"흐악."

다들 머리를 부여잡고 주저앉거나 신음을 흘렸다. 몇몇은 바닥에 손을 대고 아예 구역질을 하기 시작했다. 운정을 제외하고는 단 한 명도 제대로 서 있는 사람이 없었다.

그런데 어디선가 수십 명의 여인들이 나타나 그들을 부축했다. 차가운 수건으로 그들의 머리와 이마를 닦아 주기도 했고, 그들이 토한 토사물을 빠르게 치우기도 했다. 또 물잔을 가져와 그들에게 건넸다. 그 여인들은 모두 같은 복장을 하고 있었는데, 운정은 그것이 바리스타가 입은 복장과 매우 유사하다는 것을 깨달았다.

운정은 자신의 양옆으로 다가온 여인들을 향해 오른손을 올려 보이며 괜찮다는 신호를 하며 웃었다. 그러자 그 여인들은 그대로 넋이 나가 가만히 그를 올려다볼 뿐이었다.

그는 여인들 뒤로 사방을 빠르게 훑어보았다. 그곳은 NSMC가 건설된 델라이의 건물과 굉장히 비슷했는데, 한 가지 다른 점이 있다면 아름답기 짝이 없는 벽화가 사방에서부터 천장까지 그려져 있었다는 점이다.

화풍으로 보면 한 사람이 처음부터 끝가지 이어서 그린 것 같은데, 드높은 천장까지 가득 그림으로 메울 정도면 대체 얼마나 많은 시간과 공을 들여야 가능할지 짐작도 할 수 없었다. 그뿐이랴, 그림 하나하나가 생동감이 있는 것이 도저히 눈을 뗄 수가 없었다.

"우에엑."

"으엑."

하지만 토하는 소리를 들으면서 더 감상할 수는 없었다.

운정은 막 구역질을 시작하는 머혼에게 다가갔다. 그리고 그의 뒷목에 손가락을 대고 잔뜩 긴장한 근육을 내력으로 풀어 주었다. 그러자 머혼은 한결 편안한 표정을 지으며 구역질을 멈췄다.

이후 운정은 고통에 신음하는 사람들을 하나하나 도와주면서, 그들의 몸 상태를 호전시켰다.

그리고 그런 그를 경이롭다는 시선으로 바라보는 한 미녀가 있었다.

"저자는 누구지? 그토록 먼 거리를 공간이동하고도 두통 하나 없는 것 같아. 그뿐만 아니라, 저자가 만지는 사람들은 모두 회복되는 것 같은데?"

그 미녀는 한쪽에 수없이 많은 기사들과 하녀들을 대동한 채 서 있었다. 이십 대 중반쯤으로 보이는 나이로, 마치 아시스와 시아스를 반반 섞어 놓은 듯한 아름다운 얼굴을 가지고 있었다. 다만 그녀들처럼 길게 내려오는 생머리가 아닌, 풍성한 웨이브를 가진 곱슬머리였다.

그녀 옆에서 노년의 하녀 한 명이 손을 들고 조용히 속삭였다.

"가장 먼저 머혼 백작의 안위를 살피는 것을 보니, 아마 머혼 백작을 따르는 자가 아닌가 합니다, 공주마마."

"흐음, 그래?"

그녀는 흥미롭다는 표정을 지어 보이곤, 곧 앞으로 걸어가기 시작했다. 그러자 그녀 뒤로 수십 명의 하녀와 기사들이 따라붙었다.

그녀는 이제 막 정신을 차리기 시작한 머혼 앞에 섰다. 머혼은 막 하녀가 준 물을 벌컥벌컥 들이켜고 있었는데 자신의 앞에 온 여인을 보더니 눈을 동그랗게 떴다.

"호, 혹시 라시아? 라시아니?"

제국 황제의 딸이자, 제국에서 가장 아름답다 소문난 공주 라시아는 머혼을 보면서 무릎을 살짝 굽히며 인사했다.

"안녕하세요, 머혼 삼촌. 오랜만이네요. 롬에 오신 것을 환영해요."

은쟁반에 옥구슬이 굴러가는 듯한 목소리가 울리자, 운정의 도움에도 끝까지 정신을 차리지 못하던 사람들조차 그쪽을 바라보았다. 그리고 천상의 미모가 눈에 들어오자, 모두들 어지러움이 가시는 것 같은 기분을 느꼈다.

머혼은 하녀에게 반쯤 남은 물컵을 건네며 소매로 입 주변을 닦더니, 조금 큰 소리로 말했다.

"정말 많이 컸구나! 그래, 네가 아마 아시스보다 두 살 많았지? 그러네, 너도 이제 이십 대 중반이겠구나……."

"네. 시아스 언니보단 한 살 어리고요. 공간이동이 많이 불편하셨죠?"

"아, 아니다. 으레 있는 일이니까, 하하하. 네가 마중 나올 줄은 몰랐구나."

"저도 궁에서 기다리려다가 오랜만에 삼촌을 뵙고 싶어서 가장 먼저 나왔지요."

"그래? 하하하, 그래, 그래. 오랜만에 보니 참으로 좋구나."

라시아는 깊은 미소를 짓더니 주변을 살펴보더니 바리스타와 한 번 눈인사를 하고는 말했다.

"같이 오신 분들은? 바리스타 후작님 외에는 낯설군요."

머혼은 같은 미소를 지어 보이더니 그녀에게 말했다.

"아, 우선 여기 델로스를 제외한 사왕국의 사절 분들이다."

그렇게 한동안 머혼은 함께 온 사람들을 라시아에게 소개했다. 라시아는 한 명, 한 명과 눈을 마주치고 자연스럽게 몇 마디를 주고받았는데, 그 모습이 매우 능숙해 보였다.

머혼이 계속 사람들을 소개하는데, 라시아의 시선은 소개받는 사람이 아닌 운정을 향해 있었다. 머혼이 말을 멈추고 의문을 담은 표정으로 라시아와 운정을 번갈아 쳐다보자, 라시아는 두 눈동자를 운정에게 고정한 채로 고개만 살짝 머혼 쪽으로 돌리며 말했다.

"이분은? 딱히 소개해 주시지 않은 걸로 보니, 애인인가 보네요?"

그 말이 끝나기 무섭게 바리스타와 머혼을 제외한 모든 사람들이 제각각의 반응을 보였다. 웃음이 터진 사람도 있었고, 어이없다는 미소를 지은 사람도 있으며, 고개를 흔들거리는 사람도 있었다. 슬롯은 웃는 것도 우는 것도 아닌 괴상한 표정을 지었다.

난처한 표정을 지은 머혼이 말했다.

"난 남색에 취미가 없다. 게다가 델라이는 남색이 법적으로 금지되어 있어."

"아, 그렇군요. 뭐, 미소년을 데리고 다니는 건 좀 지난 유행이긴 하죠. 삼촌 세대 분들이 요즘 시대를 잘 모르고 그러시는 분들이 몇몇 계셔서 그런 줄 알았어요. 사과할게요."

"……."

"그럼 이분이 그분이군요. 중원의 무공이라는 걸 시연해 주실 무림인!"

머혼이 말했다.

"무공 시연? 그런 말은 없었는데?"

"그래요? 제가 아바마마께 직접 마중 나오겠다고 하자, 아바마마께서는 두 시간 뒤에 중원의 무림인이 무공을 시연해 주실 때 와서 인사하라고 하셨는걸요? 물론 제멋대로 왔지만."

"……."

"흐음, 그런데 이토록 미모가 출중하신 분인지는 몰랐어요."

라시아의 고개가 살짝 앞으로 향하자, 운정과 그녀의 얼굴이 거의 맞닿을 정도로 가까워졌다. 그런 라시아의 두 눈동자 속에는 오로지 강렬한 호기심이 가득했다.

운정이 말했다.

"당신의 미모도 출중합니다, 라시아 공주."

그 말에 라시아가 깜짝 놀라며 뒤로 고개를 뺐다. 그녀는 곧 허탈한 미소를 짓더니 말했다.

"우리말을 하실 수 있군요."

"네."

"억양도 델라이의 것이지만, 완벽하고… 참, 대단해요. 이곳에 온 지 얼마 안 되었다고 들었는데. 아마 6일 전, 맞죠? 호호."

"……."

그녀는 아무렇지 않게 물었지만, 몇몇 사람의 얼굴이 조금 어둡게 변했다. 델라이의 사정을 이미 훤히 꿰고 있는 것뿐만 아니라, 그렇다는 사실을 그냥 쉽게 말해도 상관없다는 식의 태도까지. 제국의 자신감을 보여 주었기 때문이다.

운정이 말했다.

"무공을 시연해야 한다는 말은 처음 들었습니다. 그에 관해서 명확하게 설명해 주실 수 있겠습니까?"

그녀는 재밌다는 듯 입꼬리를 올리더니 말했다.

"저도 얼핏 들은 거예요. 자세한 내용은 아바마마께 직접 들으셔야 하겠죠. 그럼 일단 아바마마께로 안내할게요."

그녀가 몸을 돌리려 하는 순간, 브리타니가 화색을 표하며 말했다.

"화, 황제를 직접 알현할 수 있다니, 얼마나 영광스러운 일인지 모르겠습니다."

라시아는 몸을 돌리려던 것을 멈추고는 그를 쳐다보며 말했다.

"전 머혼 백작에게 말한 거예요. 아바마마께서 알현을 허락하신 이는 머혼 백작뿐입니다. 다른 분들은 안으로 들어오지 못하실 거예요. 그럼 머혼 백작님, 그리고 운정 도사님? 저와 함께 옆에서 걸으시지요."

그녀는 몸을 획 돌리더니 앞장서 걸었다. 그러자 머혼은 운정을 데리고 빠르게 그녀 옆으로 섰다. 그 뒤로 쭉 서 있던 하녀들과 기사들은 다시금 줄을 맞춰 따라 걸었다.

그 때문에 머혼과 같이 온 일행들은 그녀의 한참 뒤에서 따라 걸어가야만 했다. 그들은 그렇게 시내로 나가게 되었다.

그 건물의 입구에는 문이 없었다. 대신 양쪽에 거대하고 높은 두 기둥과, 그 위에 황금으로 조각된 두 천사가 지팡이를 높이 치켜든 채로 서 있었다. 햇빛에 반사된 황금빛이 그 주변에 은은하게 퍼져 신묘한 느낌을 주었다.

그 양 기둥 아래에는 각각 기사 한 명과 사제 한 명이 서 있었다. 온몸을 검은 철 갑옷으로 두른 기사들은 황녀 라시아가 나타났음에도, 눈동자 하나 움직이지 않고 가만히 서 있었다.

대신 사제들은 그녀를 향하여서 오른손을 사선 위로 뻗는 경례를 취해 보였다. 그들의 다른 손에는 널찍한 이파리를 가진 긴 나뭇가지가 반쯤 태워져 재를 흩날리고 있었다. 그들 뒤로 쌓여 있는 나뭇가지들과 황금으로 된 넓은 화로가 있는 것을 보니, 그들의 주된 업무는 나뭇가지를 태워서 재를 흩날리는 것처럼 보였다.

점차 입구에 가까워짐에 따라, 그 뒤로 롬의 전경이 펼쳐져 보였다. 롬은 마치 건물로 된 숲과 같았는데, 제각각의 크기를 가지고 있었음에도 통일된 모습을 보였다. 지붕은 모두 넓은 삼각형이었고, 원통형의 기둥들이 그 지붕을 받치고 있었다. 그리고 그 건물들의 전체적인 형태 또한 직사각형으로, 그 외 다른 형태를 띤 것은 없었다.

정확히 삼각형과 사각형 그리고 원, 이 세 도형으로만 도시를 만든다면 딱 롬처럼 될 것이다.

그곳에서 완전히 나가자, 도심 속을 향해 끝없이 내려가는 계단이 보였다. 그 넓이는 10장을 훌쩍 넘는 것 같아서 군대가 행군해도 충분할 정도였다. 그리고 그 계단 끝에는 비슷한 넓이의 길이 쭉 앞으로 이어졌는데, 그 길은 롬을 그대로 관통하여 도시 중앙에 있는 황궁까지 이어져 있었다.

라시아는 길디긴 그 계단에 첫 발을 내디디며 머혼에게 말했다.

"감회가 새로우시겠습니다."

머혼은 그녀의 오른편에서 따라 내려가며 말했다.

"크게 새로울 것이 있을까? 천 년이 넘는 세월동안 동일한 모습을 가진 도시에."

"그래도 이 모습이 충분히 잊힐 만큼 타국 생활을 오래하시지 않으셨습니까?"

"아니, 난 이곳을 한시도 잊은 적이 없다. 난 여기서 태어나지 않았지만, 어릴 적부터 황궁에서 지내면서 이곳을 고향처럼 생각했으니까."

"아, 맞아요. 삼촌께서는 아바마마가 어릴 적 황궁에서 탈출하는 데 언제나 지대한 공을 세우셨다고 들었어요."

라시아는 환하게 웃으며 농담을 건넸지만, 머혼은 웃지 않았다.

"제국의 모든 역사를 보면, 역대 황제들에게는 생명을 맡길 수 있는 친구가 다들 하나씩은 있었다. 그리고 그 친구들 중 79%는 황궁에서 갇혀 지내는 어린 황자를 황궁에서부터 탈출시키며 우정을 쌓기 시작하지."

라시아의 웃음이 빛을 잃었다. 그녀는 심상치 않은 눈빛으로 머혼을 보며 말했다.

"79%라… 상당히 구체적이네요?"

머혼은 롬의 모습을 자세히 구경하느라, 라시아가 자신을 바라보는지 몰랐다.

그가 중얼거리듯 말했다.

"직접 계산해 봤으니까. 9살인가 10살에 막 확률이란 개념을 배우고 해 본 계산이라 정확할지는 모르겠다."

"……."

라시아는 입술을 다문 채로 머혼에게 시선을 고정했다. 그녀의 두 눈에는 여러 감정이 나타났다 사라졌지만, 머혼은 끝까지 라시아를 돌아보지 않았다.

작은 침묵이 흐르는데, 머혼이 라시아를 보며 말을 꺼냈다.

"듣자 하니 황녀의 혼사가 파인랜드 사교계에 가장 큰 이슈로 떠오른다고 들었다. 형님께서 직접 배필을 찾으신다고?"

라시아는 갑작스레 머혼과 눈이 마주치자 바로 고개를 앞으로 돌리며 말했다.

"어차피 제국에는 아마바바를 견제할 사람이 없어요. 철권도 이런 철권이 없죠. 그러니 제 혼사를 통해서 권력을 탄탄하게 하시려고 하진 않을 거라 믿어요."

“권력이란 끝이 없지. 제국은 그 법률상 아무리 한 사람이 권력을 가지려 해도 가질 수 없게 되어 있잖아? 그러니 아마 유력한 가문의 후손이 아닌 이상 네가 결혼하고 싶다 해도 할 수 없을걸?”

“전 결혼 안 해도 딱히 상관없어요. 가정을 꾸리고 싶은 생각도 없고, 애를 가지고 싶은 생각도 없으니. 여자보다 예쁘고 어린 남노예도 많으니까, 그쪽도 문제없고.”

“하… 그래. 그렇구나.”

머혼은 롬의 전경을 보고도 와 닿지 않던 향수가, 라시아의 말 한마디에 느껴지는 듯했다.

제국에 오긴 왔구나.

라시아는 거기서 그치지 않았다.

“어차피 남자에게 바랄 게 뭐가 있나요? 전 이미 다 가졌는데. 외모만 아름다우면 그만이에요. 제 사랑을 받으려면 저만큼은 아름다워야죠. 그나저나 아시스 언니는 어떻게 지내요?”

“너랑 똑같다. 혼사를 알아보는데, 잘생긴 사람이 아니면 한사코 거절이다. 게다가 취향도 특이해서 자기보다 어려야 한다고 한다. 웃기지?”

“진짜 유전이라는 게 있나 보네요. 어머니하고 이모가 아바마마와 삼촌을 만나 결혼한 게 대단해요. 힘을 얻기 위해서 어리고 예쁜 남자를 좋아하는 본성을 참아 내다니.”

머혼은 코웃음을 치더니 말했다.

"흥, 뭐 그 버릇이 어디 안 가지. 결혼 생활 초기에는 고생 좀 했다. 어린 남자를 너무 탐내서 말이지."

라시아는 양손을 자신의 머리 위에 올리며 말했다.

"아바마마도 그 소리 하던데. 하아, 나도 그러려나?"

"너와 맺어질 남자가 누군지 모르겠지만, 벌써부터 마음이 짠하네."

"어쩔 수 없어요. 나처럼 아름다우면 어리고 잘생기고 돈 많고 힘센 각종 남자들이 다 붙어 다니니까요. 나도 가끔 마음이 동하면 멈출 수가 없어서 말이죠."

"그러냐? 참 나."

운정은 그 대화를 들으며 절로 느껴지는 부끄러움을 애써 털어 냈다. 라시아의 말은 중원의 여인이라면 도저히 입 밖으로 꺼낼 수 없는 말들뿐이었기 때문이다.

그렇게 그들은 계단 끝에 도달했다. 라시아와 운정, 그리고 머혼이 가장 아래 있었고, 하인들과 기사들로 이뤄진 줄이 쭉 계단에 이어졌으며, 그 맨 뒤쪽에 다른 일행들이 뭉쳐 있으니, 그 전체적인 모습은 마치 전갈을 연상시켰다.

라시아는 앞에 펼쳐진 대로를 향해 걷기 시작했다. 그러자 그 대로를 걸어 다니던 사람들이 모두들 길을 터 주고는 손을 사선으로 뻗었다.

운정이 보니 그들이 황족을 향해서 경례를 하는 것 같았다. 하지만 재밌는 점은 그들의 표정인데, 그들은 황족을 보고도 크게 관심이 없는 것 같았다.

운정이 라시아에게 물었다.

"제국의 황제폐하와 머혼 백작께서는 의형제라고 들었는데, 대화를 듣자 하니 피가 섞인 것 같습니다."

그 말에는 머혼이 대답했다.

"아, 아닙니다. 황제폐하와 전 피가 섞이지 않은 의형제가 맞습니다. 다만 제 아내인 아시리스와 황비마마인 아시라스 두 분께서는 친자매이지요."

라시아가 덧붙였다.

"젊을 적에는 다들 쌍둥이라 오해들 할 만큼 닮았다고 해요. 아시리스 이모는 뵈신 적 있으신가요?"

"네. 몇 번 뵈었습니다."

"저도 많이 닮았다는 말을 들었는데, 맞나요?"

운정이 라시아를 보자, 라시아는 맑은 웃음을 지었다.

그 웃음은 시아스의 깊음과 아시스의 순수함이 반쯤 섞여 있는 듯했다.

"네, 확실히 닮으셨습니다."

"그렇군요. 그럼, 운정 도사님. 운정 도사님이 보기에 누가 가장 아름답다고 생각하시나요? 저와 아시스 혹은 아시리스

이모님까지 해서. 괜찮겠죠, 머혼 삼촌?”

머혼은 내키지 않은 표정을 지었지만, 별말을 하지 않았다.

운정은 조금도 뜸을 들이지 않고 대답했다.

“각자의 아름다움이 있어, 비교하기 어려운 듯합니다.”

“재미 삼아 한번 해 보세요.”

“정말로 그렇게 생각합니다. 각자가 아름답습니다.”

라시아가 심드렁하게 말했다.

“크게 재밌는 분은 아니시네요. 좋아요, 저도 더 강요하진 않을게요.”

그렇게 별 의미 없는 잡담을 나누며 대로를 걸었다. 머혼과 운정은 적당히 그녀의 말에 맞춰 주었는데, 운정은 그녀의 이야기에 집중하기보다는 롬의 거리를 감상하는 데 마음을 더 기울였다.

대로의 한쪽에는 하늘을 뚫어 버릴 기세로 우뚝 솟아 있는 기둥들이 있었고, 그 기둥 위에는 황금으로 만들어진 천사들이 제각각의 자세로 서 있었다. 또한 한쪽으로는 높디높은 건물이 있었는데, 수없이 많은 사람들이 그곳을 오가고 있었다. 그 건물의 꼭대기에 있는 조각상은 양손에 한 가득 책을 들고 있었는데, 그와 마찬가지로 그 건물을 오가는 사람들도 양손에 책이 가득했다.

라시아가 막 말을 마친 터라, 운정이 물었다.

"저곳은 어떤 곳입니까?"

라시아는 운정이 가리킨 곳을 바라보며 말했다.

"롬의 명소 중 하나인 알렉산드리아 대도서관(Library of Alexandria)이에요. 지식이 필요한 시민들이 그곳에서 지식을 빌리곤 하죠. 그곳은 책을 들이는 데 있어서도 깐깐하기로 유명한데, 그곳에 꽂힐 자신의 이름으로 된 책 하나를 출간하는 것이 파인랜드 모든 지식인의 꿈이기도 할 정도죠."

"그렇군요."

"저는 별로 좋아하는 곳이 아니에요."

라시아는 그렇게 말한 뒤에, 다시 자기의 이야기를 하기 시작했다. 운정은 그 말을 들으며 고개를 끄덕여 주면서, 또 다른 건물에 관심을 주었다.

한쪽 멀리 보이는 둥근 원형의 건물은 그 높이가 주변 건물에 비해서 두 배 이상 높아서, 롬 어디에서도 보일 듯싶었다. 그곳에서는 이따금씩 사람들의 함성 소리가 흘러 나와 도시 전체에 울렸는데, 마치 전투라도 벌어진 듯했다. 그러나 시민들과 머혼, 그리고 라시아도 그 함성 소리에 전혀 반응하지 않았다. 운정에게는 마치 그만 그 소리를 듣고 있는 것이 아닌가 하는 착각이 들 정도였다.

때문에 라시아의 말이 한 차례 더 멈췄을 때, 운정이 물었다.

"저쪽 원형 건물에서 들리는 소리는 무엇입니까?"

라시아는 박수를 쳤다.

"아, 아까 대도서관을 설명하면서 플라비우스 원형경기장(Flavius Colosseum)을 언급하지 않았다니. 저 원형경기장은 롬의 명소 중의 명소랍니다. 평소에는 5만 정도, 최대 9만 명의 사람까지도 수용 가능한 건축물이지요."

"9만 명이요?"

중원에서의 9만 명은 과거 전쟁 시기에나 가능한 숫자이지, 현재는 도저히 모일 수 없는 숫자였다. 운정은 그렇게 많은 사람이 한 건물에 모일 수 있다는 것 자체가 믿기 어려웠다.

운정의 놀란 표정이 재밌었는지, 라시아가 조금 들뜬 목소리로 말했다.

"제가 알기로 오늘은 해전 중인 걸로 알고 있습니다. 파인랜드에서 가장 위대한 문명을 가진 롬의 시민들도 일 년에 한두 번 접할까 말까 한 볼거리니, 아마 콜로세움을 가득 채웠을 겁니다."

"해전이라면……."

"물에서 배로 싸우는 거. 그 해전이요."

운정은 도저히 상상할 수 없었다. 시민들의 볼거리로 해전을 벌인다? 설마 건물 뒤로 바다라도 있는 것일까? 하지만 그렇다면, 공기 중에 소금 냄새가 나지 않을 리 없다.

라시아는 더 말해 주지 않겠다는 듯 고개를 획 돌려 머혼을 바라보았다. 그러고는 방금 전까지 하던 자신의 이야기를 꺼내, 운정이 더 말하지 못하게 만들었다. 그러면서도 궁금증이 올라온 운정의 표정을 연신 힐긋거리며 그 모습을 은근히 즐겼다.

그들은 이윽고 제국 황궁에 도착했다.

운정은 처음 델라이 왕궁을 보았을 때 느꼈던 경이로움을 또다시 느껴야 했다. 제국의 황궁을 보고 있으니, 델라이 왕궁이 이 황궁을 따라 지었다는 것을 즉시 알 수 있었기 때문이다.

그 크기나 아름다움이 델라이 왕궁의 두세 배는 되는 듯했다. 제국 황궁의 건물 안에는 중간에서 사선으로 내려오는 특유의 형태를 한 용마루 위에 황금 동상 수십 개가 있었고, 기둥 하나하나가 사람 다섯이 안아도 다 안지 못할 만큼 거대했다.

그뿐이랴, 높게 올라온 담 위에는 나무들이 쭉 심어져 있어, 자연의 경관을 더했고 바닥은 흙 한 줌 보이지 않을 딱딱한 대리석으로 가득 메워져 있었다. 또 길 중간중간 보이는 석상들은 그 근육들이 당장에라도 꿈틀거릴 듯 생동감이 있었다.

문도 없이 항시 열려 있는 그 입구는 지키는 사람이 없었다. 때문에 일행은 자연스럽게 걸어 그 안으로 들어갔다. 황궁 안에도 이리저리 바삐 움직이는 일반 시민들이 자주 보였는데, 라시아에게 경례하는 것은 모두 같았다.

다만 라시아에게 경례하지 않는 자들도 있었는데, 그들은 모두 갑옷을 입은 기사들이었다. 대략 열 명에서 스무 명 정도 되는 인원이 발을 맞춰서 황궁 안을 행진하고 있었는데, 황제가 기거하는 건물에 도착할 때까지 대여섯 번을 마주친 것을 보면, 황궁 안을 순찰하는 듯했다.

그 건물 앞에는 오로지 여성으로만 이루어진 기사들이 줄지어 지키고 서 있었다. 그들은 모두 빼어난 미모를 소유하고 있었고, 보통 기사들보단 다소 가벼운 복장을 하고 있었다.

라시아가 그 앞에 멈춰서더니 뒤쪽에 있는 일행들에게 큰 소리로 말했다.

"아우구스투스 궁전(Domus Augustana)이에요. 아바마마께서 기거하시는 곳이지요. 머혼 백작께서만 들어 올 수 있으니 다들 이곳에서 기다리시지요."

그 말을 듣자 모두들 실망한 얼굴을 했다. 하지만 감히 반론을 제기하진 못했다.

머혼이 그녀에게 말했다.

"중원에서 오신 손님은 같이 들어가도 되지 않겠냐? 형님도 궁금해하실 텐데 말이지."

라시아는 살짝 고민하더니 고개를 끄덕였다.

"좋아요. 들어오세요. 두 분 다."

그렇게 말한 뒤 그녀는 홀로 쏙 들어가 버렸다. 머혼은 뒤를 보며 일행들에게 살짝 인사한 뒤에, 운정과 함께 라시아를 따라 들어갔다. 서 있던 여기사들은 그들을 보지도 않았고, 제지하지도 않았다.

그 안으로는 거대한 마당이 있었다. 백여 명의 기사들이 짝지어 전투를 벌여도 충분할 것 같은 크기였다. 그리고 그 중앙에는 직사각형의 호수가 있었다. 그 호수의 중심 부근엔 정자처럼 보이는 한 건물이 있었고 그 별채로 이어지는 얇은 다리가 앞으로 쭉 이어져 있었다. 다리 위로는 호수 물이 간신히 찰랑거리며 묘한 분위기를 자아냈다.

정자 안에는 황제가 왼쪽 팔을 머리에 기대고 비스듬히 누워 있었다. 머리카락이 안으로 엉킬 정도의 곱슬머리였는데, 그는 자신의 바로 앞에 한 서적을 두고 읽고 있었다. 그의 옆에는 두 여기사가 큰 부채를 천천히 흔들며 산들바람을 내었고, 또 다른 두 여기사는 각종 과일을 들고 있었다.

"아바마마!"

라시아는 아이처럼 뛰어서, 그의 아버지에게 갔다. 그녀의 발이 닿는 다리 위에서 물이 튀겼지만, 그녀는 아랑곳하지 않았다.

황제는 자신의 딸이 오는 것을 보고는 서책을 닫더니, 여기사에게 손짓하여 그것을 치우라고 명령했다. 라시아는 얼른 그의 품으로 쏙 들어가 누웠다.

"원, 녀석. 언제까지 애처럼 굴 테냐? 너도 이제 결혼해야 하지 않겠느냐?"

라시아는 자신의 머리를 쓰다듬은 아버지의 손길이 좋은 듯 오히려 머리를 비비면서 쾌활하게 말했다.

"그냥 아바마마하고 평생 같이 살래요."

"마음에도 없는 소리."

"진짜인데."

"됐다. 손님 모시고 왔으면, 잘 안내해라."

그녀는 방긋 웃어 보이더니, 다시 몸을 일으켰다. 그리고 호수 길 앞에 서 있던 운정과 머혼에게 말했다.

"아바마마께서 허락하셨어요. 그 길을 따라서 들어오시면 되요."

운정이 머혼을 바라보자, 머혼은 고개를 끄덕여 보이고는 앞장섰다. 호수 물 때문에, 신발이 젖어 들어가기 시작했지만, 제국의 황제를 뵙는 길이다 보니, 그런 사소한 것에 신경 쓸 겨를이 없었다.

머혼와 운정이 정자 안으로 들어가자, 여기사들이 정확히 정육면체로 깎인 무거운 돌 두 개를 그들 앞에 두었다. 머혼은 자연스럽게 그 돌 위에 앉아 황제를 바라보았는데, 운정도 그를 따라 그렇게 했다.

머혼이 양팔을 무릎 위에 두고 고개를 푹 숙이며 말했다.

“위대하신 임페라토르 루키우스 코르넬리우스 펠릭스 카이사르(Imperator Lucius Cornelius Felix Caesar)를 뵙습니다.”

운정은 눈치로 그를 따라했다.

“위대하신 임페라토르 루키우스 코르넬리우스 펠릭스 카이사르를 뵙습니다.”

천년제국의 황제, 루키우스는 감정이 조금도 담기지 않은 눈빛으로 머혼을 지그시 바라보았다. 그러다가 그는 자신의 앞에 있는 딸에게 말했다.

“라시아, 잠시 자리를 비켜 주어라.”

라시아는 뾰로통한 표정을 지었다.

“여기 있고 싶은데요?”

“네 삼촌과 긴히 할 말이 있다.”

루키우스가 그렇게까지 말하자, 라시아는 더 있을 수 없었다. 그녀는 여전히 볼멘소리를 냈지만, 그의 아버지의 말씀을 따랐다.

“알겠어요, 그럼 말씀들 나누세요.”

그녀는 짧게 인사한 뒤에, 다리를 통해 정자에서 나갔다. 루키우스는 그녀의 뒷모습을 사랑스럽게 보다가 곧 머혼에게 말했다.

"고개를 들라."

머혼과 운정이 고개를 들었다. 머혼이 뭐라고 말하려 하는데, 루키우스가 그의 말을 막듯 말을 이었다.

"옆에 있는 사람이 바로 중원인인가?"

머혼은 막 말하려던 것을 삼키고는 옅은 웃음을 지었다.

"그렇습니다, 폐하."

"이국적인 아름다운을 가진 소년이로군."

"이십이 넘었습니다."

"아하, 청년인가? 총명한 두 눈은 십 대의 그것인데? 아직 세상에 더럽혀지지 않은 순수한 마음을 품고 있구나. 그리고 또 표정을 보아하니 내 말을 다 알아듣는 것 같아. 우리 언어를 아는가 보군."

"……."

"그래, 중원인, 중원은 어떠하냐? 네가 경험한 이 파인랜드와 비교하여, 어느 점이 가장 크게 다르더냐? 어눌한 언행은 미리 용서할 테니, 자신 있게 말하거라."

루키우스가 질문하자 운정이 잠시 생각한 뒤, 말했다.

"가장 다른 점은, 퍼슨 중 오로지 사람만이 있다는 것입니다. 그리고 또 하나는 그 땅의 권력이 무인들에게 있다는 것이지요."

두 차이점을 들은 루키우스가 고개를 갸웃했다.

"사람만 있다? 그리고 권력이 무인들에게 있다?"

운정은 고개를 끄덕였다.

"엘프나 여타 다른 종족을 찾아볼 수 없습니다. 중원에서 말하는 다른 종족이란 엄연히 사람 안에서의 이야기입니다. 그리고 중원에도 귀족이 있습니다만, 실질적인 권력은 무공을 익힌 무림인들에게 있습니다. 나라의 통치자나 권력자들 아래 있지 않고, 적당한 선에서 협력하는 관계이지요."

"우리식으로 말한다면, 마법사들이 권력을 가지고 있는 것과 다르지 않겠구나."

"네, 그렇습니다."

"흐음. 하지만 마법사들은 권력을 탐하지 않는다. 그들의 욕구는 오로지 지식에 몰려 있지. 때문에 그들은 남을 다스리는 데 관심이 없다. 그런데 무림인은 그런 성향을 타고나지 않는가 보구나?"

"무림 방파도 그런 면이 없지 않아 있습니다. 제가 속했던 무당파라는 곳도 무당산에 틀어박혀 한평생 무공을 익히며 지냅니다. 마치 이곳의 마법사와 같지요. 하지만 가진 힘이 강력하다 보니, 세속과 엮이는 일이 자주 있었다고 들었습니다. 그뿐만 아니라 세속 내에서 무공으로 권력을 얻은 오대세가란 곳도 있습니다. 그들은 어찌 보면 귀족인 동시에 마법사인 사람들입니다."

"오호? 흥미롭구나. 아니, 흥미롭다기보다는 오히려 그것이 더 자연스러운 것이겠지. 홀로 여럿을 상대할 수 있는 강력한 힘이 있다면 그만큼 지배하고 싶어지는 법이니까."

"그렇기에 중원방파는 백과 흑으로 나누어집니다."

"백과 흑?"

"흔히 백도라 하여, 단순히 힘을 갈고닦는 것이 아니라 그에 합당한 규율을 배우는 것입니다. 사실 그 내공 자체가 내포하고 있는 것이긴 한데, 거기서 말하는 규율을 위반하는 행동을 하면 할수록 무공의 수위가 낮아지고 심하면 생명이 위험하기까지 합니다."

"오호?"

"반대로 흑도에서는, 힘을 휘두르는 규율보다는 힘 그 자체에 치중되어 있어, 극도로 위험하지만 성공하기만 하면 효과가 좋은 비상식적인 방법들을 아무렇지도 않게 씁니다. 실제로 그들의 행동 또한 비도덕적인 경우가 많습니다."

"마치 빛과 어둠의 마법사들 같구나. 그대가 그렇게 말하는 것을 보니, 그대는 백도에 속한 인물이로군."

"그렇습니다."

"규율이라 하면 도덕과 관련된 걸 말하는 건가? 사람을 함부로 죽이면 안 된다는 식의?"

"비슷합니다."

"흐음. 마치 우리 쪽의 기사도와 같아. 그럼 그것들을 유지하기 위한 종교도 있을 텐데. 그것은 어떻게 되는가? 그러니까, 우리 쪽의 사랑교와 같은 것 말이야."

"중원에는 파인랜드처럼 통일된 종교는 없습니다. 각 가르침마다 말하는 바가 달라, 그 가르침대로 살아갑니다."

"그러다가 서로 믿는 것이 충돌하게 되면 걷잡을 수 없을 텐데?"

"그러니 중원 내부에서는 갈등이 끊이지 않습니다. 하지만 하나로 모이지 않으니, 많은 수가 단결하는 경우도 없어 큰 전쟁은 일어나지 않습니다."

"흐음."

"그리고 사람에겐 기본적으로 양심이 있습니다. 어느 정도 통용되는 도리가 있지요. 때문에 그것에서 너무 벗어난 것은 저절로 도태되게 마련입니다."

"어째서 그러한가? 통일된 종교가 없다면 강력한 힘을 가진 자가 힘으로 눌러 버리면 그만인 세상일 터인데? 마치 야생과도 같은 곳 아닌가?"

"아무리 강력한 자라도 홀로 세상을 다스릴 수는 없습니다. 강호에는 독불장군이 없다는 말이 있지요. 모두가 반대하고 칼을 겨누는데, 이를 모두 꺾고, 세상에 자신의 뜻을 관철시킨 자는 지금까지 아무도 없었습니다."

"왜? 앞으로 있을 수도 있지. 무공과 마법으로 인해 기술이 발달하면 한 사람이 수십, 수백, 수천, 수만, 아니, 그걸 넘어서 다른 모든 인간의 무력보다 강력해질 수 있는 거 아닌가? 그렇다면 그 세상은 그의 뜻대로 되지 않겠는가? 무력의 고도화가 상상을 뛰어넘어 이뤄진다면 말이야."

"……."

운정은 루키우스의 두 눈빛에 숨어 있는 진득한 욕망을 보곤 더 말하지 않았다.

루키우스는 아무 말도 하지 않는 운정을 향해 소리 없는 비웃음을 한 번 흘리더니, 고개를 돌려 머혼을 보았다.

그리고 나지막하게 말했다.

"마지막으로 봤을 때가 아마 십 년이 넘었나? 내가 델라이를 향한 전쟁 선포를 철회해 줬을 때."

"예, 폐하."

"내 기억으로는 다시 내 눈앞에 보이면 네 목을 쳐 버릴 것이라 했던 것 같은데, 맞나?"

운정은 머혼을 돌아보지 않을 수 없었다.

머혼의 표정은 담담했다.

그는 시선을 황제의 가슴 쪽에 두고 공손히 말했다.

"확실히 그랬지요."

스릉.

부채와 과일을 들고 있던 여기사들이 갑자기 그것들을 내려놓고 검을 뽑았다. 검게 빛나는 것을 보면 멜라시움으로 만든 것 같았다.

루키우스의 두 눈은 살기로 번뜩이고 있었다.

그가 반쯤 누운 자세에서 일어나 앉으며 말했다.

"그런데 왜 내 앞에 오기를 청한 것이지?"

머혼이 말했다.

"제 목숨을 바쳐서라도 간청드릴 일이 있기 때문입니다."

"네가? 네가 말인가?"

머혼은 눈을 들어 루키우스를 보았다.

"네, 형님."

루키우스는 손을 앞으로 모으며 말했다.

"일단은 들어 보지. 자신의 생명을 그 무엇보다도 소중하게 생각하는 네가 무슨 간청이 있어서 내 앞에 왔는지 심히 궁금하군."

머혼은 고개를 숙이며 말했다.

"델라이와의 전쟁을 막아 주십시오."

"전과 똑같은 요구로군."

"그렇습니다."

"왜지? 넌 왜 그토록 델라이를 사랑하는가? 그들이 겨우 사왕국의 이름을 달고 있을 때도 그들을 비호했고, 나와 제국을 버리고 그곳으로 갔을 뿐만 아니라, 사왕국 중 최고의 나라로 이끌었고, 또 이렇게 목숨을 걸고 그 나라를 지키려 하는군."

"……."

"전에 날 떠났을 때는 이유조차 말하지 않았지. 지금은 말할 생각이 있는가?"

머혼은 잠시 뜸을 들인 뒤에 대답했다.

"그때는 나이가 어려 차마 본심을 입 밖으로 꺼내지 못했습니다. 아니, 정확하게 말하면 제 스스로도 알지 못했지요. 그러나 이제는 말할 수 있을 것 같습니다."

"그래, 해 봐."

"전 형님을 질투했습니다."

루키우스가 잘못 들었다는 듯 되물었다.

"질투?"

"그렇습니다."

루키우스는 고개를 저었다.

"네가 날? 날 질투했다? 왜? 펠릭스 가문도 부럽지 않을 고귀한 혈통을 타고났고, 보유한 재산조차 황가의 그것을 뛰어넘었었지. 게다가 두 자매 중 더 아름답다고 다들 인정하는 아시리스의 마음을 얻었다. 당시 난 결혼한 몸도 아니고 넌 본처가 있었는데, 아시리스는 널 선택했어. 그러니 날 부러워할 이유가 전혀 없을 텐데?"

"아시리스가 절 선택한 건, 본인이 사랑하는 친언니가 황제를 사랑했음을 알았기 때문이지요. 아마 그런 일이 없었다면, 아시리스는 주저하지 않고 형님을 선택했을 겁니다."

"그렇지 않아. 그 아이는 어릴 때부터 널 사랑했어. 그래서 자신의 친언니로 하여금 날 사랑하게 만들었지. 그녀는 어린 나이부터 날 거절할 명분을 만들어 놓은 것이다. 그대로 가다간 황제인 내 명을 함부로 거절할 수 없을 테니까. 설마 지금까지 몰랐는가?"

"……."

작은 침묵이 흘렀다.

루키우스는 곧 손을 휘적거리더니 말했다.

"아무튼 젊은 날의 시시한 연애사는 여기까지 하지. 뭐가 이유가 되던 간에 날 질투했다고 하자. 그래서 날 떠난 것이냐?"

"그렇습니다. 제국 내에선 어차피 절대로 형님을 이길 수 없다는 걸 알았습니다. 때문에 전 델라이로 떠난 것입니다. 델라이에 특별한 것이 있어서가 아닙니다."

"그렇다면 다른 곳으로 가서 전과 동일하게 시작하면 되는 것 아닌가? 왜 생명을 걸면서 전쟁을 막아 달라는 것이지?"

"십여 년이 넘는 세월 동안 그곳에 쌓아 올린 것이 있습니다. 왕가의 씨앗이 마른 현 상황에 섭정이 되었습니다. 다시 말하면 왕이 되었다고 봐도 무방합니다."

"넌 절대로 그곳의 왕이 될 수 없다. 네 핏줄은 제국에 뿌리를 둔 대공가 머혼이야. 그들이 그런 너를 델라이의 왕으로 세우리라 생각하느냐?"

"유력 가문 중 하나와 사랑교의 약속을 받았습니다. 조금 더 설득하면 충분히 왕이 될 수 있을 겁니다."

"하? 이미 사랑교에서 약속을 받았다? 흐음, 델라이 왕국의 교구장이… 가만 보자, 프란시스 대교주로 알고 있는데 말이지. 그가 그런 약속을 했다는 말이더냐?"

"예, 직접 들은 것입니다."

"그런가? 참, 그도 많이 타락했군. 어린 시절, 교황청에서 그를 봤을 땐 꽤 신실해 보였는데. 뭐, 순수한 사람일수록 힘의 자리에 올라서면 더 추해지는 법이니까."

"……."

"교구장이 그런 약속을 했다면야, 왕이 되는 것 자체는 가능하겠지. 하지만 권력을 얻는 것보다 더 어려운 것이 권력을 유지하는 것이다. 네가 델라이의 왕이 된다 한들 얼마나 오래 갈 수 있을까?"

"별로 오래가지 못하겠지요. 길어 봤자 일이 년일 겁니다."

루키우스는 눈을 날카롭게 떴다.

"그럼 무슨 생각이지? 허울뿐인 왕이 되어서 무엇을 할 생각이더냐?"

"모릅니다."

"몰라?"

운정과 루키우스가 눈을 마주쳤다. 그 둘은 동시에 고개를 돌려 머혼을 보았다.

머혼은 땅에 시선을 둔 채로 말했다.

"힘을 얻기 위해서 달려왔고, 지금도 달리고 있습니다. 그걸 어떻게 휘두를지는 관심 없습니다."

"……."

"……."

꽤나 긴 침묵이 그들 사이에 흘렀다.

루키우스는 손을 들자, 모든 여기사들이 검을 검집에 넣었다.

그가 말했다.

"그게 네가 지금껏 살아남은 이유다, 머혼. 야생에선 삶의 목적을 생존으로 둬야 살아남는 것처럼, 정치권에선 권력의 목적을 권력 유지 그 자체에 두어야 살아남을 수 있지. 예나 지금이나, 그저 의미 없이 처절하게 살아가는구나, 머혼."

머혼은 얼굴을 살짝 찡그리며 말했다.

"삶이란 이래저래 의미 없는 거 아니겠습니까?"

"내세를 믿지 않는다면 말이지."

"어렸을 때부터 형님께 말씀드렸지만, 눈으로 보여 주면 믿겠습니다."

"죽어서 볼 땐 너무 늦어. 그땐 기회가 없다."

"그럼 신은 왜 내세를 보여 주지 않고 믿으라고 하는 겁니까? 보여 주면 누구라도 믿을 텐데 말입니다."

"그렇게 믿게 된다면, 네 자유의지로 믿는 것이 아니니까. 믿음이 강요되어지는 것뿐 아닌가?"

"참 나."

머혼은 어이없다는 듯 고개를 흔들었다.

루키우스는 팔짱을 끼더니 인자하게 말했다.

"목을 베기로 한 건 유보하도록 하지, 머혼. 당시 나도 네가 날 떠난다는 생각에 홧김에 내뱉은 말이니까. 네게 연락이 없던 긴 세월 동안 널 많이 그리워했었고, 또 네가 날 찾아온다는 말을 들었을 땐 매우 기뻤다. 그러니 이렇게라도 먼저 찾아와 줘서 고맙다."

"아닙니다, 형님. 진작 찾아뵈었어야 했습니다."

따뜻한 말이 두 의형제 사이에 오갔다.

하지만 그것도 오래가진 않았다.

루키우스가 단호하게 말했다.

"하지만 그렇다 하여, 델라이를 향한 전쟁 선포를 거둬 달라는 청을 조건 없이 들어준다는 뜻이 아니다. 지금 제국 내에서, 특히 집정관에서 전쟁의 의지가 강해. 들었을지 모르겠지만, 미티어 스트라이크의 월권행위로 인해 집정관장을 포함한 여러 명의 고위 귀족들이 모조리 병사 계급으로 강등됐다. 그런 희생을 감수하고서라도 전쟁하려 하고 있어."

바리스타 후작은 그들이 책임을 지고 물러났다고 했다. 하지만 병사로 강등된 것이 진실이라면, 그 의도는 뻔하다.

머혼이 눈빛을 빛내며 말했다.

"막상 전쟁을 시작하면 전공을 올릴 수 있으니, 그걸 모아다가 강등한 자들에게 몰아줘 다시 자리에 복귀시키려는 것이겠지요."

"그래서 더더욱 그들은 전쟁을 하려 할 것이다. 자신들의 생존권을 걸고 추진하는 일이야. 그러니, 내가 그들을 막으려면 나 또한 내 자리를 거는 수준이 아니면 불가능해. 내 입장에서도 엄청난 리스크를 감당해야 하는 일이야."

"알고 있습니다."

"그렇다면 전보다 더욱 큰 조건을 내게 제시해야 할 것이다. 전에는 머혼가에 대대로 내려오는 그 광활한 영지를 모조리 왕가에 바쳤지. 그보다 더 큰 조건을 제시할 수 있는가?"

"있습니다."

"그게 무엇이지?"

머혼은 한 손을 펼쳐 운정을 가리키며 말했다.

"무공을 드리지요."

"무공?"

"예, 중원의 마법과 같은 기술입니다. 다른 점이 있다면, 마법처럼 한 현상을 일으키는 것이 아니라 인간이 본래 가지고 있는 능력을 극대화시킨다고 보시면 됩니다. 강력한 힘과 눈으로 좇을 수 없는 속도, 그리고 끈질긴 생명력 등. 한 인간의 능력을 극한으로 끌어올립니다."

루키우스의 눈동자가 운정을 향했다. 그는 운정의 표정과 눈빛을 자세히 들여다본 후에 머혼에게 말했다.

"그가 동의한 일 같지는 않은데."

머혼이 말했다.

"운정 도사의 것은 그의 동의 없이 가르쳐 줄 순 없습니다. 다만 델라이는 운정 도사 외에 중원의 다른 무림인들과도 거래를 할 예정입니다. 그들에게서 받은 무공을 제국의 황가에도 넘기도록 하겠습니다."

루키우스는 얼굴을 찌푸렸다.

"애초에 집정관에서 델라이를 향하여 전쟁을 선포한 건 바로 그 무공을 얻기 위함이다. 나는 보지 못했지만, 알톤 평야에서 무공의 위력이 만천하에 들어났다고 들었다. 이를 지켜본 집정관의 고위귀족들이 병사로 강등되는 강수를 두더라도 전쟁을 일으킬 마음을 먹게 할 정도로! 그들은 단순히 무공을 원하는 것이 아니다. 다른 이들이 얻지 못하도록 독점하겠다는 것이지. 때문에 무공에 관한 지식을 나누어 주겠다는 식으론 물러서지 않을 것이다."

머혼이 음흉한 표정을 지었다.

"전 무공을 제국에 넘긴다고 말하지 않았습니다. 제국의 황가에 넘긴다고 했습니다."

그를 본 루키우스는 눈초리를 모았다.

"무슨 뜻이냐?"

"제국의 황제는 피로 이어지지 않지요. 친자식이 다음 황제가 된다는 법은 없습니다. 하지만 만약 펠릭스 가문에서 무공을 독점한다면? 그렇다면 어떻습니까?"

"……."

"예로부터 제국의 황제는 문관이 아니라 무관이 되는 것이 전통입니다. 펠릭스 가문이 무공을 독점하여 제국 내 최고의 무관 가문이 된다면, 계속해서 카이사르를 배출하는 것도 꿈 같은 일만은 아닐 겁니다."

"……."

"이만한 제안이면, 형님께서도 황제의 자리를 걸 만하지 않습니까?"

루키우스는 나지막하게 말했다.

"내겐 양아들이 있다. 그에겐 이미 카이사르의 성이 주어졌어."

"그를 사랑하십니까? 사랑하여 받으신 양아들입니까? 아니면, 의회의 압박에 못 이겨 받으신 아들입니까?"

루키우스는 눈을 지그시 감더니 곧 고개를 흔들었다.

"카이사르 가문은 혈통으로 이어지는 가문이 아니다. 제국의 황가는 피보다 진한 영혼으로 이어지는 가문이다."

"하지만 피까지 이어진다면 더 돈독하지 않겠습니까?"

"……."

"형님도 이제 몇 년 남지 않았습니다. 황태자의 나이가 곧 삼십이 되니 그때가 되면 모든 황제가 그랬던 것처럼 물러나서야 합니다. 법률상 황제를 지낸 사람은 어떤 종류의 관직도 가질 수 없습니다. 그렇게 되면 이제 아무도 찾지 않는 뒷방 늙은이가 될 겁니다. 실제로 전 황제는 어떠합니까? 그가 어디 있는지, 그가 어떻게 사는지 아무도 관심이 없지 않습니까?"

"……."

"하지만 피로 맺어진 친아들이 황제가 된다면? 그런 일은 없을 겁니다."

루키우스는 몇 번이고 입술을 열었지만, 말하지 못했다.

그는 결국 자리에서 벌떡 일어나 이리저리 움직이며 고민에 고민을 거듭했다.

그러다가 툭하니 말했다.

"무공을 선보여야겠다."

"예?"

"무림인이 내게 오면 무공을 선보이겠다고 조영관장에게 약속했었다. 시민들도 무공의 위력을 알고 나면 전쟁보다는 화평을 주장할 거라는 게 그의 생각이었지."

머혼은 당황하며 말했다.

"오히려 역효과가 나지 않겠습니까?"

루키우스는 고개를 돌렸다.

"아니, 시민의 마음은 그가 가장 잘 알아. 제국의 시민은 생각보다 두려움이 많지. 델라이에서 먼저 무공을 거래하길 원한다고 공표한다면, 시민들은 전쟁보다는 그쪽으로 투표할 것이다."

"……."

"그러니 의회에는 네가 무공을 거래할 목적으로 먼저 시연하러 왔다고 하면 될 것이다. 넌 섭정이니 그 정도의 권한은 있겠지."

"무공 거래가 공개적으로 선포되면, 펠릭스가에서 독점할 수는 없지 않습니까?"

"충분히 가능하다. 오랜 타국 생활로 잊었나 보구나. 제국은 한 가문이 어떤 상품에 대해서 독점권을 가지는 것을 흔한 일이다. 그것을 그 가문의 힘으로 인정하는 것이지. 펠릭스 가문이 무공에 대한 독점권을 가지도록 하면 될 것이야. 그렇게만 거래한다고 네가 협상하면 되지."

"아하, 공개적으로 독점하시겠다는 뜻이로군요."

"뒷공작을 펼쳐 봤자 좋을 것이 없어. 아무튼 그런 의미에서 옆에 있는 운정 도사가 원형경기장에서 무공을 시연해 주었으면 하는군. 물론 나도 그 위력을 직접 눈으로 보고 싶기도 하고. 그렇게 한다면 내가 직접 시민들에게 호소할 명분이 선다."

"……."

그 말에, 운정은 말없이 의미를 알 수 없는 미소를 지었다.

그러자 루키우스가 말했다.

"운정 도사라 했는가? 혹 그대에게도 조건이 있는가?"

운정이 포권을 취하며 말했다.

"독대를 원합니다."

그 말에 머혼이 운정을 놀란 시선으로 바라보았다.

第六十九章

머혼은 초조한 기색으로 대문 앞에 서 있었다.

그리고 그런 그를, 그와 함께 제국에 온 사람들이 흥미롭게 지켜보았다.

머혼은 귓가에 발소리가 들리자, 고개를 빼꼼 내밀어 아우구스투스 궁전 안을 보았다. 저만치서 운정이 두 명의 여기사의 안내를 받아 입구 쪽으로 걸어오고 있었다.

스릉.

간담을 서늘하게 하는 칼 소리가 귓전에서 들리자, 머혼은 화들짝 놀라며 머리를 뒤로 뺄 수밖에 없었다. 그는 하얗게 질린 표정으로 앞에 있는 다른 여기사를 보았는데, 여기사는 코웃음을 치더니 다시 검을 검집에 넣었다.

탁.

그리고 시선을 돌려 정면을 바라보는데, 머혼은 자기도 모르게 목을 쓰다듬었다.

운정이 밖으로 나오자, 모든 이의 시선이 쏠렸다. 그중 바리스타 후작이 가장 먼저 물었다.

"황제폐하와 무슨 대화를 하셨습니까?"

운정은 그를 바라보며 살짝 웃었다.

"그걸 타인이 알길 바란다면 독대를 청하지 않았을 겁니다."

당연한 말에 바리스타가 머쓱해졌다.

"그, 그렇겠지요."

운정은 담담하게 말했다.

"머혼 백작님, 황제폐하께서 제 조건을 받아 주셨습니다. 그 때문에 원형경기장에서 무공을 선보여야 할 것 같습니다."

머혼은 고개를 저었다.

"흐음, 아쉽게도 전 참석할 수 없겠군요. 전 롬에 형님의 동생으로도 왔지만, 델라이의 섭정으로도 왔습니다. 롬의 귀족들과 나눠야 할 여러 안건들이 있으니, 앞으로는 따로 움직여야겠습니다."

"그렇군요. 황제폐하께서는 공연이 한 시간 뒤에 있을 예정이니, 심신을 쉬어 놓으라고 하셨습니다. 잠시 이들을 따라가도 될는지요."

"예. 그렇게 하십시오. 제가 일을 마치면 운정 도사님께 찾아가겠습니다."

운정은 포권을 취하더니 말했다.

"아, 그리고 폐하께서 다시 들어오시라고 합니다. 타국의 손님들을 데려온 이유가 궁금하다고."

그 말을 듣자 일행들의 얼굴이 모두 밝아졌다. 그들이 몸을 움직이려는데, 덧붙여진 운정의 한마디는 그들의 기대를 산산조각 냈다.

"오해가 있으시군요. 머혼 백작님과 바리스타 후작님 두 분만 들어오시랍니다. 그럼, 이따가 뵙겠습니다."

"……."

"……."

운정은 모두에게 포권을 취한 뒤, 앞선 두 여기사를 따라서 걷기 시작했다. 움직이는 동안, 여기사들은 한마디도 하지 않았다. 그저 묵묵히 길을 안내할 뿐이었다.

롬의 시내에는 많은 사람들이 있었다. 그들은 모두 운정과 여기사들을 보고는 꼭 몇 마디씩 소곤소곤 거렸다.

범인이라면 들리지 않았겠지만, 운정의 귀에는 어김없이 들렸다.

"황제의 기사들 아닌가? 보아하니 황제의 취미가 늘었나 보군."

"그러게 말이야. 황제도 어쩔 수 없나 봐, 참 나."

"귀족들이야 뭐 다 그렇지. 에휴, 아름다운 청년이 참으로 불쌍하군, 불쌍해."

대부분 운정을 동정하는 말이었다. 때문에 그는 내력을 운용하여 청력을 억지로 줄였다. 별로 듣고 싶지 않은 이야기를 계속해서 들을 필요는 없었기 때문이다.

그들은 그렇게 롬 시내를 쭉 걸어, 원형경기장 앞에 도착했다. 그 앞에는 수많은 사람들이 원형경기장을 감싸듯 줄서 있었는데, 원형경기장의 넓이를 생각하면 그 인구수가 족히 1만 명을 넘은 듯했다. 사람이 나오는 대로 들어가는 것을 보니, 앞에서 대기하는 사람들 같았다.

그리고 또 기사들이 있었다. 그들은 아머세트는커녕 제대로 된 평상복도 입지 않았다. 상의는 완전히 벗고 있었고, 하의도 생식기만 가리는 속옷 수준이었다. 대신 멋들어진 망토와 창, 그리고 방패를 들고 있어 그들이 기사인 것을 겨우 알 수 있었다.

여기사들은 그들 중 한 명에게 다가갔다. 그리고 짤막하게 말을 나누었다.

"선수다."

남자다운 근육을 가진 그 기사는 고개를 끄덕이더니, 큰 소리로 앞쪽을 향해 말했다.

"선수다!"

그러자 그 말을 들은 기사들이 사람들을 이동시켜 길을 터주었다. 여기사는 운정을 향해 말했다.

"드시지요. 선수실로 안내하겠습니다."

그건 그녀가 처음으로 꺼낸 말이었다.

운정은 고개를 끄덕이곤, 사람 사이를 뚫고 원형경기장 안으로 들어갔다. 서 있는 시민들이나 지키고 있는 기사들까지 모두들 운정의 미모에 눈길을 빼앗겨 그가 없어지는 순간까지 그의 모습을 좇았다.

원형경기장 내부는 의외로 질서 정연했다. 각 길목마다 밖에서 보았던 기사들이 지키고 있었고, 사람들은 그들의 통솔을 철저하게 지키며 빠릿빠릿하게 움직였다. 사람들은 손에 과일이나 음식을 들고 있는 경우가 많았는데, 그들 중에는 키가 허리밖에 오지 않는 어린아이들도 많이 있었다.

여기사들은 그 안에서 같은 말을 반복했다.

"선수다."

그 말 한마디로 기사들은 그 안의 모든 움직임이 멈추었고, 그를 위해서 길을 텄다. 마치 일순간 시간을 정지시켜 놓은 것 같은 느낌이었다. 그렇게 그들은 수많은 사람들을 뚫고 지하로 내려갈 수 있었다.

여기사 중 한 명은 지하의 입구에 남았고, 다른 한 명이 계속해서 운정을 안내했다.

죽여라!

와와와!

파삭!

끼이익!

아래로 내려오자, 다양한 소리가 점차 커지기 시작했다. 호기심이 생긴 운정은 줄여 놓았던 청력을 다시 복구했다. 그러자 사람들의 환호 소리와 전투 소리가 연달아 울리기 시작했는데, 그중 그의 귀를 잡아끄는 소리가 있었다.

철썩, 철썩.

그것은 분명한 물소리였다.

그러고 보니, 공기 중에 묘한 습기가 느껴지기도 했다. 지하라서 느껴지는 습기가 아니라, 물이 가까워서 느껴지는 것 같았다. 운정은 라시아가 해전이라고 말했던 것이 기억났다.

또한 다른 소리도 있었다.

크아악!

아아악!

사람이 죽을 때 내는 단말마.

그것은 도저히 연기로 생각할 수 없는 비명 소리였다.

운정이 앞서 걷는 여기사에게 물었다.

“정말로 해전을 공연하고 있습니까? 실제로 사람이 죽는 것 같습니다만.”

여기사는 걸음을 멈추지 않으며 대답했다.

“공연을 하면서 실제로 죽는 겁니다.”

“예?”

“실제 해전인 것처럼 서로를 죽이지요. 시민들에게 피해가 갈 수 있는 활과 마법을 쓰지 않고, 오로지 칼과 방패로만 전투를 합니다만, 그렇기에 더더욱 실전보다 더 처절합니다.”

“죽인다는 말은… 그러니까 서로 살인을 한다는 말입니까?”

“그렇습니다. 시민들의 가장 큰 볼거리 중 하나지요.”

“…….”

운정이 어두운 표정을 지었다.

그가 말이 없자 여기사가 고개를 살짝 돌려 그를 보곤 물었다.

“혹 사랑교도십니까?”

뜬금없는 질문에 운정이 고개를 저었다.

“아닙니다.”

“아, 다행이군요. 혹시나 했습니다.”

여기사는 아무렇지도 않게 다시 걸음을 옮기기 시작했다.

운정이 묻지 않을 수 없었다.

"다들 말하는 것을 들어 보면 마치 공연인 것처럼 말했습니다. 그래서 실제로 전투를 하고 죽이려고 하는 것인지는 꿈에도 몰랐습니다. 예컨대 살인극이군요."

"공연은 공연이지요. 약속된 장소에서, 약속된 룰 아래, 명예를 위해 싸우는 것이니까요."

운정은 눈살을 찌푸렸다.

"명예를 위해서 싸운다?"

"노예들은 자유를 위해서 싸우기도 합니다만, 자유는 사실 덤으로 주어지는 것이지요. 큰 대회에서 승리만 한다면 최강의 전사로서 이름을 날리고, 자기가 원하는 어떤 기사단도 입단할 수 있으며, 심지어 간혹 특별한 대회에서 우승한 자는 귀족의 혈통을 부여받기도 합니다."

"……."

"파인랜드의 문명인인 제국 시민들에게 볼거리를 제공한다는 건 크나큰 영광입니다. 무슨 이유에서든 간에 당신 또한 그 일에 동참하게 되었으니, 큰 재미를 주시길 부탁드리겠습니다."

지금까지 과묵했던 것치고는 말이 꽤 많았다.

운정이 뭐라고 더 말하려는데, 여기사가 옆에 있던 쪽문을 열고 안으로 들어갔다. 운정이 따라 들어가 보니, 그 안에는 대여섯 명이 넘어가는 여인들이 있었다.

그녀들은 모두 하녀처럼 보였다. 그리고 방 한쪽에는 각양각색의 복장들과 다양한 형태의 무기가 있었고, 다른 쪽에는 수많은 화장 물품들과 사람 크기만 한 거울이 마련되어 있었다. 중앙에는 푹신해 보이는 큰 침대가 있었다.

여기사가 말했다.

"시간이 되면 데리러 오겠습니다. 그동안 준비해 주시면 감사하겠습니다."

그녀는 그렇게 말하곤 문을 닫아 버렸다.

이어서 하녀들이 그에게 다가왔고, 그들 중 한 명이 말했다.

"무척이나 아름다우신 분이군요. 혹시 특별히 원하시는 방식의 치장이 있으신가요?"

운정은 당황하며 대답했다.

"치장이요?"

"예. 오늘의 주인공이시니, 최대한 아름답게 치장하라는 명령이 있었어요. 그런데 어떻게 치장해도 본연의 아름다움을 이기긴 어려워 보이는군요."

"……."

"후훗, 승부욕이 생기기는 처음이야. 일단 이쪽으로 앉아 보세요. 아, 옷은 전부 벗어 주시고요."

그가 입고 있는 옷은 델라이의 최신 기술로 만든 나리튬이 섞인 옷이다. 따라서 벗었다가는 마법에 속수무책으로 당할

여지가 있었다.

운정이 말했다.

"이 옷은 그대로 입고 싶은데 괜찮겠습니까?"

그 여인은 잠시 고민하더니 말했다.

"뭐, 좋아요. 일단 백색이니까 뭘 해도 어울릴 것 같긴 해요. 하늘하늘한 느낌으로. 노출이 없는 만큼 끝을 화려하게 하는 게 좋겠네. 대신 제가 하라는 건 전부 다 해야 해요. 알겠죠?"

운정은 고개를 끄덕였다.

"알겠습니다."

그리고 그렇게 대략 15분 정도, 대여섯 명의 하녀들이 운정을 둘러쌌다. 수없이 많은 장신구들을 이리저리 대 보면서 운정을 치장하기 시작했는데, 더 이상 더 아름다워질 수 없을 것 같던 운정의 미모가 점차 그 이상을 뛰어넘기 시작했다.

그녀들은 장신구와 화장으로 운정이라는 백지 위에 예술을 칠했고, 운정은 그렇게 하나의 예술품이 되었다.

모두 완성하자, 그녀들은 운정의 앞에 조르르 모여서는 대화를 나누었다.

"하나만 더 얹힐까?"

"아니야, 이거야. 지금이 완벽해."

"응. 응. 내 생각도 그래."

"너무 신선하다. 진짜 영웅은 이런 모습일 수도 있겠어."

그들은 그렇게 말한 뒤 뿌듯한 표정을 지었다. 운정을 바라보는 그녀들의 눈빛에는 심혈을 기울여 작품을 만들어 낸 장인의 눈빛이 서려 있었다.

그런데 그때 쪽문이 열리는 소리가 들렸다.

"어머? 공주마마?"

"공주마마?"

안으로 들어온 사람은 다름 아닌 라시아 황녀였다. 그녀는 운정에게서 눈을 떼지 못하다가 곧 힘없는 소리로 말했다.

"다들 나가 있거라. 운정 도사님의 쉼은 내가 되어 드릴 테니."

여인들은 선뜻 입을 열지 못하다가 라시아가 눈을 치켜뜬 뒤에야 마지못해 답했다.

"예, 공주마마."

"……."

그렇게 다들 아쉬운 표정으로 밖으로 나갔다.

모두 나간 것을 확인한 라시아는 운정에게 다가왔다. 그러고는 그의 몸을 위아래로 감상했다. 저절로 벌어진 그녀의 입에서 침이 살짝 흘러나왔다.

곧 스스로 그 사실을 인식한 그녀는 얼굴을 붉히며 입가를 닦았다.

"긴장을 풀어 드릴게요, 운정 도사님. 전투에 나가시기에 앞서 머리를 차갑게 해야 하지 않겠어요?"

그녀는 운정의 어깨를 잡고 살짝 들어 올렸다. 운정은 그녀의 눈에서 감도는 색욕을 보곤 말했다.

"혹시 잠자리를 말씀하시는 거라면, 전 괜찮습니다."

"……."

"이대로 공연에 임하도록 하겠습니다."

라시아가 운정의 두 눈을 똑바로 바라보았다. 그 청명함에 그녀의 들뜬 기분까지도 가라앉는 것 같았다.

라시아는 다시금 용기를 내었다.

"혹 제 신분 때문에 걱정하는 거라면 그러지 마세요. 저와 잠자리를 했다고 해서 지금까지 험한 일을 당한 남자는 없으니까. 전 그런 면에선 깔끔해요."

성적으로 매우 개방적인 화산파의 여인들도 이 정도는 아니었다. 은유적인 표현을 거두고 직설적으로 단어를 말하진 않았다. 순결이 흠이 아니더라도 기본적인 자존심은 있으니까.

하지만 롬의 여인들은 그런 자존심조차 없는 듯했다. 아니, 라시아의 눈빛을 보면 애초에 이런 문제는 자존심을 세울 일이 아니라고 생각하는 듯했다.

마치 남녀의 잠자리가 나른한 오후에 잠깐 나누는 수다인 것처럼.

운정은 그녀가 이해할 수 있도록 적당한 예를 들었다.

"그런 것이 아닙니다. 당신과 잠자리를 가질 수 없는 건 제가 도사이기 때문입니다. 이곳에서는 사제와 같은 것이지요."

"아, 사제?"

"예, 그래서 전 여인과 잠자리를 가지지 못합니다."

운정의 어깨를 잡은 팔이 내려갔다. 그와 동시에 그녀의 눈빛에 감돌던 색기도 서서히 증발했다.

그녀는 흥미롭다는 미소를 지으며 팔짱을 꼈다.

"사제는 물론이고 주교들 중에서도 제 유혹을 뿌리친 분들이 없는데… 당신은 정말로 신실하신 분인가 보네요."

"……."

"좋아요. 그런 믿음을 가신 분을 제가 더 괴롭힐 수는 없지요. 대신 제 말동무라도 해 주겠어요? 이대로 나가 버리면 내가 망신이니까."

"그건 얼마든지 가능합니다."

"그럼 대화하죠."

맑게 웃어 보인 라시아는 운정 옆에 털썩 앉았다.

그녀는 뽀얀 피부가 엿보이는 양팔로 가장자리를 잡았고, 몸무게를 앞쪽으로 실었다. 그러곤 다리를 번갈아 앞뒤로 흔들었는데, 백옥 같은 피부가 드러났다 숨기를 반복하며 그녀의 마음을 잘 나타냈다.

운정은 그녀의 시선이 조금씩 움직이는 것을 느꼈다. 그녀는 입술을 혀로 핥으면서 운정의 머리부터 발끝까지 천천히 훑고 있었는데, 마치 그 눈빛이 닿는 곳에 끈적끈적한 것을 남기는 것 같았다.

운정이 말했다.

"대화하자고 하지 않으셨습니까?"

"대화를 굳이 말로 할 필요는 없죠."

"그럼?"

"눈의 대화도 있고, 혀의 대화도 있고 또 몸의 대화도 있고."

운정은 묘한 웃음을 지었는데, 그 모습이 꼭 여동생을 바라보는 오라버니의 그것이었다. 그것을 보자, 라시아의 눈빛에 다시금 욕망이 들어서기 시작했다. 이후 그녀는 의도적으로 운정의 사타구니를 바라보았다.

운정이 말했다.

"민망한 곳에 눈을 두시면 마음에 좋지 않습니다."

라시아는 고개를 여러 차례 끄덕였다. 시선은 그대로 둔 채.

"상상하고 있었어요. 아주 작을 거라고."

"……."

"너무너무 작아서 예쁜 얼굴이나 몸도 소용없을 거라고. 그러면 그나마 들뜬 마음을 조금 추스를 수 있을 것 같아서요.

이게 다 운정 도사님 책임이니까, 나한테 너무 뭐라 하지 마세요."

운정은 살면서 이토록 노골적인 말을 들어 본 적이 없었다.

그가 말했다.

"절 놀리시려고 오신 겁니까?"

라시아가 두 눈을 들어서 운정을 마주 보았다.

"이렇게까지 하는데, 한 번 자 줘요. 아까 헤어지고 나서부터 계속 생각나니까 힘들어요."

"욕구는 바닥없는 용기와 같습니다. 채워도 채워도 채워지지 않지요. 잠깐은 평안함을 얻을 수 있지만, 이내 더 큰 것을 바라고 또 바랍니다. 사람의 마음은 욕구를 채워서 만족을 얻을 수 없습니다."

라시아는 멍한 표정을 지었다.

그러다가 나지막하게 말했다.

"맞아요. 그 말이… 아무리 남자랑 자도 계속 더 자고 싶어질 뿐이었죠. 그런 말을 하는 걸 보니, 당신도 과거에는 많은 여자를 울렸나 보네요."

"전 아직까지 여성과 잠자리를 한 적이 없습니다."

"세상에."

"앞으로도 그럴 일은 없을 겁니다."

라시아가 믿을 수 없다는 듯 말했다.

"왜요? 당신의 신도 여자랑 자지 말라고 하시던가요?"

"신이요?"

"예, 신."

라시아는 손가락 하나를 들어서 하늘을 가리켰다.

운정은 고개를 저었다.

"아, 무당의 가르침 속에는 사랑교와 같은 절대적이고 유일한 신은 없습니다. 다양한 신들이 있고 또 개중에는 선악을 판단하는 신들도 있지만, 그들 중 여성과의 잠자리를 금지하는 신은 없는 것으로 알고 있습니다."

"그럼 왜 자지 않겠다는 것이죠?"

"그야 아까도 말씀드렸지만, 사람의 욕망은 계속 채운다고 해서 채워지는 것이 아니기 때문입니다. 마음의 만족은 그렇게 얻는 것이 아닙니다."

라시아의 표정이 알쏭달쏭하게 변했다.

"그럼 당신은 마음의 만족을 위해서 여자랑 잠을 안 자겠다는 거예요? 이해할 수 없어요. 오히려 그 반대 아닌가요? 여자랑 잠자리를 가져야 마음의 쉼이 오죠."

운정은 주먹을 입에 가져가 잠시 생각을 정리하고는 말했다.

"정확하게 말하자면, 제가 말씀드린 건 불교(Buddhism)의 사상 중 도교(Daoism)에서 인정된 것입니다. 제가 따르는 가르침은 도교이지요."

"……."

라시아의 표정이 더욱 아리송하게 변하자, 운정은 최대한 간결하게 말했다.

"간단히 말해서 도교는 영생을 추구합니다. 방법에는 크게 얽매이지 않습니다. 초창기에는 이런저런 음식을 먹으면 영생할 수 있다 하여 그 방법들을 추구했고, 어떨 때는 반대로 금식이 영생을 가져온다 하여 그 방법을 추구했습니다. 그렇게 역사가 점차 깊어지면서, 가장 수명이 많이 늘어나는 방법들이 대세를 이루었는데, 작금에 와서는 내공심법이 중요 요소가 되었습니다. 내공심법은 본래 불교의 기본 사상 중 하나인 색즉시공 공즉시색에서 출발했는데, 그것을 무당산의 정기와 가장 어울리는 방법으로 익히다 보니 불교 색이 짙어진 것입니다."

"……."

"과거에는 도사들도 가족을 얻기도 하고 했습니다만, 지금은 그런 일이 없습니다. 결론만 말씀드리면 영생을 추구하는데 있어 가족이 없는 것이 있는 것보다 더 낫다는 것이지요. 같은 의미로, 여성과 잠자리를 하는 것보다 잠자리를 하지 않는 것이 영생을 추구하기 유리하기에 도사들은 여성과 잠자리를 하지 않는 것입니다."

라시아는 그 말을 듣는 내내 고역을 참아 내는 듯한 표정을 지었다. 그리고 운정이 말을 마치자마자 툭하니 말했다.

"매우 복잡하네요. 솔직히 믿기 어려운 것 같고. 영생을 추구하는 거랑 잠자리를 갖는 거랑은 또 무슨 상관인지 모르겠어요."

"성욕을 포함한 욕심 자체가 영생을 추구하는 길을 방해하기에 도교에선 멀리해야 한다고 합니다. 성욕뿐 아니라 식욕과 수면욕도 마찬가지지요."

라시아는 믿을 수 없다는 듯 되물었다.

"먹는 것과 자는 것도 안 한다고요?"

"그것은 생존을 위해서 어쩔 수 없습니다. 다만 육식을 금하고 또 수경신을 통해서 그 둘에 지배되지 않기 위해서 경계하는 것이지요."

"수경신(ShouGengShen)?"

육식은 그렇다 쳐도 수경신은 고유명사다 보니, 라시아가 이해할 턱이 없었다.

운정이 설명하려는데, 문득 스쳐 지나가는 생각이 있었다.

그렇다.

언제부턴가 수경신을 하지 않았다.

육식도 그렇고 수경신도 그렇고, 어느 순간부터 더 이상 무당파의 규율에 얽매이지 않겠다며 따르지 않았다.

그렇다면 여인과의 동침은 왜 안 되는가?

두근.

두근.

그 생각이 마음에 들어오자마자, 그의 심장이 크게 뛰기 시작했다. 절로 마기가 역순환하며 그의 몸을 달구었고, 그 즉시 성욕이 정신을 침범하기 시작했다.

운정은 황급히 라시아로부터 눈길을 돌렸다.

라시아는 운정의 변화를 눈치채고는 슬쩍 웃어 보였다. 그녀가 자리에서 일어나, 운정의 얼굴을 양손으로 잡았다. 운정의 눈동자는 끝없이 흔들리고 있었는데 그걸 바라보는 라시아의 눈빛은 마치 맹수가 먹이를 바라보는 것 같았다.

덜컹.

문이 열리고 누군가 안으로 들어왔다.

그는 전에 오두막집에서 보았던, 안토니오 조영관장이었다.

"곧 시작되어… 아, 죄, 죄송합니다."

그가 몸을 돌려 나가려고 하자, 정신을 차린 운정이 살며시 라시아의 손목을 잡아 내리면서 자리에서 일어났다.

"아닙니다. 저도 지금 나가려고 했습니다."

라시아가 고개를 확 돌리며 안토니오를 보았다. 분노가 활활 타오르는 그 눈빛에 안토니오는 차마 고개를 들지 못하고 나지막하게 말했다.

"그, 그것이… 지금 경기장 내의 분위기가 고조되어서 조금이라도 쉴 시간을 주면 금세 식어 버릴 겁니다, 공주마마. 시민들의 마음이 얼마나 민감한지 잘 아시지 않습니까?"

라시아는 숨을 훅 내쉬고는 말했다.

"후. 알겠어요. 조영관장께서도 일하셔야 하니까. 그럼 운정 도사님, 좋은 모습 기대할게요."

그녀는 그렇게 인사한 뒤, 미련 없이 몸을 돌려 방에서 나가 버렸다. 안토니오는 그녀에게 다시금 고개를 끄덕여 보인 뒤에, 운정에게 급히 말했다.

"어서 오십시오. 무대가 준비되기 전에 숙지하셔야 할 것이 있습니다."

운정이 포권을 취하고는 그를 따랐다.

방 밖에는 도합 네 명의 기사들이 서 있었다. 그들은 아까 밖에서 보았던 기사들로 역시 헐벗은 복장을 하고 있었다. 그들은 안토니오와 운정의 뒤에 따라붙었는데, 운정을 바라보는 시선에 불신이 가득했다. 그도 그럴 것이 공연의 주인공은 영웅과도 같은 모습을 해야 하는데, 지금 운정의 모습은 아리따운 미소녀와 같았다.

안토니오는 빠르게 걸으며 말했다.

"지금 제국군은 불리한 형세에 몰려 있습니다. 배도 단 한 척밖에 남지 않았지요. 그에 반해 야만인들은 다섯 척의 배나

거뜬히 살아 있습니다. 지금은 약간 소강상태에 이르렀는데, 야만인들이 제국 군함으로 건너오기 시작하면 그 압도적인 숫자에 패배는 기정사실화 됩니다."

"……."

"시민들은 예상치 못한 반전을 좋아하지만, 패배는 혐오하지요. 이대로 야만인들이 이기면 정말 피땀 흘려 준비한 오늘 해전 공연이 최악의 결과를 낳을 겁니다."

"……."

말하는 것을 듣고 있으면 꼭 진짜 전투 상황을 말하는 것 같았다.

운정이 아무 말을 하지 않자 안토니오가 다시 말을 이었다.

"이제 당신은 한쪽에서 작은 배를 타고 나타나는 겁니다. 그리고 그 무공이라는 것으로 야만인들을 물리쳐서 공연을 끝내는 것이지요. 시간은 대략 5분 정도로 생각하시면 됩니다. 클라이막스로는 그 정도가 적당하지요. 원형경기장 안에는 노매직존이 펼쳐져 있습니다만, 당신의 능력으로는 충분히 그들을 물리치는 게 가능하다고 들었습니다. 맞습니까?"

"적은 몇 명이나 남았습니까?"

"백여 명 안팎일 겁니다."

"모두 범인이니 그 시간에 가능할 겁니다."

운정이 그 말을 하자마자, 기사들 중 한 명이 자기도 모르게 웃음소리를 냈다. 안토니오가 그를 째려보자, 기사는 입술을 닫았다.

안토니오가 운정에게 말했다.

"실수를 용서하시길. 아무튼 일단 최대한 그 시간에 맞춰서 끝내 주십시오. 그리고 적들을 죽이실 때는 최대한 화려하게 부탁드리겠습니다. 찌르기보다는 베기 위주로 해서 사지를 자르는 것이 가장 좋습니다. 그렇다고 너무 베기만 하면 질릴 수 있으니 간혹 찌르기를 섞는데, 그때는 꼭 누구나 볼 수 있도록 검을 높이 들거나 고함을 쳐서 이목을 끈 뒤에 심장이나 머리 쪽을 찌르는 것을 추천드립니다. 그 외에도 다양한 방법들이 있지만, 공연은 처음이실……."

운정이 그 말을 잘랐다.

"죄송합니다만, 전 살생하지 않습니다."

"예?"

"죄 없는 사람을 단순한 유흥거리를 위해서 죽일 수는 없습니다."

바삐 움직이던 안토니오의 다리가 멈춰 섰다. 그는 어이없다는 얼굴로 뒤에 있는 네 명의 기사들과 눈을 마주쳤는데, 그들이라고 딱히 할 말은 없었다.

안토니오는 운정을 바라보며 말했다.

"살생을 하지 않으시다니요. 야만인들을 죽이지 않으시면 시민들이 절대 만족하지 않을 겁니다!"

"전 이 공연이 살인극인지 몰랐습니다. 그것에 참여하는 것만으로도 이미 양심의 가책이 있습니다. 제가 직접 검을 놀려 죄 없는 자를 죽이는 일은 절대로 없을 것입니다."

안토니오는 말을 더듬다가 순간 무언가를 알아챘다.

"아, 아니… 그럴 수가… 자, 잠깐. 죄 없는 자들이요? 아하, 그러니까, 죄 없는 사람을 죽일 수 없다고 하셨습니까?"

"예."

안토니오가 안도했다.

"그런 거라면 문제없습니다. 여기 나오는 야만인들은 전부 악인들이니까요. 설마 저희가 죄 없는 시민들을 억지로 데리고 연기라도 하는 줄 아셨습니까? 하하하."

"그럼 공연장에서 공연을 하는 자들이 전부 죄인들이라는 겁니까?"

안토니오는 고개를 저었다.

"물론 전부는 아닙니다. 분명 노예들도 있지요. 심지어 시민 중에서도 자원하는 사람들도 있습니다. 하지만 오늘 공연에 동원된 야만인들을 모두 죄인들이 맞습니다. 그들은 모두 전쟁터에서 사로잡은 전쟁 포로들이니까요."

"……."

"그들의 삶을 몰라서 그러는데, 짐승이 따로 없습니다. 자기들끼리도 살인을 밥 먹듯이 하지요. 배가 고플 때는 식인을 하기도 합니다. 그런 놈들을 죽이는 데 전혀 양심의 가책을 느끼실 필요가 없습니다."

"……."

"그러고 보니 중원의 사제라고 하셨지요, 하하하. 사랑교에서도 그들을 죽이는 것은 죄악이라고 하지 않습니다. 어차피 이교도들 아닙니까? 어차피 죽어서 지옥의 장작이 될 놈들인데 그놈들을 조금 일찍 지옥에 보낸다 한들 뭔 대수랍니까?"

"지옥? 그들이 지옥에 간다는 말입니까?"

"그렇지요. 믿음이 없는 자들 아닙니까?"

"……."

"……."

잠시 침묵이 이어졌다.

믿음이 없는 자 중에는 야만인만 있는 게 아니니까.

안토니오는 자신의 실수를 헛기침으로 만회한 뒤에 말했다.

"흠흠, 어서 가시죠. 급합니다. 야만족들은 안간힘을 쓰고 공격하니까, 조금만 지체해도 선량한 제국 군인들이 더 죽을 겁니다. 그러니까 이대로 서 있다 보면 오히려 선한 사람이 죽게 된다는 뜻이지요. 어서 갑시다."

안토니오는 걸음을 재촉했다.

운정은 그를 따라 습한 동굴 같은 곳에 도착했다. 다만 깨

끗하게 깎인 벽돌을 쌓아 아치형으로 만든 동굴이니 인공적인 것이 분명했다.

그 중앙에는 깊은 물길이 흐르고 있었는데, 그 위에 쪽배 하나가 있었다. 거기에는 노예로 보이는 여러 사람이 있었는데, 그들 중 하나가 안토니오에게 와서 속삭였다.

안토니오는 그 쪽배를 손가락으로 가리키며 운정에게 말했다.

"지금이 적기라고 하는군요. 저 쪽배를 타고 나가시면 야만인들과 제국 군인들이 보일 겁니다. 이후 무공이라는 것을 사용하셔서 야만인들을 물리쳐 주시면 됩니다. 화려하게! 예! 화려하게 말입니다!"

그의 당부에 운정은 고개를 끄덕이고는 천천히 그 쪽배에 올랐다. 노예들이 물속에 들어가 그 쪽배를 밀기 시작하자, 그 쪽배가 천천히 앞을 향해 나아가기 시작했다.

벌써 멀찌감치 온 운정이 경기장으로 나가기 바로 직전, 안토니오에게 전음으로 말했다.

[아무래도 죽이진 않을 것 같습니다. 다만 화려하겐 하겠습니다.]

안토니오는 귓가에서 바로 들린 그 소리에 당황하면서도, 그 말에 담긴 의미에 얼굴이 핼쑥하게 변했다.

서서히 동굴의 끝에 다다르자, 뜨거운 햇빛과 큰 소리가 눈과 귀를 사정없이 강타했다.

우와와!

와와와!

가장 먼저 들린 것은 사람들의 함성이었다. 운정은 지금까지 살면서 자연 외에 이런 웅장한 소리를 들어 본 적이 없었다. 홍수와 지진, 화산과 폭풍이 아닌, 사람들이 모여 인위적으로 내는 소리임에도 귀가 먹먹할 지경이었다.

크악—!

카악—!

그리고 그 먹먹한 공기를 칼날처럼 뚫고 들어오는 비명이 간간히 있었다. 사람이 죽음에 이르며 내지르는 단말마는 공기를 가득 메운 함성 속에서도 널리 퍼져 나갔다. 하지만 즉시 세상을 진동시킬 만한 함성에 먹혀 버렸다.

와와!

와아아!

소리의 중심에는 배 하나가 있었다. 그리고 그 배 위에는 제국 기사의 복장을 한 남자가 있었다. 그는 한 손으로 검을 들고 있었고, 다른 한 손으로는 사람의 머리를 들고 있었다. 목에서 피와 뇌수가 홍건히 쏟아지는 것을 보니, 방금 막 베어 낸 것 같았다.

그 기사는 천천히 돌면서 군중의 함성을 이끌어냈다. 그러나 그것이 자신의 죽음을 재촉하는 길임을 알지 못했다.

피슉!

심장이 뚫린 그 남자는 믿을 수 없다는 듯 자신의 가슴을 바라보았다. 그곳에는 길고 긴 창날이 솟아 있었다. 시끄러운 함성 때문에 적이 뒤로 은밀히 움직인 것을 눈치채지 못한 것이다. 이내 무릎을 꿇더니, 양손에 든 검과 머리를 동시에 떨궜다. 그리고 앞으로 꼬꾸라졌다.

우우우!

부우우!

창으로 그 기사를 찔러 죽인 야만인은 야유 소리 속에서도 아랑곳하지 않지 않고 다른 제국 복장을 한 남자들에게 창날을 향했다.

그는 머리에 늑대 머리 가죽을 뒤집어썼다. 그리고 어린아이의 것으로 보이는 해골을 주렁주렁 목걸이처럼 매달고 있었다. 그의 얼굴과 상반신은 푸른색의 문양으로 된 문신이 가득했으며, 허리띠 아래로는 아무것도 입고 있지 않아, 그의 사타구니가 그대로 노출되었다.

누가 보아도 문명을 모르는 야만인이었다.

그 야만인은 창을 높게 세웠다. 그러자 그 배에 있던 제국 기사들 십여 명은 공포에 질린 표정을 지었다. 그리고 그 배 주변에 있던 다른 다섯 척의 배에서 다른 백여 명의 야만인들이 그를 향해 큰 소리로 호응했다.

그때였다.

부우—!

부우—!

낮지만 힘이 있는 관악기 수십 개가 원형경기장 한쪽 꼭대기에서 크게 울렸다. 군중들은 영웅의 등장을 알리는 소리를 듣고는 너도나도 두리번거렸다.

백색 옷은 눈에 띄었기에 운정을 찾는 건 너무나도 쉬웠다.

그리고 모두의 시선이 운정을 향하자, 원형경기장의 모든 소리가 사라졌다.

"……."

"……."

"……."

갑작스러운 침묵이 도래하자, 야만인들도 제국 기사들도 운정을 바라보곤 영문을 모르겠다는 표정을 지었다. 그의 외관이 클라이맥스를 장식할 영웅과는 거리가 너무 멀었기 때문이다.

운정은 고개를 들어 관객석의 중앙을 보았다. 그곳은 시민석과 분리해 둔 귀족석이라 많은 귀족들이 자리하고 있었는데, 방금 전까지 대화를 나누었던 루키우스 황제와 라시아 황녀는 당당히 중앙을 차지하고 있었다.

루키우스는 운정이 자신을 바라본다는 것을 알고는 고개

를 살짝 끄덕였다.

운정은 쪽배를 박차고 물 위를 뛰었다.

탁. 탁. 탁.

처음에는 모두 이해하지 못했다.

분명 눈으로 보고 있는데도 순간 꿈을 꾸는 것이 아닌가 하는 기분이 들었다.

그러나 운정의 속도가 상승하고 보폭이 커지면서 그 뒤로 강렬한 물보라가 일기 시작하자, 그것이 현실이라는 것을 믿지 않을 수 없었다.

오오오!

오오!

난생처음 보는 광경에 관중들은 눈이 휘둥그레졌다. 그리고 누가 말하지도 않았는데, 다들 자리에서 벌떡 일어나 운정을 주시하기 시작했다. 그것은 귀족들도 마찬가지였고, 루키우스나 라시아도 예외가 아니었다.

강렬한 물보라를 타던 운정이 내력을 모아 강하게 물을 찼다.

퍽—!

둔탁한 소리와 함께, 물이 울렁이며 파도를 만들어 냈다. 그리고 운정의 몸은 하늘 높은 줄 모르고 날아올랐다.

어?

뭐야?

다들 자기도 모르게 놀란 소리를 냈다. 남자들은 손을 뻗어 그를 가리켰고, 여자들은 손으로 입을 막았다. 어린아이들은 자기 눈을 가리기도 했다.

그대로 곡선을 이룬 운정은 곧 야만인 앞에 착지했다.

쿵—!

거대한 소리와 함께 배 전체가 진동했다. 그러자 그 배에서 있던 제국 기사들이 자세를 겨누지 못하고 넘어졌다. 야만인도 휘청거렸으나, 이내 자세를 잡아갔다.

운정은 미스릴 검을 뽑아 야만인의 얼굴을 향해 뻗었다.

그 순간 지금껏 역사상 가장 큰 함성이 원형경기장을 가득 채웠다.

와아아!

와아아!

남녀노소 할 것 없이 괴성을 지르는 것은 말할 것도 없고, 점잖기로 유명한 귀족들까지 자리에 털썩 앉으며 주먹을 세게 쥐었다. 루키우스는 군중들의 뜨거운 반응을 보며 고개를 수시로 끄덕였는데, 때마침 귀족석으로 올라온 안토니오가 옆에 앉았다.

루키우스는 그에게 다가가서 그의 어깨를 꽉 잡았다.

막 자리에 앉아 군중을 살피던 안토니오는 당황한 표정을 지었다.

"화, 황제 폐하?"

루키우스는 주먹을 꽉 진 손을 그에게 가져가며 말했다.

"대성공이야. 대성공! 역시 조영관장이군! 등장부터가 상상을 초월했어. 게다가 무희 같은 옷은 정말이지… 전쟁터에 전혀 어울리지 않으면서 그렇기에 더더욱… 도저히 말로 표현할 수가 없군. 자네는 정말 천재라고 말할 수밖에 없어!"

안토니오의 표정이 점차 풀렸다.

"아, 아닙니다. 감사합니다."

루키우스는 다시금 그의 어깨를 꽉 잡더니 말했다.

"승리 후 있을 연설은 내가 하도록 하지."

"아, 폐하께서요?"

"연설문을 적은 글은 따로 있는가?"

"예. 여, 여기. 초안이긴 합니다만……."

안토니오가 품에서 두루마리를 꺼내자 루키우스가 그것을 낚아챘다.

"좋아. 바로 숙지하도록 하지. 아쉽군, 이후 싸움에는 집중할 수 없겠어."

루키우스가 자기 자리로 돌아가자 안토니오는 멍한 얼굴로 황제의 뒷모습을 바라볼 수밖에 없었다.

그때였다.

쿵—!

강렬한 소리에 깜짝 놀란 안토니오가 고개를 돌리자, 그곳에 한 점이 보였다.

그리고 그 점은 빠른 속도로 커지고 있었다.

"뭐, 뭐야?"

그 점은 점차 사람의 형태를 갖추더니, 곧 안토니오의 코앞에 왔을 때는 완전한 성인 남성이 되었다.

안토니오는 얼굴을 싸매고 잽싸게 옆으로 피했다.

쾅—!

수백 미터를 날아온 야만인은 안토니오의 좌석에 충돌했다. 그리고 미끄러져 내렸는데, 우연하게도 자리에 정확하게 앉은 채 고개를 떨궜다. 겨우 몸을 피한 안토니오는 놀란 가슴을 부여잡으며 그를 살펴보았는데, 입가에서 피를 흘리는 것이 기절한 듯 보였다.

그는 입술을 달달 떨며 운정 쪽을 보았는데, 운정은 그와 눈을 마주치고는 살짝 웃어 보였다.

"이, 이, 이, 이, 임모탈! 임모탈!"

안토니오가 큰 소리로 외치자, 한쪽에서 헐벗은 기사들이 다수 나타났다. 당혹감에 더 말을 뱉을 수 없었던 안토니오는, 손짓만으로 야만인을 치우라는 지시를 내렸다. 하지만 기사들은 그 뜻을 알아듣지 못하고 가만히 있었는데, 그 광경을 처음부터 끝까지 지켜보던 라시아가 한마디 거들었다.

"치워 달라고 하시는 것 같아요. 그런데 와우, 야만인을 이렇게 가까이서 보는 건 처음이야."

다른 귀족들도 그녀와 별반 다르지 않았다. 연설문을 봐야 하는 황제조차도 그 야만인에게서 눈을 떼지 못했다.

그리고 눈을 떼지 못한 건 그들뿐이 아니었다. 원형경기장에 존재하는 모든 제국 시민들도 마찬가지였다. 운정이 야만인의 검을 두 차례 손쉽게 피해 버리곤 왼손을 모아 그 야만인의 가슴에 대었고, 그 야만인이 갑자기 일직선을 그리며 날아가 귀족석에 처박히는 것까지 단 한순간도 눈을 깜박이지 않았다.

기사들이 그 야만인을 치우자, 사람들의 시선이 다시 운정을 향했다.

하지만 그의 모습은 배 위에 없었다.

"아니, 어디?"

"어디 있지?"

"뭐, 뭐야?"

웅성거리는 소리가 들리는 와중에 한 소년이 하늘을 가리켰다.

"저기 있다!"

작은 소리였지만 주변 어린아이들은 들을 수 있었고, 그들은 곧 그 소년처럼 손가락을 들고 자기가 발견한 것처럼 소리쳤다.

"저기 있어요! 저기! 저기!"

"내가 찾았어요! 하늘에 있어요!"

"하늘! 내가 봤어요! 하늘이에요!"

그 여파는 마치 물결처럼 군중 사이에 빠르게 퍼지기 시작했다. 그 속도가 얼마나 빠른지, 처음 운정의 행방을 찾은 아이가 세 번째로 말하기도 전에, 모든 이의 시선이 이미 운정을 향해 있었다.

운정은 하늘에 거꾸로 서 있었다.

그는 미스릴 검을 땅을 쭉 뻗은 채, 작은 원을 그렸다.

그러자 그 작은 원으로부터 원형의 검강이 생성되었다. 그리고 그것은 곧 그가 서 있던 배를 중심으로, 그 주변에서 포위하던 다른 다섯 척의 뱃머리로 떨어졌다.

마치 원뿔의 꼭지점에서부터 출발한 원형검기가 원뿔의 면을 타고 빠르게 내려온 것 같았다.

콰지직—!

큰 소리와 함께, 나무 파편들이 동그라미를 그리며 튀어 올랐다.

곧이어 그 나무 파편을 따라서 거센 물줄기가 솟아올랐다.

쏴아아—!

어찌나 거대한 물줄기인지, 천장 끝까지 올라가더니 이슬비가 되어 원형경기장 전체에 내렸다.

그리고 그와 동시에 엄청난 파도가 일어나더니, 다섯 척의 배가 앞쪽으로 꼬꾸라지기 시작했다.

파직—!

콰지직—!

다섯 척의 배는 그 머리를 잃고 이리저리 함몰되기 시작했다. 당연하지만 그 안에 타고 있던 백여명의 야만인들은 허둥지둥대다가 함께 물속으로 곤두박질쳤다.

우와아!

아아!

제국 시민들은 비를 맞으면서도, 고함치기를 쉬지 않았다. 옷이 젖든 입에 물이 들어가든, 현실이 되어 버린 신화 앞에서 열성을 다해 반응할 뿐이었다.

탁.

운정이 제국 함선의 뱃머리에 안착했다.

그리고 그는 미스릴 검을 높이 들어 보였다.

그러자 군중은 그에 화답하듯 더욱 큰 소리를 내질렀다.

안토니오는 갑작스러운 봉변에 정신이 하나도 없었지만, 원형경기장의 분위기가 완전히 무르익었다는 것을 본능적으로 깨달았다. 그는 엎어졌던 그 자리에서 서둘러 일어나 루키우스에게 다가갔다. 루키우스는 안토니오가 건네준 두루마리를 빠르게 훑고 있었다.

그가 뭐라고 말하려는데, 루키우스가 먼저 말했다.

"대강 됐다. 군중을 진정시켜라."

"그럼 연설은 직접 하시겠습니까?"

"네가 염려하는 바가 뭔지 않다. 하지만 내가 하는 것이 더욱 효과가 클 거야."

"확실히. 그럼 알겠습니다."

안토니오는 그렇게 말한 뒤에, 귀족석 가장 가장자리로 나아갔다. 그리고 양손을 높이 들고는 방금 전 운정이 등장할 때 나팔 소리가 났던 꼭대기 쪽을 바라보며 살짝 손짓했다.

부우-!

부우-!

큰 나팔 소리에도 관중들의 함성은 식을 줄 몰랐다.

안토니오는 계속해서 손짓했고, 그에 따라서 나팔 소리가 계속해서 이어졌다.

부우-!

부우-!

운정도 대강 눈치채고 검을 내렸다. 그제야 관중들의 함성이 줄어들었다.

어느 정도 조용해지자, 안토니오가 얼굴에 미소를 가득 띠며 말했다.

"친애하는 천년제국 시민 여러분들! 오늘 이 특별한 이벤트가 여러분들의 마음을 울렸기를 간절히 소망합니다."

와아아—!

와아아—!

단순한 한마디지만, 사람들의 반응은 전과는 비교도 할 수 없을 만큼 컸다.

하지만 그만큼 빠르게 식는다는 것을 안토니오는 잘 알았다. 그는 즉시 황제 쪽으로 손길을 돌리며 크게 말했다.

"시민 여러분들께서 직접 선출하셨고 또 지금까지 이 천년제국을 훌륭하게 이끌어 오신 황제폐하께서 여러분들에게 직접 말씀하시고자 합니다. 다 같이 우리 천년제국의 가장 큰 자랑이신 위대한 임페라토르 루키우스 코르넬리우스 펠릭스 카이사르 황제폐하를 환영합시다!"

와아아—!

와아아—!

안토니오는 그렇게 말한 뒤, 루키우스를 향해서 더욱 깊은 미소를 지었다. 루키우스는 두루마리를 자연스럽게 옆에 놓고는 자리에서 일어나 안토니오 쪽으로 걸어갔다. 안토니오는 루키우스에게 고개를 숙여 보이더니, 그가 섰던 가장자리를 루키우스에게 내주면서 귓가에 살짝 말했다.

"최대한 간결하게. 열기는 뜨거운 만큼 빨리 식습니다. 아마 다섯 문장이 넘어가면 싫증을 낼 겁니다."

루키우스는 살짝 고개를 끄덕이며 앞으로 나갔다. 안토니오는 살짝 그의 뒤에 섰다.

루키우스가 군중을 차례대로 살피더니 말했다.

"친애하는 천년제국 시민 여러분들, 다들 저기 서 있는 영웅을 보십시오! 그는 중원이라는 나라에서 오신 귀빈으로, 마법이 통하지 않는 이 원형경기장에서도! 엄청난 무력을 보여주셨습니다!"

그 말을 듣자 군중들이 웅성대기 시작했다.

루키우스는 빠르게 말을 이었다.

"이 나라의 귀빈께서는! 저 엄청난 무위를 뽐낼 수 있는 그 기술! 마법과도 같은 그들의 기술을! 천년제국에 알려 주기를 원합니다!

그 말이 끝나자 몇몇 사람이 호응할 뿐이었다.

루키우스는 손을 모아서 시민들에게 호소하듯 말했다.

"다만 이에는 여러분들의 투표가 필요합니다! 여러분들께서 도와주신다면 저런 엄청난 기술을! 마법으로도 흉내 내기 어려운 기술을! 우리 위대한 천년제국이! 보유하게 될 것입니다!"

슬슬 다들 얼굴이 굳어지기 시작했다.

이젠 원형경기장이 거의 침묵으로 변했다.

안토니오는 작은 목소리로 루키우스에게 말했다.

“이번을 마지막으로 하셔야 할 듯합니다.”

루키우스는 그 말을 듣고는 침을 한 번 삼킨 뒤에 다시 큰 소리로 말했다.

“그럼 아무쪼록! 무림인과의 교류에 대해서 긍정적인 방향으로 심사숙고해 주시면 감사하겠습니다!”

루키우스가 팔을 들고 인사의 뜻을 내비치자, 그제야 시민들은 예의상이라도 화답하기 시작했다.

와아아—!

와아—!

루키우스가 내려오자, 안토니오가 나지막하게 말했다.

“하마터면 침묵 속에서 내려오실 뻔했습니다.”

루키우스는 고개를 절레절레 흔들었다.

“매번 자네가 어떻게 하는지 모르겠군. 시민들이 내 말을 제대로 듣기나 했을까?”

안토니오는 작은 미소를 지었다.

“시민들은 겉으로 보기엔 정치에 관심 없어 보이지만, 정작 투표는 신중하게 합니다. 문제는…….”

“집정관 쪽이지. 벌써부터 살벌한 시선이 느껴지는군.”

루키우스의 말대로 귀족석 한쪽에서, 집정관에 속하는 열댓 명의 귀족들이 서로 입을 모아 대화하면서도 그들을 뚫어

지게 쳐다보고 있었다. 그들 중 몇은 이를 부득 갈았고, 살기 어린 시선을 보내는 자들도 있었다.

"괜히 보지 마십시오."

"그래, 그쪽은 나중에 생각하도록 하고. 일단 중원인을 치하하도록 하자고. 내가 직접 하지 않으면 안 되는 분위기로 보이네만."

"안 그래도 부탁드리려고 했습니다. 시민들이 자리를 뜰 생각을 안 하는군요."

"그토록 화려했으니까. 자, 가지. 라시아, 너도 같이 오면 좋을 것 같다."

라시아는 노골적으로 집정관 귀족들을 보고 있었다. 그들과 눈이 마주치자 웃어 보이기까지 한 그녀는 가벼운 발걸음으로 자신의 아버지와 함께 귀족석을 나섰다.

*　　　*　　　*

황제와 조영관장, 그리고 공주를 태운 왕의 배가 점차 운정에게 가까워졌다. 운정은 경공을 펼쳐, 그 배에 가까이 갔고 그곳에서 조영관장이 시키는 대로 한쪽 무릎을 꿇었다.

황제는 절차대로 황금색으로 빛나는 자신의 왕관을 벗어 운정의 머리에 씌워 주었다. 시민들이 환호하는 중에 황제는 운정의 소원을 물었고, 운정은 파인랜드와 중원의 화평이라고 답했다.

그쯤 되니 시민들도 오늘의 이벤트가 정식 이벤트가 아님을 눈치채고는 적당히 분위기에 맞추었다. 누구 하나 할 것 없이 전신에서 소름이 돋았던 그 엄청난 공연에 대한 감사 표시였다. 그렇게 황제의 치하는 형식적으로 마무리되었다.

운정은 사람들의 아쉬움 속에 퇴장하고 선수실로 들어왔다. 바로 나간다면 군중의 등쌀에 못 이겨 한 걸음도 내디딜 수 없으니, 우선 모든 시민들이 원형경기장을 빠져나가기를 기다려야 했다.

하녀들이 그의 치장을 모두 걷어 내자, 운정은 혼자 있고 싶다고 말했다. 그러자 하녀들이 그를 선수실에 홀로 남겨두었다. 그렇게 아무도 없게 되자, 운정은 푹신한 침대에 몸을 던지곤 대자로 누웠다. 그리고 눈을 살포시 감았다.

“엄청난 인파였어. 그토록 마음이 고양되다니. 셀 수 없이 많은 사람들의 환호를 들으니, 절로 허영심이 치밀어 오르는구나. 화려하게 하겠다 미리 약속한 것이지만…….”

그 거대한 원형의 검강으로 인해 내력의 소모가 컸지만, 운정의 기혈은 안정적이었다. 그 검강은 상승무공이 아닌 단순한 발경이었기에, 선기를 크게 소모하지 않은 탓이다.

하지만 마기의 자극은 그대로라, 그의 마음은 인간적인 욕구에 조금 민감해져 있었다. 굳이 사람을 귀족석으로 날려 버리고, 굳이 하늘로 날아올라 검강을 출수하고, 굳이 뱃머리를 잘라 다섯 척을 침몰시킨다?

운정은 자신이 그런 행동들을 한 원인에 군중과 황제와 미녀의 시선이 있었음을 인정했다.

"하아."

운정이 깊은 한숨을 내쉬자, 그의 머리가 조금씩 꿈틀거렸다. 그리고 그곳에서 작은 소녀가 얼굴을 살짝 내밀었다.

"뿌우."

운정은 놀라며 말했다.

"우화?"

우화는 운정의 머리카락 사이로 빠져나와 확 날아들더니, 누워 있는 운정의 목젖 위에 안착했다. 그러곤 양다리를 쭉 뻗어 운정의 귓불에 올려놓고, 양손으로 운정의 콧구멍 위를 붙잡고는 조물조물거렸다.

"나 잊었죠?"

운정은 그 말을 듣더니 의아하다는 표정을 지었다.

"그러고 보니까 계속 내 머리 위에 있었는데, 인지하지 못하고 있었구나."

우화는 한쪽 볼을 살짝 부풀리더니 운정의 코끝을 살짝 꼬집었다.

"흥."

"미안하구나."

우화는 그 한마디에 쉽게 화를 풀어 버렸다.

"뭐 이어진 채로 영양분을 먹고 있었으니까, 아마 모를 만도 하지요."

"……."

그녀는 투덜거리듯 말했다.

"이제 너무 커져서 머리가 너무 좁아요."

그러고 보니, 그녀의 몸집은 전보다 더 커진 듯했다. 이젠 얼굴 전체를 감쌀 수 있을 만한 크기인데, 생각해 보면 그런 크기로 머리 위에 있으면서 모를 수 있는지 이상하기 짝이 없었다.

운정이 우화를 내려다보며 말했다.

"그래. 이젠 진짜 옷이라도 입혀야 할 것 같구나."

그가 자리에서 일어나자, 우화도 덩달아 날아올랐다. 그녀는 운정의 정수리에 탁 앉고는 머리카락을 들어 다리를 휘감았는데, 두 다리가 길어, 운정의 양쪽 볼까지 내려왔다.

운정은 하녀를 부르기 위해서 선수실 문을 열었다. 그곳엔 하녀가 아니라 전신을 거의 드러낸 기사가 서 있었다. 그는 막상 운정이 나오자, 당황한 표정을 지었다.

운정은 그에게 인사했다.

"안녕하십니까?"

기사는 공손히 대답했다.

"안녕하십니까? 제가 밖에서 서성이는 소리가 들렸나 보군요."

그의 표정을 보아하니, 그에겐 우화가 보이지 않는 듯했다.

아니면 우화가 머릿속으로 숨은 것이던가.

둘 중 뭐가 되었건, 운정은 우선 그 부분을 신경 쓰지 않기로 했다.

"혹 무슨 일이신지?"

그 기사는 운정과 눈을 마주치지 못하며 말했다.

"아까 전에 무례한 행동을 한 것이 생각나서 사과하려고 왔습니다."

"사과?"

"그 왜, 공연에 들어가기 전에 제가 몰라뵙고 비웃었지 않았습니까? 당신의 위대한 모습을 보곤 제 자신의 부끄러움이 생각나 사과하기 위해 찾아온 것입니다."

운정은 그 일을 기억하지 못했으나, 사과를 한다고 하니 일단 웃어 주었다.

"괜찮습니다. 별로 기억도 나지 않는 걸요."

"그렇게 생각해 주신다면 감사합니다."

"예."

"네."

"……."

"……."

기사는 움직일 생각을 하지 않았고, 어색한 침묵이 흐르자 운정이 말했다.

"혹시 더 하실 말씀이 있으신지요."

그 기사는 몇 번이고 뜸을 들이다가 이내 말했다.

"다름이 아니라, 혹시 그… 소론에 가신 일이 있습니까?"

"소론이요?"

"예. 그곳에서 임모탈 기사단과 전투를 벌였다고 들어서 말입니다."

그 순간 운정의 머리를 스쳐 지나가는 것이 있었다.

"혹시… 소로노스를 불법 점거했던 기사단을 말씀하시는 겁니까?"

그 기사는 주변을 한 번 살펴보더니 대답했다.

"안으로 들어가도 되겠습니까?"

"예. 그러시지요."

운정이 고개를 끄덕이자, 그가 빠른 걸음으로 안에 들어섰다. 운정이 따라 들어가자, 잠시의 고민 끝에 그가 말하기 시작했다.

"저희 임모탈 기사단은 본래 천년제국 조영관 아래 부속된 기사단입니다. 오늘 원형경기장에서 저와 같은 복장을 한 기사들이 모두 임모탈 기사단이지요."

"아, 그렇군요."

"저희의 본래 신분은 조영관의 노예로서, 감옥의 수감자들 중 모범수로 이뤄져 있습니다. 형량과 동일한 복무 기간을 섬기고 나면 자유인이 되지요. 그나마 햇빛을 보고 시민들과 어울릴 수 있다는 점이 위안입니다."

"……."

"그러나 저희는 본래 신분이 노예인지라, 이런저런 좋지 못한 일에 동원이 많이 되곤 합니다. 저희 복장을 보셔도 알 수 있겠지만, 귀부인들의 눈에 띄어서 그쪽으로 영향력을 끼치는 데 도구로 사용되기도 하지요. 저야 몇 년 있으면 제대하기 때문에 견디곤 있습니다만, 종신형을 받아서 평생을 임모탈 기사단으로 살아야 하는 자들에겐 도저히 할 만한 것이 못 되지요."

"말씀하시고자 하는 바가 무엇입니까?"

그 기사는 운정의 단도직입적인 물음에 문을 흘겨보고는 말했다.

"얼마 전, 임모탈 기사단 중 꽤 많은 인원이 무단이탈하는 사태가 있었습니다. 무기고에서 값진 갑옷들과 무기들을 탈취하고는 그대로 잠적했지요. 그들을 이끄는 자는 본래 임모탈 기사단의 단장이었던 스파르타쿠스인데, 그는 제 배다른 형입니다."

"……."

"성이 달라서 아무도 모르고 있지만, 사실 저와는 둘도 없는 형제 사이이지요. 제가 운정 도사님께 이 이야기를 하는 것은 한 가지 부탁을 하고 싶어서 그렇습니다."

"말씀하십시오."

"혹 그를 만나게 되면 한마디 말을 전해 주실 수 있겠습니까?"

"어떤 말입니까?"

"준비가 되었다고."

"……."

"당신의 배다른 동생, 크릭수스가 준비가 되었다고 말입니다. 이렇게만 전해 주시면 형님께서 알아들으실 겁니다."

운정은 고개를 끄덕였다.

"어려운 부탁이 아니군요. 알겠습니다."

자리에서 일어난 크릭수스가 문을 열고 나가기 전 다시금 당부했다.

"꼭 부탁드리겠습니다."

"아, 나가시는 길에 하녀들을 불러 주십시오. 옷 하나를 지어달라고 부탁하고 싶습니다."

"오, 옷이요?"

"예."

크릭수스는 영문을 모르겠다는 표정을 짓더니 얼떨결에 고개를 끄덕이곤 밖으로 나갔다.

운정은 거울 앞 의자에 앉았다. 그리고 눈앞에 있는 거울을 들여다보았다.

확실히 그의 머리 위에는 우화가 없었다.

운정이 양손을 들었다. 그리고 조심스레 자신의 머리 위에 올려보았다.

그러자 손에 잡히는 것이 있었다.

운정은 그것을 살짝 잡고 밖으로 꺼내보았다.

그러자 머리카락 사이에서 우화가 튀어나왔다.

그런데 그 팔과 다리가 마치 운정의 머리 깊숙한 곳에서부터 뽑혀 나오는 듯했다.

그 모습이 참으로 괴기해서, 지금껏 그녀가 운정의 머리카락에 숨은 것이 아니라 그의 머릿속에 숨은 것이 아닌가 하는 의심이 들 정도였다.

우화는 아등바등했지만, 운정이 놔주질 않으니 곧 포기했다. 운정이 그녀를 자신의 앞으로 가져와서 내려다보았다.

확실히 그 크기는 도저히 머리카락 속에 숨겨질 만한 크기가 아니었다.

"다시 자려는데 왜 깨우셨어요?"

운정은 투덜거리는 목소리를 듣고도 마음이 따뜻해지는 것을 절로 느꼈다.

"네가 내 머리카락이 아니라 머릿속에 숨은 줄은 꿈에도 몰랐다."

우화는 하품을 하며 말했다.

"하암, 말했잖아요. 근데 머리도 좁아요, 이제."

"……."

어떤 원리로 가능한지는 모르겠지만, 그녀가 작정하면 운정의 몸에 반쯤 흡수된 채로 존재할 수 있는 듯했다.

그러고 보니, 운정만 가능한 차원이동이 가능했던 것을 보면 그녀는 자신을 운정에게 완전히 귀속시킬 수 있는 것 같았다. 그리고 그 와중에 영양분과 지식을 얻어 성장하는 것이다.

운정은 그 놀라운 생물을 경이로운 시선으로 바라볼 뿐이었다. 우화는 그 시선이 부담스러웠는지, 몇 번 흘겨 보다가 툭하니 말했다.

"나 다시 잘래요."

운정은 방긋 웃으며 말했다.

"일단은 네게 옷을 선물하고 싶다."

"옷이요?"

"그래. 몸집이 커지다 보니 이젠 슬슬 옷을 입어야 할 것 같구나. 크기만 작았지 외관은 성인 여성과 다를 바 없으니, 알몸으로 있는 것은 보기 좋지 못하다."

우화는 눈을 살짝 모으곤 말했다.

"머리카락으로 가리면 안 돼요?"

"언제나 그럴 수는 없지 않느냐? 네게 알맞은 옷을 지어 줄 테니…….”

덜컹.

그때 하녀들이 방 안으로 들어왔다. 그녀들은 운정의 손 위에 있는 우화를 바라보곤 제각각 성격대로 깜짝 놀랐다.

“어머? 누구예요?”

“페, 페어리다.”

“페어리? 페어리가 뭐야?”

그녀들이 소곤소곤 대는 와중에 운정이 그녀들에게 다가갔다.

“이 아이를 위해서 옷을 지어 주셨으면 합니다. 점차 몸집이 늘어날 테니, 신축성이 있는 것으로 해 주시되 최대한 불편하지 않고 고운 옷감으로 부탁드립니다.”

하녀들은 운정의 말을 듣더니 곧 강렬한 눈빛을 빛내며 우화를 보았다. 그녀들은 수없이 많은 사람들을 상대해 봤지만, 페어리는 처음이라 묘한 도전 의식이 든 것이다. 몇몇은 페어리에 대해서 궁금증이 들었지만, 운정이 보여 준 신묘한 모습 때문에 다들 그러려니 넘어갔다.

하녀들이 부산하게 움직이기 시작했다. 우화는 옷을 입어야 한다는 게 맘에 들지 않았지만, 완고한 운정의 마음을 꺾을 수 없다는 걸 잘 알았기에 가만히 그의 손 위에 앉아 있었다.

얼마나 시간이 지났을까?

처음에는 다양한 옷감과 다양한 색으로 만들어진 옷들이

등장했다. 우화는 하나하나 입어 보면서 거울로 자기 자신을 관찰했다. 처음에는 싫어하는 기색이 역력했지만, 점차 얼굴이 펴지더니 곧 스스로 원하는 것을 말하기 시작했다.

"아버지처럼 하얗게요. 그리고 상의와 하의는 나눠지지 않았으면 좋겠어요. 또 제 날개가 방해받지 않게끔 등 쪽은 뚫어 주시되, 그것이 어색하지 않도록 되어야 하고… 흐음, 그리고 날아다닐 때 너무 나풀거리지 않는 게 좋아요."

어느 순간부터 우화는 대놓고 까다로운 주문을 하기 시작했다. 워낙 변심이 심하고 성격이 나쁜 귀족 여인들을 매일같이 상대하는 하녀들에겐 별로 어려운 주문이 아니었다. 그녀들은 최선을 다해서 작은 소녀의 마음을 만족시키기 위해서 노력했고, 대략 30분 정도가 걸려서 우화의 마음에 쏙 드는 옷이 만들어졌다.

우화는 운정의 양손 위에 서서 거울을 통해 자신의 옷을 이리저리 둘러보았다. 구석구석의 옷감까지 전부 다 살피던 그녀는 이내 고개를 끄덕였다.

"이 옷으로 할래요."

오로지 흰색으로만 이뤄진 그 옷은 목과 어깨를 덮으며 내려왔지만, 등 쪽은 허리까지 깊게 패여 있었다. 그리고 허리춤에서부터 다시 쭉 내려와서 무릎까지 덮었는데, 치마인 듯하면서도 다리 사이가 맞닿아 있었다.

한 하녀가 말했다.

"바지(Pants)라고 해요. 무릎까지밖에 내려오지 않는 건 이게 유일하겠지만, 기본 모양은 그렇죠."

운정은 포권을 취했다.

"감사합니다."

날개를 펼쳐 날아오르면서 우화도 마찬가지로 그를 따라서 포권을 취해 보였다.

하녀들은 그 모습을 보며 다들 따뜻한 미소를 지었다.

그때 누군가 방안으로 들어왔다.

머혼이었다.

머혼은 몇 번의 손짓으로 하녀들을 모두 내보내며 운정에게 말했다.

"공연이 성공적이었다는 말을 들었습니다. 뜻밖의 일이었을 텐데 부탁을 들어 주셔서 감사합니다."

우화가 눈에 들어왔다면 어떤 반응을 보였을 텐데, 머혼의 눈빛은 평소와 다를 것이 없었다. 운정은 우화가 그도 느끼지 못하는 사이에 머릿속으로 들어간 것이라 생각했다.

"아닙니다. 가신 일은 잘되었습니까? 황제와 과거가 좀 있었던 걸로 보였는데."

머혼은 웃는 것 같으면서도 웃지 않는 것 같은 미묘한 표정을 지었다.

"그럭저럭 중간은 간 것 같습니다. 형님이랑도 한바탕할 줄 알았는데… 이렇게 허무하게 풀릴 거였으면 진작 롬에 올 걸 그랬습니다."

"두 분이서 괜히 의형제가 된 것이 아니겠지요."

"그러게요. 아무튼 생각보다 일이 척척 진행되는 것 같아서 조금 신경이 쓰입니다."

운정은 순간 잘못 들었다고 생각했다.

그가 되물었다.

"척척 진행되었는데, 왜 신경이 쓰입니까?"

"척척 진행되었다는 것 자체가 마음에 걸립니다. 롬은 그렇게 호락호락한 동네가 아니거든요. 제가 생각한 대로 잘 맞아떨어졌다는 걸 마냥 기뻐하기에는 롬에서의 안 좋은 추억들이 많이 있습니다."

"그럼, 저와 상의해 보시겠습니까?"

머혼은 떨떠름한 표정을 지었다.

"상의요?"

운정은 고개를 끄덕였다.

"잠시 함께하지 못했지만, 전 머혼 백작께서 진행하시는 일을 보고 배울 자격이 있습니다. 꼬치꼬치 캐묻는 것은 저도 원하지는 않습니다. 상의라는 형태로 자연스럽게 알아 가 보도록 하지요."

머혼은 운정을 지그시 바라보다가 씩 웃었다.

"운정 도사께서 시민들의 눈에 띄지 않으려면 해가 져야 할 텐데, 그때까지는 시간이 남긴 하니까요. 하하, 제 육중한 몸이 앉기엔 의자들이 너무 작아서 잠깐 실례 좀 하겠습니다."

그렇게 말한 그는 침대로 움직였다. 운정이 고개를 끄덕이는 것을 보지도 않고, 침대에 앉은 그는 깊은 한숨을 들이마셨다.

운정이 물었다.

"어떤 일입니까?"

머혼은 잠시 생각을 정리하는 듯했다. 그런데 그가 문득 깨달은 것이 있는지 말했다.

"아, 이곳은 조금 위험하긴 합니다. 적진이지 않습니까? 자세한 이야기는 델라이에 가서 하는 것이 좋을 듯합니다."

그 말을 들은 운정은 눈을 감고 내력을 운용했다. 기감을 한계치 이상으로 끌어올린 그는 그들 주변에 아무도 없다는 걸 확인했다.

그가 눈을 뜨고 말했다.

"일단 주변에 사람은 없습니다. 물론 마법으로 엿들으려는 것까지는 제가 어찌할 방도는 없지만."

그 말을 듣자 무언가 깨달았는지 머혼은 겉옷 안, 품속에서 무언가를 꺼냈다.

델라이의 왕관이었다.

머혼이 그 중앙에 있는 보석을 양손으로 세게 누르자, 그곳에서 은은한 빛이 흘러나왔다. 그 즉시 방 안 전체의 기류가 일순간 사라져 버린 듯했다. 운정은 시험 삼아 살짝 내력을 손끝으로 내보냈는데, 그의 몸을 떠나는 즉시 사라져 버렸다.

단순히 마법을 시전하지 못하게 하는 것을 넘어서 마나 자체를 없애 버리는 마법.

노마나존(No Mana Zone)이다.

머혼이 그것을 앞에 있는 화장대 위에 올려놓고는 말했다.

"노마나존이지요. 이게 있으면 마법에 관한 것도 걱정할 필요는 없을 겁니다."

운정은 왕관을 말없이 바라보며 상념에 잠겼다.

머혼은 적당히 기다리다가, 침묵이 너무 길어지자 일부러 헛기침을 했다.

"크흠."

그러자 운정이 중얼거리듯 말을 시작했다.

"그 영향 아래서는 검기도 검강도 존재할 수 없습니다. 백작께서 말씀하신 대로 무공이 과연 절대적인 질서를 유지할 만한 강력한 힘이 될 수 있겠습니까?"

갑작스러운 말이지만, 머혼은 그의 질문을 잠시 생각한 후 대답해 주었다.

"노마나존은 노매직존과 비교도 할 수 없을 만큼 어려운 마법입니다. 왕궁 전체에 노매직존을 유지하는 것보다 마법감옥에 노마나존을 유지하는 데 세 배 이상의 마나스톤이 들어가지요. 게다가 그것은 특별한 촉매제가 필요한지라 술식을 알기만 해서도 펼칠 수 없습니다. 노마나존은 미티어 스트라이크와 같이 국가급 마법이라고 보시면 됩니다. 그만한 자원과 기술이 없으면 불가능하지요. 그러니 무공을 무력화되는 경우는 극도로 적을 것입니다."

"그런 어려운 것을 보석 하나로 유지하는 저 왕관은 매우 귀중한 것이겠군요."

"그렇고말고요. 다른 걸 떠나서 재질이 일단 드래곤본(DragonBone)으로 만들어졌습니다. 아마 제 저택을 팔아도 이 물건 가치의 십분의 일도 채우지 못할걸요? 하하하."

용골(龍骨).

운정은 드래곤이란 지성체에 대해서 강렬한 호기심을 느꼈다. 인간, 엘프, 몬스터, 데빌 등을 봤었지만, 드래곤은 아직까지 만나 본 적이 없었기 때문이다.

"드래곤에게서 나온 뼈로군요."

"그렇습니다. 노마나존은 사실 드래곤본의 고유 효과를 마법진을 통해서 일정 공간에 확장하는 것이지요."

운정은 더 질문했다.

"그들은 어떤 존재입니까? 실제로 만나 보신 적은 있습니까?"

"저도 없습니다. 잘 모르기도 하고요. 제가 아는 건 그들의 뼈에 노마나존과 같은 효과가 자연적으로 있다는 것뿐입니다. 그래서 그들에게 마법은 전혀 통하지 않는다고. 마법사들 사이에서 그랜드 위저드(Grand Wizard) 다음의 경지로 위저드 마스터(Wizard Master)가 있다 하는데, 이는 드래곤에게 마법을 성공시키는 경지라고 하더군요. 마법사들의 전설쯤이라고 보면 됩니다."

무공으로 치면 입신의 경지를 뜻하는 것일 테다.

운정은 또 다른 궁금증에 사로잡혔다.

"마나를 차단하는 드래곤본의 특성이 어떻게 마법에 의해서 확장되어질 수 있습니까?"

"그래서 국가급 마법인 것입니다. 그리고 이 왕관처럼 작은 크기에 마법진을 성공적으로 그려 넣는 것은 국가급을 넘어서 초월급 혹은 고대급이라 할 만하지요."

"그럼 단순히 드래곤본이기 때문이 아니라, 그걸 넘어서 노마나존 자체만으로도 그 왕관은 상당한 마법적 가치를 지녔겠군요. 그, 더 세븐(The Seven)과 비교하면 어떻습니까?"

"……."

"머혼 백작님?"

머혼은 잠시 뜸을 들이다가 말했다.

"이것이 더 세븐 중 하나입니다. 정식 명칭은 눌 크라운(Null Crown)이라고 하지요."

"아……."

"주제에서 벗어난 이야기를 너무 많이 했습니다, 하하하. 그… 제가 오늘 있었던 일에 대해서 상의하기로 했었지요? 크흠."

머혼은 의도적으로 말을 돌렸다. 그 모습에 운정은 조금 이상함을 느꼈다.

그러고 보니 그는 의외로 마법에 관해서도 상당히 많이 아는 듯하다.

운정은 살짝 웃으며 속내를 숨겼다.

"예, 제가 갑자기 호기심이 생겨 잡담으로 넘어가게 되었군요. 죄송합니다. 오늘 어떤 일이 있으셨습니까?"

머혼은 방긋 웃더니 말했다.

"오늘 제가 롬에 온 이유는 크게 두 가지입니다. 첫 번째는 형님을 알현하여 전쟁을 막으려는 것이고, 두 번째는 델라이의 황가에 일어난 일을 보고하고 섭정으로 인정받기 위함이지요. 그밖에 자잘한 것도 있습니다. 소론에 대한 지배력을 확보하는 것이라든가, 델라이 내부 영주들 간의 전쟁을 허락한 것에 대해 해명하기도 했고, 또 델로스에 떨어진 미티어 스트라이크에 대해서도 시시비비를 가렸지요."

"그러셨군요."

"첫 번째는 운정 도사의 큰 활약으로 인해서 쉽게 된 듯합니다. 형님도 집정관과 싸우기로 결심한 듯하고, 조영관과 외무관, 그리고 자원관까지도 형님에게 합세하기로 했으니까 충분히 제 의도대로 끌고 간 것 같습니다. 결국 결과는 제국 시민들의 투표에 의해서 결정되겠지만, 전쟁을 안 하는 쪽으로 투표 결과가 나오도록 제가 할 수 있는 건 다 했습니다. 이에 관해선 운정 도사님께 다시 한번 감사드립니다."

"아닙니다. 그를 통해서 저 또한 얻은 개인적인 이익이 있으니 크게 감사하실 필요는 없습니다."

"……"

머혼은 운정과 루키우스 황제의 독대 내용을 모르기에 운정이 얻었을 이익이 무엇인지 추측하기 어려웠다. 때문에 운정을 지그시 바라보았지만, 운정은 맑게 웃으며 나지막하게 말할 뿐이었다.

"더 말씀하시지요."

머혼은 눈길을 돌리며 말했다.

"그리고 두 번째, 이 부분이 제가 의아한 부분입니다. 사실 사왕국 정도 되는 왕국의 왕이 죽고, 또 그 왕세자까지 같은 날에 죽어서 왕가의 핏줄이 끊겼다? 그리고 그를 대신해서 귀족 한 명이 섭정으로 세워졌다? 이것은 누가 봐도 암살 의혹을 살 만한 것입니다. 제국의 입장에서도 얼마든지 조사단을 파견하여

진상을 알아보겠다고 할 명분이 되지요. 그것은 곧 델라이의 어지러운 정세에 관여할 수 있는 좋은 수단이 될 수도 있고요"

운정은 머혼의 표정과 어투로 추측했다.

"그들이 조사단을 파견하겠다고 하지 않았군요."

"그렇습니다. 그에 관해서 권한을 가지고 있는 건 외무부입니다. 바리스타 후작의 성격상 제가 쉽게 섭정이 되는 걸 절대로 가만히 보지 않았을 겁니다. 가뜩이나 아슬아슬한 동맹을 맺은 이상, 압박을 넣기 위해서도 조사단을 파견해야 합니다. 그런데 그런 일 없이 바로 절 섭정으로 인정한 것입니다."

"……."

"그 외에 나머지 일도 너무 쉬웠습니다. 다 제가 원하는 방향대로 이뤄졌지요. 누구 하나 딴죽을 건 사람이 없었고, 누구 하나 반대 의견을 내는 사람이 없었습니다. 그렇기에 오히려 적의 의도대로 흘러가는 것이 아닌가 의심스럽습니다."

운정은 깊은 미소를 지었다.

"아마 그런 건 아닐 겁니다."

"떠오르는 것이 있으시군요. 그럼 무엇 때문에 이토록 순탄한 것이겠습니까?"

"간단하지요. 다들 머혼 백작님의 뜻을 거스르고 싶지 않은 것입니다."

"……."

"제 생각에는 그저 그것뿐이라 생각합니다."

머혼은 운정을 따라 웃었다.

"설마요."

운정은 담담하게 말했다.

"물론 황가가 끊긴 일을 머혼 백작께서 모두 의도하신 건 아닙니다. 하지만 제국과 델라이의 귀족들, 그리고 권력자들은, 아니, 다른 사왕국의 대신들까지도 거의 전부 머혼 백작께서 하신 일이라 생각할 겁니다. 머혼 백작께서 칼을 꺼내 휘둘러 델라이의 왕가를 무너뜨리고, 군부의 수장인 포트리아 백작까지도 처단하여 델라이의 최고 자리에 올랐다. 마음으론 그리 생각하겠지요."

"……."

"그리고 또 머혼 백작께는 제가 있습니다. 그것은 마치 중원 자체가 옆에 있는 것처럼 비춰질 겁니다. 무공이라는 놀라운 무력체계를 갖추고 있는 미지의 땅, 중원 말입니다."

"……."

"그러니 모두들 머혼 백작님에게 반기를 들기는커녕 조금이라도 심기를 불편하게 하는 것조차 꺼리는 것이 아닌가 생각합니다."

"그렇습니까? 흠……."

여전히 의심을 거두지 않는 머혼에게, 운정이 가볍게 예를 들었다.

"아까 황제께서 백작님을 죽이지 않은 이유가 무엇인 줄 아십니까?"

"예?"

운정은 같은 질문을 했다.

"아까 황제를 알현할 때, 황제는 머혼 백작님을 죽이려는 생각을 했습니다. 뚜렷한 살기가 그의 두 눈에 있었지요. 하지만 그는 그렇게 하지 않았습니다. 그 이유를 아십니까?"

머혼은 몰랐다는 듯 고개를 저었다.

"설마요. 형님께서 나를 진심으로 죽이려 한 건 아닐 겁니다."

"살기는 진심이었습니다."

"……."

"그 이유는 간단합니다. 제가 머혼 백작님 옆에 있었기 때문입니다."

머혼은 당황한 표정을 짓더니 말을 더듬었다.

"그, 그러니까, 안 죽인 게 아니라 운정 도사님 때문에 못 죽인 거라는 겁니까?"

운정은 고개를 한 번 끄덕였다.

"황제는 마치 알톤 평야의 전투를 직접 보지 않은 것처럼 말했지만, 확실히 봤을 겁니다. 그래서 조영관장을 통해서 제가 이번 공연의 대미를 장식하게끔 한 것이겠지요. 그러니 그는 제가 그 정도의 무위를 가진 것을 이미 알고 있었음이 분명합니다."

"아."

"그들의 눈에는 제가 가진 힘이 곧 머혼 백작님이 가진 힘으로 비쳐졌을 겁니다. 그리고 그 거대한 힘 앞에서 할 수 있는 건 두 가지이지요."

머혼이 나지막하게 말했다.

"대항하든, 함께하든."

운정이 다시금 고개를 끄덕였다.

"생각해 보십시오. 집정관의 고위 귀족들은 그 권력의 자리에 물러나는 한이 있더라도 전쟁을 하겠다 합니다. 그 정도로 머혼 백작은 부담이 되는 상대라는 겁니다. 이 부담감은 반대되는 위치에 서 있는 황제와 바리스타 후작에게도 똑같이 존재합니다. 그러니 집정관이 필사적으로 당신에게 대항하려는 만큼, 황제와 바리스타 후작은 필사적으로 당신과 함께하려 하는 것이지요."

"……."

"다시 말씀드리지만, 염려하시는 것처럼 그들에게 다른 꿍꿍이가 있거나 그들의 의도대로 흘러가기에 순탄한 건 아닐 겁니다."

머혼은 그 말을 듣자 머리가 맑아지는 것을 느꼈다.

그는 한결 편안해진 표정으로 운정에게 말했다.

“스스로를 과소평가한 듯싶습니다. 그러고 보니 아버지께서 말씀하셨죠. 권력은 한번 모이기 시작하면 무서울 정도로 모이고, 한번 빠지기 시작하면 무서울 정도로 빠진다고. 가르침을 드리기로 했는데, 이번엔 제가 받게 되었군요, 하하하.”

운정은 포권을 취했다.

“아닙니다. 그토록 높은 권력의 자리에 올랐음에도, 끝까지 의심하는 태도를 버리지 않으며 냉철한 사고를 유지하시는 머혼 백작님의 마음을 볼 수 있어서 좋았습니다. 그 배움에 비하면 제가 드린 조언은 가르침이라 표현하기도 민망합니다.”

머혼은 양손으로 자신의 무릎을 탁 쳤다.

“겸손까지, 하하. 후, 좋군요. 그런 거라니. 흐음, 더더욱 운정 도사님을 놓치면 안 되겠다는 생각이 듭니다, 하하하.”

운정은 깊은 눈빛으로 머혼을 마주 보았다.

긍정도 부정도 하지 않고.

第七十章

해가 떨어지고 운정과 머혼은 델라이로 돌아왔다.

머혼은 NSMC에서 각국의 대신들과 마지막 인사를 나누며 땀이 송골송골 맺힌 이마를 한 번 훔쳤다. 모두 공간이동으로 사라지자, 뒤에 서 있던 운정에게 말했다.

"장례식은 오늘 자정에 공식적으로 끝날 테니, 아마 내일부터 델라이 영주들 간의 전쟁이 본격적으로 시작될 겁니다. 오늘 밤에는 출몰하는 몬스터가 매우 적다고 하니, 급한 놈들은 아마 지금부터 밑 작업을 하겠지요."

"많은 사람들이 죽고 다치겠군요."

운정의 읊조림에 머혼이 그의 어깨에 손을 올렸다.

"왕국의 머리가 없는 이상, 전쟁은 피할 수 없는 겁니다. 정당한 왕세자가 왕위를 물려받는 과정에서도 피바람이 불어닥치는 게 일상인데, 왕가가 끊겼으면 더 말할 것도 없지요."

"선으로 악을 다스릴 수는 없는 것인지, 회의감이 느껴집니다."

솔직한 말에 머혼이 고개를 끄덕였다.

"가능은 하겠죠. 대단히 어렵고 대단히 비효율적이지만. 그러니 저 하늘에서 놀고먹는 전지전능한 신만 가능한 거 아니겠습니까? 사람은 그렇게 못 하지요."

"……."

"저택으로 같이 가겠습니까? 아니면……."

머혼은 말끝을 흐렸다. 운정이 자리를 몇 번 비우니, 그가 자신의 거처를 따로 마련한 것이 아닌가 생각했기 때문이다.

운정은 진실을 적당히 숨겼다.

"스페라 백작께서 무공 수련을 위해 만들어 주신 특별한 장소가 있습니다. 오늘 밤은 그곳에서 지낼 테니, 아침에 왕궁에서 뵙지요."

머혼은 알겠다는 듯 입을 벌렸지만, 눈빛에는 진심이 없었다.

"아시다시피 제가 하는 일은 따로 장소가 없습니다. 제 저택에서도 사람들을 몰래 불러 정사를 나누곤 하지요. 오늘 밤에도 그런 일이 있을 수 있는데, 제 옆에 없으셔도 괜찮겠습니까?"

"결정하기 어려운 일이라면 또 저와 상의하시지요. 그런 일이 아니라면 저도 캐묻지는 않겠습니다."

운정이 씩 웃자, 머혼은 그제야 그게 농담인 것을 알아챌 수 있었다.

"아, 하하하."

운정이 포권을 취했다.

"그럼 들어가십시오, 머혼 백작."

머혼은 고개를 살짝 숙였다.

"그럼, 운정 도사님."

인사를 나눈 그 둘은 NSMC에 연결된 복도에서 각기 다른 쪽으로 걸었다.

운정은 복도를 거닐며 옆에 있는 유리창을 통해 중앙정원을 바라보았다.

다양한 환경과 다양한 생물들.

운정은 조용히 읊조렸다.

"잠깐 들르고 싶다면 들르마."

그러자 그의 머릿속에서 여인의 목소리가 흘러나왔다.

"별로 가고 싶지 않아요. 아버지의 머릿속이 좋은걸요."

"네 뜻이 정 그러하다면."

운정은 그곳으로부터 고개를 돌렸고 다시는 쳐다보지 않았다.

그는 그렇게 마법부에 도착했다.

대문을 열자, 안이 텅 비어 있었다. 수많은 마법사들이 일하던 광경만 봤던 운정은 막상 빛도 사람도 없는 마법부를 보자, 그 크기가 새삼스레 느껴졌다.

"그러고 보니 굉장히 넓은 곳이로구나."

이 층 쪽을 보니 그곳에서 불빛이 새어 나오고 있었다. 운정은 발걸음을 옮겨 계단을 통해 위로 올라갔다. 그가 스페라의 방 앞에 서자, 그 안에서 두 사람의 대화 소리가 들렸다.

운정은 그 앞에 서서 기별했다.

"스페라 스승님, 잠시 들어가도 되겠습니까?"

그러자 안의 대화 소리가 끊기더니, 발소리가 문가로 가까워졌다.

문이 반쯤 열리고 스페라가 운정에게 인사했다.

"운정? 롬에 잘 갔다 왔어?"

그녀는 평상복을 입고 있었고, 한 손에는 찻잔을 들고 있었다. 뜨거운 김이 모락모락 피어오르는 것이 막 따른 듯싶었다.

운정이 조심스레 대답했다.

"예, 잘 다녀왔습니다. 그런데 안에 다른 분이 계시는 것 같은데…….”

“아, 응. 너도 들어와. 사실 널 만나러 온 것이니까.”

스페라가 몸을 돌려 걷자, 운정은 열리다 만 문을 마저 열고 방 안으로 들어갔다. 그곳에는 한 노년의 마법사가 편안한 자세로 앉아 있었다.

“어서 오십시오, 운정 도사. 고대하고 있었습니다.”

테라의 마스터, 데란이었다.

운정은 포권을 취했다.

“안녕하십니까, 마스터 데란.”

데란은 인자한 미소를 지었다. 그런데 그런 갑자기 그의 수염 사이로 작은 어린아이가 얼굴을 내밀었다. 그 얼굴이 묘하게 데란을 닮아 있었다.

운정은 마음을 온통 그 어린아이에게 뺏겼다.

“노움(Gnome)이로군요.”

데란의 처진 눈주름이 살짝 들렸다.

“오호, 보이십니까? 아직 지팡이도 없는 어프렌티스(Apprentice)인데 제 엘리멘탈(Elemental)이 보이다니 신기한 일입니다.”

“아, 보이지 않아야 하는 겁니까?”

“이 아이가 힘을 쓰거나 할 때는 보일 수도 있겠지만, 지금은 안정된 상태니까요. 정말 대단한 재능을 가지신 것 같습니다.”

"……"

"이리 와서 앉으십시오. 제게 부탁한 그 건축에 대해서 직접 이야기를 듣고 싶습니다."

데란이 살짝 손을 휘젓자, 한쪽에 있던 의자가 데란의 앞쪽으로 움직였다. 스페라는 상석에 앉으면서 날카롭게 말했다.

"남의 도메인(Domain)에서 뭐 하는 짓이야, 데란?"

데란은 스페라에게 살짝 고개를 숙였다.

"아, 미안합니다, 하하하. 버릇이 돼서."

"마스터로 오래 있다 보니까, 아주 눈에 뵈는 게 없지, 응? 그렇게 몸을 안 쓰다 보면 뇌도 굳는다고. 귀찮아도 직접 움직여야 해."

"그러게 말입니다. 매번 제자들에게 하는 말인데, 정작 제가 못 지키는군요, 하하하."

왠지 허탈해지는 웃음이었다.

운정이 데란의 반대편에 앉자, 데란은 그를 마주 보며 말했다.

"그러니까, 건물을 짓고 싶은데… 엘프들의 건축 방식으로 짓겠다고 하셨습니까?"

운정은 고개를 끄덕였다.

"예, 듣자 하니 사람보다 엘프의 방식이 빠르고 쉬울 듯해서 말입니다. 그런데 제가 오기 전에 두 분께서 하시던 말씀이 있으면 제가 기다리겠습니다. 중간에 끼어드는 것이 아닌가 하군요."

스페라가 찻잔을 내리며 말했다.

"아니야, 별로 쓸데없는 말이었어. 아, 맞다. 쓸데없는 말은 아닌가? 애초에 얘가 말한 거에서 시작된 거잖아?"

스페라가 운정을 가리키며 데란에게 묻자, 데란이 고개를 끄덕였다.

"그 영감에 관한 첫 힌트는 확실히 운정 도사께서 주셨지요."

운정이 말했다.

"아, 제가 관계된 대화를 하고 계셨군요?"

스페라가 손을 저었다.

"관계가 되었다기보다는 네가 알려 준 거에서부터 시작된 거라서. 그중원의 태극사상(TaiJiSiXiang) 말이야."

"아."

전에 운정이 데란과 이야기할 때, 중원의 태극사상에서 보면 엘리멘탈들이 결국 하나로 엮여 있다고 말해 주었다. 데란은 그 지식에 대단한 흥미를 보였는데, 아마 그것과 관련된 이야기를 하고 있었던 것 같았다.

데란이 말을 이었다.

"말씀하신 것을 토대로 학교로 돌아가서 연구를 시작했습니다. 하지만 엘리멘톨로지(Elementology) 학파의 기본 공리 중 두 번째가 엘리멘탈은 총 네 개이며 그들은 서로 교차하지 않는다는 것이지요. 이토록 근본적인 공리가 틀렸다는 걸 가정하면, 지금까지 쌓아 올린 모든 마법적 체계가 무너져 버립니다."

"그렇군요. 하지만 제 마선공이 파인랜드에서도 가능한 것을 보면 중원의 태극사상이 파인랜드에서 적용되지 않거나 혹은 불가능한 것은 아닐 겁니다."

"그렇지요. 오히려 저희 쪽의 체계가 틀렸다고 말하는 것이 맞습니다. 반례는 하나면 충분하니까요. 그래서 요즘은 태극사상에 기초해서 엘리멘톨로지 체계를 다시 세우는 일에 매진하고 있습니다."

"역시 그 부분에 대해서 말씀을 나누고 계셨군요."

"어느 정도 연구의 진척이 있어서, 스페라 백작께 보여 드렸었거든요."

데란의 얼굴에는 어린아이 같은 뿌듯함이 있었다.

운정의 눈동자도 금세 궁금증으로 가득 차올랐다.

"혹시 저도 한번 봐도 되겠습니까?"

데란은 고개를 연신 끄덕이더니 말했다.

"좋지요. 좋습니다."

그는 손을 앞으로 뻗어 보았다. 그러자 그의 수염 속에서 노움이 나왔다. 그 노움은 연신 데란을 흘겨보았는데, 그 눈동자에는 묘한 두려움이 가득했다. 그리고 걸어 나가는 그 걸음에도 주저함이 가득했다.

그 모습을 본 운정은 뭔가 심상치 않다는 것을 느꼈다. 그가 눈을 들어 데란과 스페라를 한 번 흘겨보았는데, 그들의 표정은 흥분으로 가득 차 있을 뿐, 운정이 느끼는 의아함은 전혀 없는 듯했다.

데란이 눈을 감으며 말했다.

"매번 놀랍지요."

그 말이 끝나기 무섭게, 데란의 손에서 강렬한 마나가 뿜어졌다. 그리고 그 마나는 노움의 몸을 휘감기 시작했는데, 노움은 눈을 질근 감고는 몸을 부여잡고 파르르 떨기 시작했다. 그 모습이 마치 고문을 당하는 사람처럼 무척이나 괴로워 보였다.

운정이 눈을 찡그리며 다시 데란을 보았다. 데란은 눈을 감고 있어 노움이 괴로워한다는 것을 모르는 듯했다. 운정은 스페라를 보았는데, 스페라 또한 기대가 가득한 눈빛만을 할 뿐 노움의 상태에 대해선 모르는 듯 보였다.

운정이 조용히 스페라에게 말했다.

"노움이 너무 괴로워하는 것 아닙니까?"

스페라가 그 말을 듣고는 눈을 동그랗게 떴다.

"응? 괴로워한다고? 그래?"

"예, 표정과 몸짓만 봐도 그렇잖습니까?"

"표정? 몸짓? 노움이?"

스페라는 영문을 모르겠다는 표정으로 운정을 보았다.

운정이 물었다.

"혹 노움이 어떻게 보이십니까?"

"어떻게 보이긴 노움으로 보이지."

"그러니까, 어떤 형태입니까?"

"글쎄? 연기가 뭉친 거? 갑자기 그걸 왜 물어보는 거야? 표정과 몸짓이라니? 넌 노움이 어떻게 보이는데?"

운정이 막 대답하려는데, 노움의 몸이 갑자기 찢어지기 시작했다. 노움은 소리 없는 비명을 지르며 고통에 몸부림쳤는데, 그 모습이 마치 전신이 불타는 사람과 같았다. 그리고 그 찢어진 곳으로부터 겉과 속이 뒤바뀌기 시작했는데, 그 안에서부터 운디네(Undine)가 되기 시작했다.

"……."

"……."

운정과 스페라는 둘 다 말이 없었지만, 눈에 담긴 감정은 완전히 상반된 것이었다.

그렇게 바뀌기 시작한 노움이 90% 이상 운디네로 바뀌자, 그 바뀌는 과정이 극적으로 느려졌다. 마치 노움이 배수진을 치고 운디네와 씨름을 하여 겨우겨우 견뎌 내는 듯했다. 그리고 결국 노움의 힘이 다시금 강력해져, 운디네의 모습을 순식간에 삼켜 버렸다.

노움은 다시 노움이 되었다.

"후우……."

데란이 눈을 뜨며 깊은 숨을 내쉬었다. 그의 이마는 송골송골한 땀으로 가득했고, 피부는 창백하기 이를 데 없었다. 그의 노움 또한 지친 표정으로 앉아 있었는데, 그 눈빛이 흐리멍덩했다.

스페라가 운정에게 말했다.

"어때? 정말 놀랍… 우, 운정? 왜 그래?"

운정의 표정은 차갑게 굳어 있었다. 그는 마른침을 삼키더니 말했다.

"이건 잘못된 방법입니다."

피곤이 가득한 데란의 얼굴에 미소가 살짝 그려졌다.

"역시 한눈에 문제점을 아시는군요. 그 문제점이 뭐라 생각하십니까? 운디네가 될 듯하면서도 왜 결국엔 변하지 않는 것일까요?"

운정은 고개를 흔들었다.

"아니, 방법에 문제점이 있는 것이 아닙니다. 아예 길 자체를 잘못 가셨습니다."

데란은 눈썹을 모았다.

"무슨 말씀이십니까?"

"방금 하신 방법은 노움을 고문하는 것과 다르지 않습니다. 변하지 않는 것을 변하라고 강제하는 것입니다. 때문에 어느 선까지는 변하는 게 가능할지 몰라도, 그것이 변하면 변할수록 필요한 심력… 아니, 포커스의 양은 더욱 늘어납니다. 아니, 무한으로 치닫지요. 그래서 불가능합니다. 왜냐하면… 왜냐하면, 이것은 자연의 순리를 거스르는 것이니까요."

"자연의 순리는… 당연히 거스르는 것이지요. 자연에는 네 엘리멘탈이 독립적인 존재가 아닙니까? 하지만 중원의 태극사상에는……."

운정은 그 말을 잘랐다.

"태극사상에서도 마찬가지입니다. 건곤감리(QianKunKanLi)는 독립적입니다. 상호보완적이라고 해서 그들이 동일하다는 것은 아니지요. 그것이 결국 하나라는 것은 태극이라는 하나에서부터 갈라져 나왔기 때문입니다. 하나가 다른 하나로 변할 수 있다는 뜻이 아니었습니다. 당신의 노움을 보십시오. 고통스러워하는 것이 보이지 않습니까? 태극사상이 가미되어 네 정령을 부린다면 서로 조화를 일으켜 어떤 상태보다도 더욱 행복해하는 것이 맞습니다."

운정의 말투는 조금 책망하는 억양이 섞여 있었다.

데란은 수염을 매만지더니 조금 낮은 음성으로 말했다.

"흐음. 그, 운정 도사께서는 아직 엘리멘탈을 패밀리어로 삼지도 못하시지 않으셨습니까? 제가 듣기로는 어프렌티스의 수준인 것으로 알고 있습니다만."

"엘리멘탈들은 모두 제 안에서는 조화를 이루고 있습니다. 이들을 심상세계, 아니, 아스트랄에서 현실로 데려올 수는 없습니다만, 패밀리어가 된 것은 맞습니다."

데란은 한쪽 입꼬리를 살짝 올리더니 말했다.

"현실로 데려올 수 없다라… 그렇다면 그것은 패밀리어가 된 것은 아닙니다. 그저 당신의 머릿속에서만 존재하는 것이지요. 그 머릿속에 있는 것을 현실로 드러내야지 그것이 참으로 패밀리어가 됩니다. 아하, 이제 보니, 네 패밀리어가 조화를 이룰 수 있는 이유는 아직 어느 것 하나 확실하게 패밀리어로 삼지 않았기 때문인 것 같습니다."

운정은 단호하게 말했다.

"아닙니다. 그것이 아닙니다. 일단 제가 말씀드리고 싶은 건 한 엘리멘탈을 다른 엘리멘탈로 바꾸는 것은 중원의 태극사상에도 위배된다는 것입니다. 태극사상에는 네 엘리멘탈이 조화를 이룰 수 있다는 것이지, 그 넷이 본질적으로 같다 하여 차이점이 전혀 없다는 건 아닙니다. 자연히 현실 속에서 존재할 때는 분명히 독립적인 개념으로 있습니다. 다만 관념적으로 존재할 때에는 상호보완적이 되어 하나라는 것이지요."

데란은 팔짱을 꼈다.

"흐음… 그렇군요."

말은 그렇게 했지만, 눈빛은 전혀 수긍하는 것 같지 않았다.

운정이 다급하게 말을 이었다.

"그러니 노움을 운디네로 바꾸려고 시도하는 건 더 이상 하시면 안 됩니다. 그것은 당신의 패밀리어인 노움을 고문하는 것이며 이는 곧 자기 자신의 영혼을 고문하는 것과 같습니다. 패밀리어와 주인은 서로 영혼이 이어져 있는 사이라고 하지 않습니까? 마스터 데란 본인에게도 상당한 악영향이 있을 것입니다."

데란은 손바닥 하나를 보였다.

"알겠습니다. 운정 도사님의 조언은 마음 깊이 새기도록 하지요."

"……."

"크흠, 그러면 그 건축에 대해서 이야기를 해 봅시다. 그러니까, 스페라 백작께서 말씀하시기를 제 기억을 지우기를 바란다고 하셨지요?"

운정은 안타까운 마음이 들었지만, 데란이 이렇게까지 노골적으로 대화 주제를 선회하니, 더 말할 수 없었다.

그가 말을 못 하고 있자, 스페라가 그의 눈치를 보다 대답했다.

"아, 네가 그게 어렵다고 해서 다른 조건을 생각해 봤어. 기억을 지우겠다는 건 어차피 무분별한 공간이동을 막겠다는 거니까, 굳이 기억까지 지울 건 없이 공간의 좌표만 숨기기로 했거든."

"아하, 그렇다면 기억을 지울 필요는 없지요. 하지만 한 지역의 공간이동 좌표를 숨기는 것은 국가급 수준으로 어려운 마법일 텐데요?"

"최근에 새로운 술식을 찾았거든. 마나가 많이 드는 대신에 조건이 느슨해."

"흐음, 안 그래도 요즘 마나스톤 가격이 많이 올랐던데 괜찮겠습니까?"

"괜찮아."

"그렇군요. 무슨 용도로 건물을 지으려고 하시는지 모르겠지만, 엘프의 방식으로 건축을 한다라, 운정 도사님은 참으로 신비한 분 같습니다."

"……."

"운정 도사님?"

운정은 막 데란의 수염 속으로 들어가는 노움에게서 시선을 거두며 데란을 보았다.

"사실 어떠한 방법으로 건축을 하느냐는 중요하지 않습니다. 다만 무공을 익히기에 적합한 특수한 공간이며, 때문에 기밀로 하고 싶어 최대한 외부인의 도움을 받지 않으려고 하다 보니, 엘프의 방법을 선택하려는 것뿐입니다."

데란은 자신의 수염을 쓰다듬었다.

"확실히. 엘프들은 나무를 길러 집을 만들지요. 하지만 그들의 생활 터전은 그들의 목적에만 충실하기 때문에 인간이 살기에는 부적합합니다. 당장 이 왕궁만 보아도, 효율성만 따지지 않지요. 미관이라는 것이 있고 정체성이라는 것이 있습니다."

"그렇기에, 그 부분에 관해서 마스터 데란께 조언을 구하고자 하는 것입니다. 건물을 세우는 그 자체는 엘프의 방식으로 하되, 그 외관이나 생활 터전에 관계된 것은 사람의 방식으로 했으면 합니다."

데란은 몸을 뒤로 하며 팔짱을 꼈다. 그러곤 꽤 오랫동안 생각하더니 말했다.

"사실 제가 이 제안에 흥미를 보였던 건, 엘프들의 건축 방법에 대해서 깊이 공부할 수 있는 좋은 기회여서 그렇습니다. 하지만 말씀하시는 것을 들어 보니, 엘프와 인간이 함께 건물을 짓는 것이 아니라 일종의 순서를 두고 짓는 것입니까?"

"일단은 그렇게 생각하고 있습니다."

"그럼 제가 그곳에 갈 때는 이미 엘프들의 일이 끝나 있겠습니다. 특히 보안에 신경을 쓰시니까 말이지요. 제가 공부할 것은 없겠습니다."

"……."

"혹 엘프들이 건축하는 것을 제가 옆에서 보며 공부할 수 있게 약조해 주실 수 있습니까?"

"그것은 일단 그쪽과도 이야기를 해 봐야 할 듯합니다. 하지만 그 어머니의 성정상 인간이 그들의 방식을 공부하는 걸 거부할 가능성이 매우 높긴 합니다."

"그렇지요. 엘프들은 폐쇄적이니까요."

이야기의 방향이 부정적인 쪽으로 결론에 도달하자, 스페라가 다른 수를 생각해 보았다.

"그럼 데란. 추천만 해 줘. 원래는 아는 건축가를 추천해 준다고 했었잖아? 네가 하기 싫다면야 추천만 해 주면 되지."

데란은 아쉽다는 표정을 지으며 스페라에게 대답했다.

"물론 그렇습니다만, 엘리멘톨로지 학파의 마스터라는 자리 때문에 제가 하는 부탁이나 추천은 거의 명령에 가깝습니다. 위험할 수 있는 그 일을 건축가에게 추천하기엔 조금 무리가 있군요. 아시다시피, 테라 학파 쪽에선 건축이 재정에 상당 부분을 차지하는 터라 건축가 한 명이 행여나 해를 당하면 여간 곤란해지는 게 아닙니다."

스페라의 눈이 반쯤 감겼다.

"그럼 원하는 게 뭔데? 엘프의 방식을 공부하는 거 말고 다른 걸 말해 봐 그러면."

"크흠."

"아, 속 시원하게 그냥 말하래도. 우리 셋만 있는데 뭐 그리 빼?"

데란은 스페라와 운정의 눈치를 보다가 곧 혀을 차며 말을 시작했다.

"그, 그 중원 사상에 관계된 것 말입니다. 그것에 대해서 뭐 번역된 서적이라든가 그런 것을 혹시 받아 볼 수 있을는지요."

운정이 되물었다.

"서적이요?"

"예. 그때 나누었던 대화로는 충분하지 않아서 제대로 정립되어 있는 서적을 읽고 싶습니다. 아, 운정 도사님의 말씀이 좋지 않았다는 오해는 하지 않으셨으면 좋겠습니다. 다만 앞으로 학파에 기록을 제대로 남기기 위해선 서적으로 된 형태가 좋겠다는 의미에서 말씀드린 것입니다."

"……."

"만약 그게 어려우시다면, 당장 저도 생각나는 대가는 없군요."

스페라는 운정을 보았다.

"어때? 할 수 있겠어?"

운정은 데란을 바라보며 대답했다.

"도문의 가르침에는 고유명사가 많습니다. 이에 주석을 달고 설명을 하다 보면, 꽤나 방대한 양이 될 것입니다. 시간이 필요할 듯합니다."

데란의 표정이 더할 나위 없을 만큼 밝아졌다.

"아, 얼마든지요. 얼마나 시간을 드리면 되겠습니까? 한 일주……."

"적어도 내일 아침까진 걸릴 겁니다."

"예?"

스페라와 데란 둘 다 눈이 휘둥그레졌지만, 운정은 고개를 숙이고 있어 그 모습을 보지 못했다.

"내일 아침, 해가 뜰 때쯤 사람을 보내 주시지요. 스페라 스승님, 마법부에서부터 카이랄까지 안내해 주실 수 있으십니까?"

"그야, 해 줄 수 있지. 그런데 정말 내일 아침까지 가능하겠어?"

운정은 고개를 끄덕였다.

"어차피 내용은 모두 외우고 있습니다. 머릿속에 있는 내용을 꺼내서 번역본을 써 내려가면 대략 세 시간 정도 걸리겠지요. 주석을 달아야 하기에 그보다 두 배의 시간이 필요한 것입니다."

"……."

운정은 고개를 돌려 미심쩍은 표정을 짓고 있는 데란에게 말했다.

"걱정하지 마십시오. 양과 질에 대해서 전혀 문제가 없게 써 드리겠습니다. 만약 제가 드린 내용을 보시고 실망하신다면, 건축가를 지원하지 않으셔도 괜찮습니다."

데란은 마지못해 고개를 한 번 끄덕였다.

"좋습니다. 그렇게 말씀하시니, 운정 도사님을 믿겠습니다."

이후, 데란은 운정과 스페라와 형식적인 인사를 주고받더니, 왕궁 밖으로 나갔다.

왕궁의 한 입구에 서서 그가 공간이동하는 것까지 지켜본 스페라는 옆에 있던 운정에게 툭하니 말했다.

"내일 아침까지 정말 가능하겠어?"

운정은 고개를 끄덕였다.

"이곳의 필기도구는 중원의 것보다 우수합니다. 중원의 문방사우로 썼다 가정해서 여섯 시간이니 아마 실제로는 그보다 더 빠를 겁니다."

"그래? 흐음, 그래도 오늘 밤은 꼴딱 새야겠네."

"네. 그, 스승님, 우선은 카이랄로 데려다줄 수 있겠습니까? 시르퀸에게도 말해야겠습니다."

스페라는 운정을 보고 피식 웃더니 말했다.

"너 이참에 공간이동부터 배우자. 다른 건 다 떠나서 정해진 좌표를 가지고 공간이동하는 걸 최대한 빠르게 속성으로 가르쳐 줄게."

운정은 희미한 미소를 지었다.

"공간마법은 특히 수학적 지식을 크게 요구하기에, 조금 어렵더군요."

"아, 그래. 수학은 전혀 교육받은 적이 없다고 했지? 그렇다면 어려울 수밖에. 하지만 공간마법에 들어가는 수학은 거의 좌표 계산 때문이야. 좌표가 정해져 있다면 필요한 수학적 지식은 크게 줄어들걸?"

"그렇습니까?"

"그렇지. 흐음, 좋아. 오늘은 일단 그 필사부터 하고, 이후엔 내가 속성으로 공간마법을 가르쳐 줄게. 그 카이랄에, 흠흠. 이상해, 진짜. 아무튼 카이랄에 오가려면 마스터인 네가 일단 공간이동을 할 줄 알아야 하지 않겠어?"

"아. 그러고 보니, 구성원들이 모두 공간이동을 할 줄 알아야 한다는 문제점도 있군요. 엘프가 아니고서야……."

운정의 표정이 어둡게 변하자, 스페라가 그의 어깨를 툭 쳐주며 말했다.

"그래. 그러니까 비밀문파로 가라니까. 재능 있는 놈들 선별

해서. 알았지?"

"……."

운정이 아무 말도 하지 않자, 스페라가 다시 말을 이었다.

"일단 카이랄에 가고 싶다고 했지? 거기로 갈게."

운정은 포권을 취했다.

"네. 부탁드리겠습니다."

스페라는 지팡이를 들었고, 곧 그 둘은 카이랄로 공간이동했다.

카이랄의 중앙 마법진에서 빛이 나고 운정과 스페라가 나타났다.

공간마법진은 전과 다르게 사방이 나무 벽으로 둘러싸여 있었고, 한쪽에 사람이 겨우 오갈 만한 통로가 있었다.

"뭐야? 벌써 나무 속이잖아? 밖에 나무가 자란 거지?"

"아마, 시르퀸이 제가 남긴 글을 보고 바르쿠으르(Barr'Kuoru)에서 아키텍트를 데려왔나 보군요. 그런데 벌써 이렇게 자랄 줄이야."

공간마법진을 감싸는 그 동공의 크기는 높이로만 5m가 넘었고, 길이와 폭도 그 정도가 되었다. 그런 공간을 줄기 안에 두고 있다면, 나무는 얼마나 큰 것일까?

그들은 통로를 통해서 밖으로 나가, 나무의 전체적인 모습을 바라보았다. 그 모습은 놀랍게도 무당파의 건물풍을 흉내 내고 있었다. 나무줄기는 건물의 기둥을, 나뭇잎은 기왓장을 모방한 채로 자라 있었다.

중심으로부터 곧게 솟은 나무와 그 나무로부터 이리저리 뻗어 있는 가지가 또 다른 네 개의 작은 나무들을 만들어 냈다. 그 작은 나무들은 모두 HDMMC가 있던 그 공간을 덮는 듯했다.

"와. 하루아침에 이렇게 지었다고? 중원의 건물처럼 보이는데, 또 살아 있는 나무이기도 하네."

"……."

운정은 가슴이 벅차올라 아무런 말도 하지 못했다. 사실 그에게도 낯선 양식이긴 하지만, 왠지 모르게 사부님의 모습이 떠올라 들뜬 기분을 가라앉히기 어려웠다.

그때 한쪽 나무에서 시르퀸과 한 엘프가 걸어왔다. 그 엘프는 시르퀸과 닮았지만, 단발에 외안경을 착용하고 있어 너무나도 다른 분위기를 풍겼다.

시르퀸이 운정을 보고 말했다.

"돌아오셨군요! 마스터."

운정은 감정을 최대한 추스리더니 그녀에게 말했다.

"보아하니, 성공적으로 나무를 자라게 했구나. 옆에 계신 분이 아키텍트이시냐?"

그러자 그 엘프가 운정에게 말했다.

"어머니께 명을 받아서 나무를 올려 드렸습니다. 이곳은 마나가 너무나 풍부하여 성장을 가속시키는 그대로 자라더군요."

"아, 그 덕분에 한나절 만에 이렇게 나무가 자랄 수 있었군요. 감사합니다."

운정이 포권을 취하자, 그 엘프는 시르퀸을 한 번 흘겨보았다. 시르퀸은 살짝 미소만 지었다.

스페라가 물었다.

"보아하니 중원의 양식으로 지었던데, 어떻게 가능한 거야?"

그 엘프가 대답했다.

"하이엘프께서 어머니께 기억을 나누어 주셔서 그를 토대로 만들었습니다."

그 말을 듣자 운정은 그 바르나무가 무당파 건물 중 정확히 어느 건물과 닮았는지 알 것 같았다.

"사당궁(祠堂宮)!"

무당의 신선들을 모신 사당궁은 절벽을 깎아 만든 무당파의 건물이다. 때문에 무당파의 건축양식을 돌로 조각해 모방해 놓았는데, 같은 방식으로 나무가 무당파의 건물을 모방하고 있는 것이다.

시르퀸이 말했다.

"전에 마스터께서 무당파의 신들에게 참배하실 때, 밖에서 기다리면서 자세히 봤어요. 돌을 깎아서 건축물을 만든 건 처음 봤기에 흥미로웠거든요. 그때의 기억을 토대로 만들어 봤는데 괜찮으신가요?"

운정은 미소를 지으며 진심을 담아 말했다.

"괜찮고말고. 이토록 아름다운 건축물이 나올 수 있을지는 꿈에도 몰랐다."

스페라가 고개를 몇 차례 끄덕이며 말했다.

"그래. 이제 안에 사람이 살 수 있을 법한 시설을 간단히 갖추어 놓으면 되겠어, 안 그래? 흐음, 건축가가 오기 전에 일단 이곳의 좌표와 마나를 은닉해야 하니까. 난 그 일에 집중할게."

운정은 고개를 돌렸다.

"스페라 스승님, 이건 어떻습니까?"

"뭐?"

"이곳은 그저 수련하기 위한 공간으로만 사용하는 것입니다. 그리고 무당파 자체는 밖에 건설하는 것이지요."

"흐음, 갑자기 왜 그런 생각이 들었어?"

운정은 시선을 땅으로 가져가더니 품속에서 마나스톤을 꺼냈다. 그것은 카이랄의 좌표가 담긴 레드 마나스톤이었다.

"말씀하신 대로 오로지 공간이동을 통해서만 올 수 있다면, 어차피 소수의 제자만이 이용할 수 있을 겁니다. 그렇다면 스페라 스승님께서 말씀하신 대로 무당파라는 큰 틀을 만들고 다수의 제자를 받은 뒤, 그 안에서 정예를 뽑아 가르치는 방법만이 가능합니다."

"그러니까. 내가 말했잖아. 제자 하나하나 다 그 열쇠를 만들어 줄 순 없어. 그러니까 소수만 따로 키우던지 해야 해. 다수의 제자를 받으려면 일정 수준에 이를 때까지 여기 가둬 두던가. 근데 후자는 말이 안 되잖아."

"그래서 말입니다. 이곳을 생활공간이 아니라 수련장으로만 두는 것이 어떤가 해서 말입니다."

스페라는 손가락 하나를 뻗었다.

"아! 그러면 애초에 건축가를 부를 필요도 없겠네."

"예. 그냥 이대로 두고 써도 상관은 없을 듯합니다. 엘프의 건축 방식이 이토록 놀라운 것인지 몰랐습니다."

스페라는 어깨를 한 번 들썩이더니 말했다.

"그래, 그러면. 데란은 아쉽겠네. 너도 굳이 번역본을 써 줄 필요 없고."

"그래도 일단은 쓰려고 합니다. 어쨌든 이후에 필요하긴 하니까요."

"그거야, 뭐 그렇지. 그래, 그럼. 나도 일단 은닉마법을 걸어 줄게."

"항상 감사합니다, 스페라 스승님. 제가 너무 제멋대로 군 건 아닌지 죄송할 따름입니다."

"아니야, 괜찮아. 그럼 필기도구 가져다줄까?"

"그러고 보니 가져오질 않았군요."

스페라는 피식 웃더니, 지팡이를 들었다. 그러자 그녀의 지팡이 끝에서 거대한 책상 하나가 떨어졌다.

쿵.

"……."

"……."

"……."

운정과 시르퀸 그리고 아키텍트가 똑같이 입을 살짝 벌리자, 스페라는 지팡이를 거두며 말했다.

"내 도메인에서 가져왔어. 잘 써, 알았지? 흠내지 말고."

그러고 보니, 그것은 마법부 방에 있던 그녀의 책상인 것 같았다. 운정이 포권을 취하는데, 스페라는 다시 지팡이를 위로 뻗었다.

그러자 그녀의 모습이 하늘 위로 쭉 솟구쳤다. 은닉마법을 펼치러 가는 듯했다.

운정은 시르퀸과 아키텍트를 바라보며 말했다.

"그럼 약속한 대로 에어(Aer)를 넘기도록 하겠습니다. 혹시 미디엄(Medium)이 있습니까?"

아키텍트는 고개를 끄덕인 뒤, 품속에서 손톱에 낄 정도로 작은 공들 이십여 개를 꺼냈다. 그 공들은 서로가 가느다란 실 같은 것으로 연결이 되어 있어, 하나를 잡아도 다른 공들이 딸려 왔다.

"이 안에 넣어 주면 된다. 마나가 찰수록 점점 부풀어 오를 것이다. 그 크기가 사람의 머리만 해질 때까지 모두 부탁한다."

운정이 그 작디작은 공마다 살아 숨 쉬는 실프를 느낄 수 있었다.

"엘리멘탈의 알이로군요."

엘프는 엘리멘탈의 알을 통해서 패밀리어를 손쉽게 이어받는다. 때문에 마법적 지식이 전무한 엘프도 실프를 패밀리어 삼아 바람의 힘을 쓸 수 있는 것이다.

아키텍트가 고개를 끄덕였다.

"이 실프들이 마나를 에어로 치환할 것이다."

"……."

"왜 그러지?"

운정은 중얼거리듯 말했다.

"그렇지요. 엘리멘탈을 통하면 어떤 마나도 순수한 건곤감리로 치환할 수 있지요. 그것은… 정제가 아니라 치환……."

아키텍트는 시르퀸을 바라보며 손가락으로는 운정을 가리

켰다. 시르퀸은 운정을 불렀다.

"마스터?"

운정은 잠에서 깨어나듯 그 물음에 답했다.

"아. 그, 그래. 아, 알겠습니다. 그럼 이곳에 마나를 불어넣기만 하면 되는군요."

"그렇다. 시르퀸에게 듣기로는 중원인의 기술을 이용하면 빠르게 마나를 주입할 수 있다고 들었는데, 얼마나 시간이 필요한가?"

"마나를 불어넣기만 하는 것이니 오랜 시간이 걸리진 않을 겁니다. 잠시 HDMMC에 다녀오겠습니다."

운정은 손을 뻗었고, 아키텍트는 엘리멘탈의 알을 건네주었다.

운정은 그것을 들고 한 작은 나무로 들어갔다. 그리고 그 안에 있는 HDMMC에 들어갔다.

"후우."

막대한 양의 마나가 밀집되어 있는 그 안에선 호흡하는 것만으로도 힘이 넘쳐흘렀다.

그는 조용히 눈을 감고 내공을 운용하여, 외부에 있는 기운을 그 씨앗들에 불어넣었다. 기운을 받은 씨앗은 일순간 운정의 머리만큼 커졌는데, 그렇게 이십 개의 큰 공들이 만들어지는 데까지 오랜 시간이 걸리지 않았다.

대략 10여 분 정도 후, 운정이 공들을 살폈다. 공 하나하나에는 퍼플 마나스톤에 들어갈 만큼의 마나가 가득 차 있었다. 그리고 각각의 공 안에서 즐겁게 유영하는 실프들은 그 마나들을 마시고 에어를 뱉어 냈다.

하지만 실프가 한 번 호흡해서 치환되는 양은 극히 미세했다. 때문에 공 전체의 마나가 모두 에어로 변하려면 얼마나 오랜 시간이 걸릴지 상상하기 어려웠다.

분명한 사실은 그 방대한 마나가 결국에는 순수한 건기가 된다는 것과, 오랜 세월을 사는 엘프들은 그 순수한 건기를 조금도 낭비 없이 사용하리란 것이다.

운정은 그것을 보며 한 가지 느끼는 것이 있었다.

그는 지금까지 그의 호흡을 통해서 들어오는 대자연의 기운이 그의 선공과 마공을 통해서 정제되어 건기, 곤기, 감기, 리기를 만들어 냈다고 생각했다.

하지만 다른 관점에서 본다면, 그의 호흡을 통해서 들어오는 마나가 실프, 노움 그리고 운디네와 살라만드라를 통해서 치환되어 에어, 테라, 아쿠아, 이그니스가 된다고 볼 수도 있다.

즉, 정제가 아니라 치환이다.

이를 자각하지 않는다면, 사실 네 엘리멘탈이 그의 무공에 끼어들 여지가 없다.

삼합사령마신공이 아니라 그저 삼합마신공이다.

그러고 보니, 실프와 노움을 마지막으로 불러낸 것이 언제던가?

"나중에, 나중에 생각하자."

운정은 고개를 흔들어 상념에서 벗어나고는 그의 앞에 있는 큰 공 하나를 들었다. 그리고 그것을 가지고 천천히 HDMMC 밖으로 나가자, 그 공에 연결된 다른 공들이 줄줄이 따라 나왔다.

그렇게 그는 조심스러운 손길로 이십 여개의 큰 공을 들고 시르퀸과 아키텍트에게 갔다. 그들은 스페라가 소환한 책상에 걸터앉은 채로 이런저런 이야기를 주고받고 있는 듯 보였다.

시르퀸의 표정은 호기심으로 빛나고 있었고, 아키텍트의 표정은 곤란함이 가득했다. 그걸 보아하니, 시르퀸이 또 아키텍트의 일에 대해서 꼬치꼬치 캐묻고 있는 듯했다.

이래서 하이엘프는 어쩔 수가 없다.

"응?"

운정은 순간 귓가로 들린 소리에 주변을 두리번거렸다.

하지만 주변에는 시르퀸과 아키텍트 말고 아무도 없었다. 운정이 이상한 표정을 하고 있자, 시르퀸이 물었다.

"괜찮으세요?"

운정은 고개를 한 번 흔들더니 말했다.

"괜찮다. 순간 목소리를 들은 것 같은데, 착각인가 보구나."

"저희 둘이 말을 나누고 있었는데, 그 말을 잘못 들으셨나 보군요?"

"아니, 남성의 목소리였는데… 아무튼, 괜찮다. 그 아키텍트, 여기 말씀하신 대로 마나를 넣었습니다."

아키텍트는 운정에게 걸어가서 그의 손에 있는 큰 공을 받았다. 그리고 뒤따라 연결되어 있는 큰 공들 하나하나에 시선을 주면서 눈으로 확인을 하더니 말했다.

"말씀하신 것보다 조금 더 넣어 주셨군요. 호의로 알겠습니다. 그럼 앞으로도 우호적인 관계를 맺기를 희망합니다."

"예, 저 또한 바르쿠으르에게 또 다른 용무가 있을 경우 시르퀸을 통해서 알려 드리겠습니다."

운정이 인사하자, 아키텍트가 시르퀸을 보며 말했다.

"Ramefijoau Ekademadipo Qaherilofumafe, Sil'Qin."

시르퀸도 그녀에게 인사했다.

"네, 다음에 또 뵈어요."

그녀의 입에선 공용어가 나왔다.

아키텍트는 시르퀸을 이상하다는 눈길로 바라보다가 곧 숲의 축복을 받아 사라졌다. 그녀가 들고 있던 이십여 개의 큰 공 들도 그녀를 따라 없어졌다.

운정에게 시르퀸에게 말했다.

“깊이 수련하던데, 혹 무공에 진전은 있었으냐?”

시르퀸은 고개를 살짝 끄덕이더니 말했다.

“한번 봐 주실 수 있으세요?”

“물론.”

시르퀸은 조금 멀찍이 떨어져서 자세를 잡았다. 전에 카이랄과 시르퀸이 함께 수련했던 무당파의 기본무공인 태극권이었다.

팟. 팟팟.

바람 소리와 함께 강한 주먹이 연속적으로 이어졌다. 시르퀸의 주먹은 작고 여렸지만, 그 안에는 상당한 내력이 가득했다. 묵직한 소리가 주먹과 함께 공기를 때렸는데, 그것을 바라보던 운정의 눈빛은 낮게 가라앉아 있었다.

태극권을 모두 펼친 시르퀸이 마지막 호흡을 내뱉고는 운정에게 말했다.

“어떠셨어요?”

운정은 입가에 손을 가져가며 말했다.

“보아하니, 내력을 활용하게 되었구나. 기본적인 토납법으로는 내력을 쌓는 속도가 느려 거의 얻는 것이 없을 텐데, HDMMC 안이라 확실히 내력이 쌓였어.”

시르퀸은 미소를 지었다.

“내공을 알려 주신다면 더욱 빠르게 내력을 모을 수 있으리라 생각해요."

"물론, 그렇지. 하지만 내공심법은 그 안에 사상을 내포한다. 그것을 익히는 순간 무당파의 사상에 입문하는 것과 같아. 쌓이는 내력에 색이 입혀지는 것이지. 나는 그것에 아직 확실한 답을 찾지 못해서 가르쳐 주기가 꺼려지는구나."

"어째서 그런가요, 마스터?"

"무당파에는 규율이 있고, 각종 규범에 맞춰 행동하지 않으면 내공심법에 마(Mo)가 끼어든다. 어떻게 보면 순수한 내력을 빠르게 쌓는 대신에, 철저하게 선행을 지켜 나가야 하는 것이지."

"흐음."

운정은 팔짱을 끼더니 천천히 책상으로 걸어갔다. 그리고 그 책상에 걸터앉은 채로 말했다.

"내가 보기엔, 모든 내공심법에 있어 세 가지 요소 모두를 아우르는 것이 없다. 하나는 무조건 포기해야 해."

"세 가지 요소라 하시면?"

"정순함, 정진 속도, 그리고 사상의 자유이다. 예를 들어, 기본적인 토납법은 정진 속도를 포기했고, 무당파의 무공은 사상의 자유를 포기했고, 마공은 정순함을 포기했지."

"……."

"정순한 내력을 모으면서, 그 속도도 빠르고 또 사상의 자유를 보장하는 그런 내공심법은 세상에 존재하지 않는 것이다. 아니, 달리 말하면 불가능한 것이지. 때문에 무당파의 내공심법을 계승하면 무당파의 사상을 이어받아야 할 듯하다."

시르퀸은 운정의 표정을 보곤 물었다.

"기존 무당파의 사상이 싫으신가요?"

"무당파의 사상에 회의감을 느꼈으니까. 그리고 대체할 만큼 우수한 사상을 찾지 못했으니까."

"……."

"누군가 내게 다가와 절대적인 선과 악의 기준을 일러 준다면 너무나 쉬울 텐데… 아무리 생각해 보아도 그런 것은 없는 것 같다. 때문에 모두들 그것을 임의적으로 설정하는 것이겠지. 무당파를 설립한 장삼봉 개파조사조차 말이야. 아마 그도 나와 같은 고민을 안고 있었던 것일 것이다. 그래서 화산을 버리고 곽윤자란 이름도 바꾸고… 새롭게 무당파를 설립한 것이겠지."

"마스터."

운정은 고개를 들어 시르퀸을 보았다.

그의 얼굴에는 슬픔이 가득했다.

"양심이란 개개인마다 너무나 다른 것이다, 시르퀸. 나는 절대적인 선의 기준이 모든 인간에게 양심으로 존재한다고 믿었건만 그렇지 않았어. 포트리아도, 머혼도, 한슨도, 카이랄도,

모두 다 다른 종류, 다른 색깔의 양심을 품고 있지. 과연 신무당파의 이름 아래 들어올 제자들에게 공통적으로 부여해야 할 선의 기준을 개개인의 양심에 맡겨도 좋을까?"

시르퀸은 고개를 갸웃했다.

"양심이란 개념은 제가 이해할 수 있는 것이 아니에요. 도움을 드릴 수 없어 죄송합니다."

운정은 웃어 버렸다.

"하하, 하하하, 하하하, 그래, 그렇지. 엘프에게는 양심이 존재할 이유도 목적도 없지. 그저 맡겨진 일에 최선을 다하면 되니까. 아니, 어찌 보면 그것이 엘프의 양심이지. 맡겨진 일에 최선을 다하는 것이야말로 그들을 정상과 비정상으로 나누니. 그것을 인간으로 말한다면 선과 악으로 나눈다고 할 수 있겠어. 선한 엘프는 자신의 맡은 일을 수행하고 악한 엘프는 자신의 맡은 일을 의심하는 것이지. 그래서, 그래서 Rodalesitojuda가 필요 이상으로 열어진 개체는 추방당하여 썩어지는 거야. 카이랄처럼 말이야. 마치 악한 인간은 벌을 받고 사회에서 추방당하듯이."

"바, 방금 그 단어를 완벽하게……."

시르퀸이 중얼거렸지만, 운정은 듣지 못했다.

그는 가만히 땅을 바라보고 상념에 잠겼다.

"그렇다면 양심은 어디서 비롯되었습니까? 인성이란 것은 어디서 비롯된 겁니까?"

"고장(故障)이다. 오류(誤謬)다. 가식(假飾)이다. 질병(疾病)이다. 실착(失錯)이다. 장애(障礙)다. 과류(過謬)다. 양심(良心)은 그저 약자가 강자를 향해 품은 독기의 결정체일 뿐이다. 강자에게 대항할 수단이 세상에 존재치 않기에 그 마음에 창조한 거짓부렁이다. 현실에 우위를 점하지 못하니, 머릿속에서나마 앞서 나가겠다 몸부림치는 것이다."

"……."

"양심의 근원은 현실을 이상으로 만들지 못해, 이상을 현실로 끌어내리는 자기기만이다. 양심의 본질은 약(弱)을 선(善)으로, 강(强)을 악(惡)으로 둔갑시키는 자기만족이다. 양심의 목적은 스스로를 선하게 하는 것이 아니라, 타인을 악으로 몰아가는 자기위로다. 때문에 양심은 악하다, 도사."

"그렇다면 백도에서 협을 좇는 이유는 뭐라 생각하십니까?"

"위선자들이 위선을 하는 데 무슨 이유가 있지? 위선을 하니 위선자인 것이지."

"방금 당신은 인간이 선하려 하는 이유는 약하기 때문이라 했습니다. 강자를 향해서 대항하기 위해서 자신들이 선하다 자위(自慰)하는 것이라 했습니다. 그렇다면 이미 강한 자들이… 이미 강자의 입장을 취하는 자들이 왜 선을 좇으려 합

니까?"

"잘못된 옛 버릇을 고치지 못한 것이지. 약할 때 선을 좇던 그 버릇이 그대로 남아 있는 것뿐이다. 또한 강자라 해도 절대적일 수 없다. 이 세상의 모든 것이 상대적인 이상 약자들의 눈치를 보지 않을 수 없다. 때문에 스스로의 강함을 유지하기 위해서라도 약자들이 자신의 강함을 수긍할 수 있게 만드는 것이다."

"당신에게 있어 무(武)과 협(俠)은 공존할 수 없는 것이로군요."

"공존한다면 그것이 곧 모순이다."

"그것이 흑도(黑道)의 본질이군요."

"백도(白道)란 존재하지 않는 것이다, 도사. 세상엔 그저 악과 위선뿐이지."

운정의 눈이 일순간 밝은 이채를 머금었다.

운정의 목소리는 점차 힘을 얻었고, 점차 뚜렷해졌다.

"결국 악이란 다수의 생존을 해치는 행동이로구나. 선이란 결국은 생존본능의 확장인 것이야. 개인이 모여 집단을 이루듯 양심이 모여 선을 이루지. 선은 곧 집단적 생존본능. 그것뿐인 것이겠지. 무당파의 내공을 통해 우화등선하여 영생하는 신선이 된다? 그렇게 불멸하는 신선이 된다 한들, 그저 그

규율들에 얽매여 버린 존재가 되는 것이 아닌가? 아하, 그저 다수의 생존을 영위하려 하는 존재가 되는 것이로구나."

"생명체가 영생하지 않고 번식으로 연명하는 이유가 뭔지 알아, 카이랄?"

"뭔데?"

"양심의 초기화로 얻는 집단적 이익이 지식과 경험의 초기화로 인한 개인적 손해 보다 크기 때문이야. 양심은 그토록 소중한 것이지. 지식보다 경험보다 소중한 것을 단순한 장치로 생각하기 어려워."

"벌레들도 번식으로 번영하지만 그들에겐 양심이 없다."

"내 말뜻은 그런 게 아니잖아."

"아니든, 맞든. 양심에 너무 큰 기대를 하지 말라는 거다. 내 말뜻은."

운정은 눈 한 번 깜박이지 않고 말을 이었다.

"그러니 개인의 생존을 뛰어넘어 집단의 생존을 도모하는 것이 선을 향한 길이라면, 마찬가지로 한 집단의 생존을 도모하는 것을 넘어서 모든 집단의 생존을 도모하는 것이 바로 완성한 선이라. 그것이 참이다."

"분명 분수는 만들어진 겁니다. '대답할 수 없는 나누기 질문'들을 답으로 다시 써서 답이다 선언한 것에 불과하지요."

"그래요."

"하지만, 그렇기에 그것이 아무런 의미가 없다면, 수학은 거기서 멈춰야 합니다. 그런데 수학이 거기서 멈췄습니까? 아무런 의미가 없는 분수가 만들어지고 나서?"

"……."

"멈추지 않았지요. 오히려 또 하나의 체계가 생겼습니다. 그저 답할 수 없는 질문을 다시 써서 그 질문의 답이라 선언했을 뿐인데… 분수라는 하나의 세계가 창조된 겁니다. 즉 그것이야말로 무에서 유를 창조한 것이지요. 레이디 시아스, 저는 잘 모르겠지만, 자유의지도 그렇지 않을까 합니다."

"그게 무슨 말이에요."

"답이 없는 그 신학적 질문을 다시 써서, 자유의지라는 단어로 답을 쓰는 순간, 새로운 세상이 창조된 것이라는 겁니다. 더 쉽게 말하면 창조는 모순으로부터 나온다는 말을 하는 겁니다. 그러니 세계가 모순을 품을 수밖에요."

"그거랑 자유의지랑 무슨 상관이죠?"

"제 말은 모순이 전혀 없는 세계는 그 자체가 모순이 아닐까 합니다. 수학의 세계가 어느 한 지점에서 멈춘다면, 더 이상 수학이 아닙니다. 즉 세계가 창조되어지는 것이 멈춰진다

면 그것은 애초에 창조된 것이 아닙니다. 인간에게 자유와 책임이 동시에 있을 수 없다면, 그것이 동시에 있는 세계를 창조하고 된다고 선언하면 됩니다. 이를 삼으로 나누는 숫자가 존재하지 않아, 삼분의 이라는 숫자를 창조한 것처럼."

운정은 눈을 감고는 단조로운 목소리로 말했다.

"나는 더 이상 이유를 묻지 않겠다. 나는 더 이상 근거를 세우지 않겠다. 나는 더 이상 목적을 찾지 않겠다. 나는 더 이상 논리를 만들지 않겠다. 그저… 그저 그렇다 선언하겠다. 선을 선포하고 그것을 창조하리라."

운정은 고개를 들었다. 그의 두 눈은 타오르는 결의로 빛나고 있었다.

그는 강렬한 눈빛으로 시르퀸을 바라보며 말을 이었다.

"시르퀸, 무릎을 꿇어라. 오늘 네게 신무당파의 내공심법을 가르치겠다."

"예, 마스터."

시르퀸은 조용히 운정의 앞에 무릎을 꿇었다.

운정은 나지막한 목소리로 말했다.

"이 내공심법은 태극신공(太極神功)이라 한다."

"태극… 신공."

"너는 앞으로 이를 통하여 세상에 선을 이루며 살아야 할 것이다."

시르퀸은 영롱한 두 눈을 들어 운정을 보았다.

"선이란 무엇이죠, 마스터?"

운정은 그 눈을 뚜렷이 바라보며 말했다.

"이 세상에 존재하는 모든 생명이 조화롭게 생존하고 번성하는 것이다."

시르퀸은 고개를 숙였다.

운정은 천천히 걸음을 걸어 스페라의 책상으로 걸어가 앉았다. 그리고 그 책상에서 잉크와 펜 그리고 양피지를 꺼내 눈앞에 펼쳐 두었다.

그는 펜을 집어 들더니, 잠시 하늘을 올려다보았다. 그리고 곧 일필지휘로 글을 써 내려가며 입으로 따라 읽었다.

"개파선언문(開派宣言文). 모든 생명이 그들이 이루는 집단과 다른 집단과의 이해관계 속에서, 그들이 생존해 온 모든 환경으로부터 생긴 지성으로부터 도출된 각각의 생존 양식이 대립함, 즉 부조화가 필연적임을 관찰한 나, 신무당파 개파조사 운정은 이 세상에 존재하는 모든 생명이 조화롭게 생존하고 번성하는 것을 자명한 선으로 선언한다. 그리고 나를 비롯한 신무당파의 모든 제자들은 신무당파의 모든 가르침을 이 선을 추구함에 사용하기에 맹세하며 이에 모든……."

그는 그렇게 끝없이 써 내려갔다.

*　　　*　　　*

개파선언문을 모두 쓴 운정은 그것을 다시 읽지도 않고 의자에서 걸어 나왔다.

그리고 그 모습을 흥미롭게 지켜보던 시르퀸에게 태극심공의 구결을 알려 주었다. 다만 모두 한어로 되어 있어, 많은 시간이 소비될 수밖에 없었다.

다섯 시간 후, 태극신공을 이해한 시르퀸은 일주천을 시도하기 위해서 HDMMC 중 하나에 들어갔다. 그 옆에서 그녀를 지켜보던 운정은 그녀가 잘하는 것을 확인하고, 다시 밖으로 나와 다른 HDMMC에 들어갔다. 그 또한 해야 할 일이 있었기 때문이다.

그는 옷을 모두 벗어 옆에 놓고는 그 안에 들어가 가부좌를 틀고 앉았다. 그리고 삼합사령마신공을 일으켜 일주천을 시도했다.

기혈의 겉을 무궁건곤선공에서 비롯된 건기와 곤기로 감쌌다. 그리고 그 속에 태극음양마공의 마기를 역방향으로 흐르게 했다. 그리고 이 둘의 조화를 태극마심신공으로 다스렸다.

겉은 정공이나 속은 마공이다.

그것은 곧 위선이다.

그러니 그토록 유지하기 어려운 것이다.

운정은 이제 삼합사령마신공과 작별을 고할 때가 왔다는 것을 느꼈다.

신무당파의 선을 선포했으니, 더 이상 과거 무당파의 선과 그로 인한 마의 융합은 필요치 않다.

그가 먼저 신무당파의 것으로 새로워지지 않는다면, 어떻게 신무당파의 개파조사가 될 수 있겠는가?

그러니 마신공에서 마를 없애야 한다.

하지만 어떻게 마를 없애는가?

그는 깊게 심호흡을 한 뒤 중얼거렸다.

"무당파에선 제자를 파문할 때, 무당파의 가르침을 모두 폐하기 위해서 그 단전을 파한다. 내 마의 근원은 태극마심신공과 태극음양마공으로, 그 중심이 단전이 아닌 심장에 있으니, 나에게서 마를 없애려면 심장을 파해야만 한다. 그것만이 마의 뿌리를 완전히 없앨 수 있는 유일한 길이다."

하지만 심장을 완전히 파해 버린다면 생존할 수 없을 것이다.

운정은 심장에 칼집을 내고 그 틈으로 모든 마를 쏟아 내기로 작정했다.

"후우……."

심호흡을 한 번 더 이은 그는 천천히 미스릴 검을 꺼냈다.

그리고 양손으로 검날을 역방향으로 들었다.

이후, 그 검 끝에 내력을 담아 자신의 심장에 살짝 넣었다.

그렇게 미스릴 검의 끝이 심장근육 사이를 비집고 들어갔다.

그때 심장박동이 일어났다.

두근!

순간 몸속에 존재하는 모든 움직임이 멈췄다.

여기저기 꿈틀거리던 근육도 멈췄다.

전신에 흐르던 혈액도 멈췄다.

신경을 오가던 신호도 멈췄다.

공기를 호흡하던 폐도 멈췄다.

특히 일주천되던 내력도 멈췄다.

찰나 후, 멈춘 모든 것이 심장으로 빨려 들어가는 듯했다. 그리고 심장에 난 검상을 통해서 모조리 쏟아지기 시작했다. 마치 거대한 둑 중앙에 큰 구멍이 나서 모든 물이 쏟아지는 것이다.

단순히 혈액만 쏟아지는 것이 아니다. 호흡이, 내장이, 신경이, 근육이, 뼈가, 생각이, 마음이, 영혼이, 그리고 생명이 쏟아지려 하고 있었다.

운정은 이를 바득 갈며 한없이 아득해진 정신을 간신히 붙잡았다. 그리고 심장의 근육을 세게 조여 구멍 낸 검신을 붙잡았다.

그때 다음 심장 박동이 찾아왔다.

두근!

"크학!"

도저히 입으로 신음을 흘리지 않을 수 없는 고통이 가슴에서 올라왔다. 그도 그럴 것이 심장에 검날이 박힌 채로 박동했으니 그 고통에 정신이 혼미해지지 않는 것이 이상하다.

운정은 고개를 숙여 심장에 박힌 검날을 보았다. 심장 근육을 조였음에도, 한 번의 박동으로 분출하는 혈액은 상당했다.

문제는 그 혈액에 마가 섞이지 않았다는 것이다.

운정이 눈을 감고 심장에 모든 정신을 집중했다.

그러자 안 그래도 견디기 힘든 고통이 수배가 되어 찾아왔다.

"……."

그는 더 이상 신음조차 내지 못했다. 하지만 그는 심력을 더욱더 쏟아부어 심장에 존재하는 모든 신경 하나하나까지 그 존재를 느꼈다. 그러자 심장 근육의 미세한 움직임뿐 아니라 그 생김새를 넘어서, 심지어 혈액의 뜨거움까지 느낄 수 있었다.

마지막으론 심장의 내부 벽에 다닥다닥 붙어 있는 마가 느껴졌다.

쓸려 나가지 않기 위해서 안간힘을 쓰는 것이다.

어쩔 수 없다.

운정은 창백해진 양손을 가까스로 움직였다.

그러자 미스릴 검 끝이 심장에 있는 내부 벽을 크게 긁어 냈다.

"으으으으."

짐승과도 같은 소리를 내며 그는 이를 달달 떨었다. 하지만 검으로 심장 안을 긁어 내는 것을 멈추지 않았다.

그러다 또 한 번에 심장박동이 일어났다.

두근.

"어윽, 으흑."

눈꺼풀이 거의 뒤로 뒤집힐 듯했다. 그러나 운정은 눈을 질끈 감고는 뒤로 넘어가는 눈을 간신히 붙잡았다. 그리고 이를 다시금 바득 갈더니, 다시 검을 움직여 심장 안쪽 벽을 긁었다.

드르륵.

그러자 검 끝에 찌꺼기 같은 것이 긁혀 심장 벽에서 떨어졌다. 찌꺼기가 한번 심장 내부 벽에서 떨어지고 나니, 심장 안쪽에 끼어 있던 다른 모든 찌꺼기들도 연달아 떨어져 나왔다.

그 찌꺼기들은 자연스럽게 대동맥 쪽으로 흘러가기 시작했다. 운정은 얼른 기혈을 움직여 대동맥 쪽으로 가는 입구를 완전히 막아 버렸다. 조금만 늦었어도, 그 찌꺼기들이 혈관에 가득 들어찼을 것이다.

다음 번 박동이 찾아왔다.

두근.

강렬한 박동은 찌꺼기들을 밀어냈지만, 찌거기들은 나갈 곳이 없었다. 그나마 있는 틈은 검상인데, 그곳은 근육이 쪼이고 있어 찌거기들이 나가기에 너무나 작았다.

때문에 압력을 받은 찌꺼기들은 미스릴 검을 강하게 밀어냈다. 문제는 운정이 그것을 강하게 붙잡고 있었던 것. 앞뒤로 강한 압력이 찰나의 순간에 가해지자, 미스릴 검은 곧 산산조각이 나며 터져 버렸다.

그리고 틈을 타 모든 찌꺼기들이 대량의 혈액과 함께 밖으로 쏟아져 나왔다.

피가 바닥에 흥건히 뿌려졌고, 미스릴 조각이 사방에 날렸으며, 그 속 이곳저곳에 검은 찌꺼기가 꿈틀거렸다.

그런데 그 찌꺼기들이 이리저리 움직이며 미스릴 조각에 다닥다닥 들러붙기 시작했다. 그리고 그것은 동시에 주변에 있는 운정의 혈액 또한 흡수하기 시작했다. 그러면서 자기들끼리 뭉치기 시작했는데, 크게 두 개의 무더기가 되었다.

심장은 더욱더 많은 양의 혈액을 쏟아 냈다.

더 이상 심장에 난 구멍을 막아 줄 것이 없었기 때문이다.

운정은 양손으로 틀어막아 가며 다시금 심장의 근육을 강하게 조였다.

"쿨컥."

운정은 이제 입으로도 피를 토해 냈다.

더 이상 제정신을 유지하기도 어려웠다.

그나마 남아 있는 심력을 긁어모아 자신의 기혈을 살폈다.

다행히 그의 몸에는 더 이상 마기가 일절 없었다.

단전으로부터 시작된 선기만이 가득했다.

과격한 방법인 만큼 효과가 확실했던 것이다.

그는 필사적으로 무궁건곤선공을 운용했다.

그렇게 단전으로부터 출발한 선기가 기혈을 다스리기 시작했다.

그러자 몸이 점차 회복되기 시작했다.

이대로라면 고비는 넘겼다.

운정은 몸을 본능에 맡기고는 의식을 서서히 끌어내려 심상세계로 갔다.

붉은 동산 위.

네 개의 뿌리를 가진 나무는 그대로 있었다.

네 엘리멘탈들은 나무 위에서 함께 뛰놀고 있었다.

운정이 나무뿌리를 살펴보니, 두 개의 나무뿌리에는 여전히 태극지혈이 박혀 있었다.

운정이 고개를 들고 엘리멘탈들에게 말했다.

"아쿠아, 이그니스."

춤을 추던 네 엘리멘탈 중 둘이 운정을 내려다보았다.

그리고 동시에 말했다.

"미래를 위해 잠깐을 참는 코스모스! 아아! 그 성숙함이여! 그 코스모스의 유지를 이어받아 카오스의 지경을 넓히는 의지. 그것이 우리."

"이 작디작은 시공간에 갇혀 진동하는 카오스! 아아! 그 원통함이여! 그 카오스의 유지를 이어받아 코스모스의 자비를 호소하는 의지. 그것이 우리."

운정이 그들에게 물었다.

"왜 너희가 아직도 나와 함께하는 것이지? 난 마를 버렸는데."

그들은 영문을 모르겠다는 듯이 말했다.

"마공이 뭐죠?"

"마공이 뭐죠?"

"……."

그 둘은 웃음을 참는 표정으로 실프와 노움을 바라보았다.

그러자 실프와 노움이 말했다.

"선공은 뭐죠?"

"선공은 뭐죠?"

운정은 갑자기 찾아오는 허탈함에 그 자리에 주저앉을 수 밖에 없었다.

"그래. 너희들은 내공심법에 종속되는 존재들이 아니지. 너희들 자체가 하나의 지성을 지녔어. 그러니 마공을 버렸다고 너희가 사라지는 게 아니야. 그렇구나."

아쿠아와 이그니스가 나무에서 폴짝 뛰어 내려왔다.

그리고 각각 태극지혈으로 다가가 그것을 뽑았다.

그러곤 운정에게 다가와 태극지혈을 건넸다.

이그니스는 정향으로, 아쿠아는 역수로.

운정은 오른손으론 이그니스의 태극지혈을, 그리고 왼손으로는 아쿠아의 태극지혈을 잡았다.

그 순간 그의 의식이 현실로 돌아왔고, 그는 감은 두 눈을 떴다.

가장 보이는 것은 바닥에 놓인 핏빛의 두 장검.

전체적으로 검붉은 색을 띤 그 두 검은 그 안에 은색의 미스릴 조각을 이곳저곳에 내포하고 있었다. 그 크기가 꽤나 긴 것이, 미스릴 검 조각들 사이사이를 검붉은 검신이 대신하고 있다는 것을 알 수 있었다.

그는 손을 들어서 자신의 심장을 만져 보았다.

심장에 난 검상은 완전히 회복되었는지 흉터 하나 없었다.

그는 자리에서 일어났다. 그리고 땅에 떨어져 있는 두 자루의 검을 잡아 들었다.

"이건?"

그는 설마 하는 생각이 주변을 둘러보았다.

미스릴 검은 어디에도 존재하지 않았다.

그는 검붉은 두 장검을 내려다보았다.

왠지 어색한 기분이 들었다.

그러다 문득 머리를 스치는 것이 있었다.

그는 왼손으로 잡은 검을 역수로 고쳐 잡았다.

어색한 기분이 사라졌다.

그리고 두 검으로부터 리기와 감기가 느껴졌다.

천마급이라 해도 좋을 만큼.

그는 중얼거렸다.

"태극지혈(太極之血)? 아니, 그럴 리가 없지. 이것은 미스릴 검과 나의 피로 만들어진 것이야."

그때 오른쪽의 검에서 붉은 화염이 화르륵 일어났고, 왼쪽의 검에선 구름이 뭉게뭉게 나타났다. 그리고 화염과 구름 속에서 두 엘리멘탈이 얼굴을 빼꼼 내밀었다.

[안녕하세요?]

[안녕하세요?]

운정은 허탈한 미소를 지으며 말했다.

"배제하려고 하니 그제야 완전한 조화를 이루는구나. 과연

마(魔)답구나. 마다워."

[마랑 상관없다니까요?]

[마랑 상관없다니까요?]

"알았다, 알았어. 하하하."

그 엘리멘탈은 동시에 볼을 부풀리더니 화염과 구름 속으로 자취를 감춰 버렸다.

그런데 그때 순간적으로 운정의 시야가 검게 변했다.

검은 시야는 양옆에서 새어 들어오는 빛에 점차 밝아졌는데, 마치 세로로 평행하는 두 선에서부터 빛이 들어오는 듯했다.

그리고 그 두 세로선은 점차 서로와 가까워졌는데, 일정 거리를 두곤 더 이상 가까워지지 않았다. 그리고 그 두 선에서 어떤 반투명한 것이 활짝 펴졌다.

"나, 날개?"

운정의 앞에 나타난 우화는 몸을 돌려 운정을 바라보았다. 운정은 그제야 시야가 어두워졌던 이유가, 우화가 그의 얼굴에서부터 나왔기 때문인 것을 알 수 있었다.

우화가 말했다.

"옷이 작아졌어요. 좀 불편한데요."

확실히 그녀의 옷은 작아 보였다.

몸집이 적어도 세 배는 커졌으니까.

아마 보통의 소재였다면 찢어졌을 것이다.

운정은 고개를 끄덕이더니, 말했다.

"그, 그렇구나. 이젠 거의 소녀라고 해도 믿을 만하겠구나. 게다가 외관도 많이 달라졌어."

그녀의 머리카락은 주홍빛을 띠었고, 피부는 옅은 황금빛이 되었다. 두 눈에는 검붉은색이 감돌았다. 시르퀸이나 카이랄과 비슷하면서도 육신을 이루는 색깔만큼은 크게 달랐다.

"그렇죠? 제가 봐도 좀만 더 성장하면 엘프가 될 거 같긴 해요."

"……."

"그때 날개는 아버지가 직접 떼 주세요. 나한테는 그로우어(Grower)가 없잖아요."

운정은 얼떨결에 고개를 끄덕였다.

그런데 문득 그녀의 눈빛에서 느껴지는 총명함이 눈에 들어왔다.

운정은 그녀에게 말했다.

"손을 잠깐 내밀어 보거라."

그녀가 손을 내밀자, 운정이 그녀를 진맥했다.

그녀의 몸에는 선기가 가득했다.

"역혈지체가 사라졌구나."

"그래요? 흐음, 난 잘 모르겠는데."

"완전히 사라졌다. 나와 같은 선기를 품고 있어."

"무궁건곤선기요?"

"아는구나."

"알지요. 아버지가 아는 건 나도 알아요."

"……."

우화는 통로 쪽을 보았다.

"그나저나 나가 봐요. 밖에서 마법사가 우릴 기다리는 것 같은데."

그 말을 듣자 운정이 기감에 집중했다. 그러자 스페라의 목소리가 감지되었다.

그녀는 뭔가 중얼거리고 있는 듯했다.

"그래, 그렇게 하자꾸나."

운정은 자리를 털고 일어나 HDMMC 건물 밖으로 나갔다.

그곳에는 책상에 걸터앉은 채로 긴 양피지를 들고 읽어 내려가는 스페라가 있었다.

스페라는 운정의 기척을 느꼈는지, 시선을 여전히 양피지에 두면서 그에게 물었다.

"태극사상의 번역본인 줄 알았는데, 개파선언문일 줄이야… 꽤 잘 썼더라?"

"신무당파의 객원장로시니 수정할 부분이 있거나 권고하고 싶은 부분이 있으면 언제든지 하십시오."

"아니, 좋아, 이대로. 네가 이 사상을 세상에 관철하는 걸 너무나 보고 싶어. 그래서 말인데, 일단은 델라이로 가야 할 것 같아."

"예?"

"머혼에게서 연락이 왔어. 최대한 빨리 와 달래."

"무슨 일이기에 그렇습니까?"

스페라는 어깨를 한 번 들썩이더니 양피지를 내려놓으며 운정을 향해 고개를 돌렸다.

"제국에서 쳐들어왔나 봐."

『천마신교 낙양본부』 15권에 계속…